繡色可餐 2

風文創 288

花樣年華 著

目錄

第十六章

李小芸感到四周的空氣似乎沈澱下來，李蘭原本雀躍的聲音突然止住了。她下意識地望過去，發現李蘭正盯著自個兒手中的圖樣發愣，猶豫著開口道：「師父？」

「嗯？」李蘭揚起頭，神色若有所思。

李小芸眉頭一皺。「可是這小圖樣有問題嗎？」

李蘭想了片刻，直言道：「沒有問題。」

「那師父怎麼憂心忡忡的？」

李蘭見李小芸一臉關心，胸口升起一股暖意，失笑著摸了摸她的頭。「葉嬤嬤待妳倒是真大方，這小圖樣並不是普通貨色。」

李小芸笑呵呵地貼近李蘭。「難道還是傳說中的孤本嗎？」

李蘭搖搖頭，目光看向遠處，幽幽道：「不是孤本……」

「那是啥？」李小芸來了興致，總覺得師父神神秘秘的。

李蘭盯著遠處的天空，似在思索什麼，又像陷入回憶裡。良久，回過頭問道：「葉嬤嬤是黃怡姑娘的奶娘對吧？」

「不清楚呢，只知道是黃怡姑娘娘親家過來的陪房，地位應當比奶娘高一些。」

李蘭嗯了一聲，垂下眼眸，分析道：「這幅祝壽圖是給黃姑娘祖母的對吧，她是否有要求時限？如今已經五月，黃家最遲也要在九月左右趁著河水沒冰凍的時候回京吧。」

李小芸順著她的思路想了一會兒，說：「師父妳好棒，葉嬤嬤說是秋天啟程回京。黃姑娘年歲不小了，如今病好了總是要在京城圈子裡逛一逛，讓世家夫人們看得到。」

「如果這樣的話工期根本不夠呢。」李蘭皺眉，並不抗拒給黃家繡圖。

李小芸猛地想起什麼，說：「哎呀，瞧我笨的，葉嬤嬤說只做好深色的底圖即可。」

「底圖呀？」李蘭揚起唇角。「那我們趕一趕，中秋前完工應該差不多。」

李小芸沒想到李蘭如此痛快就答應下來。「既然如此，我晚上去給葉嬤嬤回個話。」

李蘭一愣，笑道：「妳居然沒答應人家。」

李小芸不好意思地撓了撓後腦。「我是閒人，單是衝著黃姑娘待我的情分，熬夜幫她們繡圖都可以，可是我拿不准師父是否會接下來這事，不願意給師父添麻煩。」

畢竟她給李蘭添的麻煩已夠多了……

李蘭搖搖頭，誠懇道：「好孩子。」怕是日後我才是那個最大的麻煩。

「師父……」

「走，繡圖去。這年頭不是誰都有繡這種大氣山水畫的機會，人家還提供針線小樣圖案，對於妳來說是不錯的嘗試。」

李小芸聽到繡圖，立刻把剛才的疑惑都拋在腦後，挽著李蘭的胳臂開心地走進繡房。

兩個人從午後時分一直奮戰到黃昏，直到易如意大駕光臨，親自督促兩個人吃飯，李小芸才戀戀不捨地從繡房出來，腦海裡卻依然反復回味剛才師父繡圖的方式。

雖然她親眼所見的繡法並不多，但也漸漸察覺出李蘭同其他人繡圖方式的不同之處。

李蘭見她沒跟上，回過頭看了她一眼。「在想什麼？」

李小芸一愣。「師父，為什麼其他人繡圖都只有用針，沒用筆？」

李蘭讚賞地看了她一眼。「難為妳一下子就抓住重點問我。我曾同妳講過，刺繡的種類可分為多種傳承，包括妳考試時臨時起意用頭髮刺繡，其實也是一種偏門的繡法；而我們這一脈繡法的特點，便是半繡半繪，畫繡結合。」

「半繡半繪，畫繡結合……」

她腦海裡浮現出剛才李蘭繡圖時的灑脫模樣，她半跪在繡布上，一襲及地長衣，順著窗櫺落入屋內的日光灑在墨黑頭髮上，好像書中才會有的仙子。有朝一日，自己也能如此俐落地刺繡，完成一件精緻作品嗎？

「是的。這種手法要求我們的針法必須多變，不能按照常規繡譜穿針引線，同時還要注重顏色層次，繡女務必具有對顏色敏感，懂得間色暈色、補色套色的能力。」

李小芸聽得認真，記在心裡。

「妳知道嗎？我們這種傳承最適合繡山水畫，金鑾殿上還曾擺過咱家繡圖呢。」

「這麼厲害！」李小芸聽得如癡如醉，握緊拳頭發誓道：「師父，我、我一定會努力學習，一點都不會偷懶，妳莫嫌棄我笨便好。」

「傻孩子，我倒覺得妳才是大智若愚之輩。」

易如意在旁邊聽不下去了，鬱悶道：「好了好了，肚子都開始叫了，妳們倒是有閒情逸致在這裡交換心得。」

李蘭笑了，挽住她的手臂。「今日高興，許久不曾碰過山水繡圖了，好舒坦的感覺呀，若是都可以讓我繡便好了。」

易如意瞪了她一眼。「那葉嬤嬤什麼來歷妳都不曉得，小心被人賣了。」

李蘭無所謂地聳聳肩。「不是有妳呢，妳會去查的，我曉得。」

易如意故作生氣道：「總是算準我什麼都會幫妳，真是上輩子欠了妳的啊。」

李蘭笑呵呵拉著她前往後院小廚房。

李小芸跟在她們的身後心底生出一抹羨慕，她有些想念李翠娘了，雖然黃怡姑娘待她不錯，卻總是比不上一直陪伴著她成長的李翠娘。翠娘明年就要進京，希望她可以謀個好前程。

歲月如梭，李蘭和李小芸用了兩個多月就完成了深色底圖。

李蘭還意猶未盡，可是考慮到這幅畫畢竟是要呈給黃家老太君的，若是她的手法過重，怕是會有麻煩。

她想起前幾日易如意派人查來的結果，葉嬤嬤祖籍吳郡，倒是和秀州不遠，莫非同她娘家有淵源？否則她想不通，為什麼葉嬤嬤會讓李小芸來繡這份底圖？關係再好也不可能把這麼重要的底圖託付給不知名的繡娘子。

很明顯，她讓她繡圖，卻不用她套色，是想保護她嗎？

李蘭有些拿捏不定，便藉著李小芸給黃家送圖的機會一起前往黃家。

葉嬤嬤待她極其熱情，看過圖後更是連說了幾個好字。黃怡悶著難受，拉李小芸去後院玩耍，李蘭便留下來同葉氏話起家常。

葉嬤嬤拿起茶水，抿了一口，道：「李師父繡法超凡，在東寧郡有些埋沒了才華。」

李蘭淺笑道：「本是鄉野村姑，雕蟲小技而已，說不上什麼才華。」

「我見妳這底圖不過是深色圖底，卻層次分明，似乎著過水墨？」葉嬤嬤抬起頭，隨意問道，她放下茶杯，把玩著手腕處一串佛珠。

李蘭猶豫道：「確實著過水墨。」

「哦？若說著過水墨最為出眾的繡法要論秀州出身的顧繡呢，李師父應該聽說過吧。」

李蘭嗯了一聲。「雖見識淺薄，但是也曾耳聞。」

「可惜了顧氏嫡系當年竟是扯進先帝時的文書案子……」

李蘭咬住下唇，沒有言語。

葉嬤嬤微微嘆了口氣。「說起來，我們家也是從那時候落魄的。我祖籍吳郡，挨著秀州，我母親便是顧家繡娘子，後來文書案牽連甚廣，我們家也受了連累，為了保全子嗣便將幾個孩子發賣了。」

李蘭聽得目瞪口呆，不由得抬起頭同葉氏直視。

關於娘親家的繡法傳承，她知曉的並不多。她娘親每次提起往事總是鬱鬱寡歡，顧家技法也隨著她的顛沛流離遺失散盡，如今手中繡譜也不過是殘本罷了。

這些年來，她頭一次聽人提及曾經風靡大黎貴族圈的顧繡，竟覺得歲月蹉跎，感傷起來。

葉氏揚起唇角，笑看著她。「真是有緣分，這世上對顧繡繡法熟悉的人已經不多了，我卻是極其清楚的，當年我娘可是顧家外姓裡最厲害的鳳娘子。」

李蘭深吸口氣，眼角發紅，她永遠也無法理解娘親眼底的不甘心。

她深深記得，一年冬月，天寒地凍，她不過三、四歲的年紀就被母親逼著拿針。冷風吹進破敗茅草屋裡，她的手早已冰涼，卻因為沒有完成娘親交代的任務，而不停串著線。直至娘親去世前，她的目光裡透著濃濃的哀愁，告訴她——妳是顧繡的唯一傳人，如今苟活於秀州的顧繡，根本沒有繼承顧繡的精髓，只是旁支順應官府而苟活，連一本祖傳的繡譜都沒有……

葉氏見李蘭擦拭眼角，自己也動容地搖了搖頭。「文書案說白了就是文字獄，可惜顧老太君識人不清，才會殃及全家。」

李蘭跪地喊道：「葉嬤嬤，請告知我事情的真相！冤有頭債有主，顧繡如今雖然不如當年風光，卻也活躍於江南，那麼我娘親一脈到底毀在誰的手上？難道是內鬥嗎？」

葉氏猶豫片刻說道：「這說來話長，還是要從顧家表親，夏樊之考上探花郎說起……」

窗外，柳樹枝條伴隨著夏風輕輕舞動，一切是那麼安靜，安靜得聽不到一點聲音。

李蘭淚流滿面。

葉氏回憶往事，也哭了起來。「妳快起來吧。顧家出事的時候我剛剛年滿十七，無奈家人因此入獄，後被男方悔婚，我一氣之下倒覺得不嫁也挺好，賣身到娘親手帕交家中；好在這位伯母剛生了個女孩，我便幫她帶姊兒，後來作為陪房嬤嬤陪姊兒出嫁，又替姊兒帶阿怡。」

李蘭點了點頭，沈默不語，安靜聆聽。

「顧家刺繡技法向來是傳女不傳男，所以繼承繡譜的那一戶女孩需要選個入贅女婿。我記得當時秀州貢院第一名是夏樊之，他是顧老太君丈夫大哥的兒子。在江南，但凡能吃上一口飯的人家也不會把孩子入贅給別人做上門女婿，可見夏家是極其貧困的，貧困到夏先生自從入贅顧家以後，他兄弟的孩子們都上顧家學堂，靠顧家救濟。」

李蘭嗯了一聲，見葉氏停頓下來，問道：「如此說來，這夏樊之怕是在顧家過得並不如意吧。」

「那是當然了，寄人籬下的日子怎能好過？況且，這夏樊之還和顧家三姑娘扯出一段感情，這位三姑娘卻是顧老太君看重的繼承人之一。」

「不會被棒打鴛鴦了吧？」李蘭輕聲說。

「若是棒打鴛鴦倒也省事，夏樊之作文章極好，頗得當地文豪賞識，再加上顧家有錢，供他拜會名師，出門打點結交權貴。夏家長輩認為夏樊之早晚會有出息，聽說孩子居然喜歡上顧家女孩，沒等顧家放話便強加阻攔；夏樊之為此痛苦不堪，卻無可奈何。三姑娘待他議親後，徹底死心，專心研究技法，倒也真成了最被看好的繼承人，後招了一門入贅女婿；這女婿雖然沒本事卻心地善良，成親後兩人過得不錯。當時夏樊之並不知情，上京中了探花郎後心裡還念著顧家三娘子，便婉拒眾多好親事一心回家，無奈看到心愛之人嫁給別人，備受打擊，從此性格巨變，對顧氏生出恨意。」

李蘭眉頭皺了一下。「他只想著三娘子嫁給別人，怎麼不想夏家長輩為他議親呢？再說，若非顧老太君傾力資助，他又如何能夠上學出仕？」

葉嬤嬤停不住地嘆氣。「可不是，但是人啊，都是自私的，他只看得到自己失去什麼，卻不曾想過他得到多少。」

「然後呢？不是說當年的顧家嫡系因為一幅繡圖扯進了文字獄嗎？莫非背後另有隱情？」

「唉，這幫子文人，淨喜歡扯文字遊戲。實情我也不瞭解，只聽說這件文書案子肇因於先帝兩個皇子。有流言道，先帝當年登基並不是很光明磊落，他非嫡非長卻當了皇上，兩位兄長被圈禁在皇家陵園靜養，備受言官詬病。三皇子想陷害受先皇親自教養的大皇子，便抓了大皇子府上文人把柄，說他寫的一首詩詞暗諷先帝登基一事；這可在朝堂炸開了鍋，先帝大怒，廢了大皇子的皇家身分，並將他圈禁起來。」

「對於這些皇家子嗣來說，幽閉在狹小的角落過一輩子，還不如死了吧。」

「是的，所以大皇子不服，他把矛頭直指三皇子，再加上其他幾位各懷異心的皇子煽風點火，一致主張徹查，才將文書案演變成文字獄。後來三皇子也陰溝裡翻船，其中有一首含沙射影的詩詞竟是寫在顧家繡圖上，所以顧家被當成三皇子結黨營私的餘孽，百年基業毀於一旦。」

李蘭無奈道：「欲加之罪，何患無辭？」

「顧家宗族為了保住顧氏傳承，將嫡系共一百三十二人除名後，全部鋃鐺入獄。可是據我娘親講，這幅繡圖根本不是出於顧家嫡系，全是那夏樊之和顧家旁支私下所為。後來事實也證明，顧家根本不是三皇子黨，夏樊之更是成了七皇子，也就是當今聖上的股肱之力。」

「如此說來這夏樊之過得不錯吧。」

「是不錯，如今可是殿前大學士呢。他同鎮國公府李家走得近，是賢妃所出的五皇子的老師。」

李蘭雙手交叉，不停揉按，一百多條人命，可是血海深仇，如今看來，她卻連對方衣角都搆不到，談起仇恨都覺可笑。

「顧繡傳承大多數為一脈相傳，所以旁支並不曉得其精髓……近年來，秀州顧繡早已衰落。」

「唉……謝謝您，葉嬤嬤，您說的話讓我大概和娘親的話對上了。」

葉嬤嬤憐惜地看著她。「我與顧繡淵源頗深，那本小樣圖是我娘親留給我的，我送給小芸不過是想看妳是否認得出。」

李蘭一怔，笑道：「我看到時著實嚇了一跳，這花樣針的層次和穿插極其與眾不同，當時還怕是……」

「放心吧，夏樊之這人也奇怪，他並未對顧家人繼續報復。我聽我家夫人說過，他似乎還想為當年因文書案而受牽連的一些世家翻案，但是礙於涉及先帝名聲，皇帝又自稱孝子，此事才作罷。」

李蘭冷笑道：「一百多條人命都沒了，他如今做做樣子又能如何？」

「不過妳還是要小心為妙，現在顧家的當家人是曾經的旁支，他們若是知曉嫡系還有人活著，怕是定會抓妳這個活典故回去，還美其名曰，傳承顧繡。」

李蘭抬起頭道：「我曉得的。」

「若是有機會來京城，隨時尋我，我能做到的一定幫妳。」葉嬤嬤溫柔地說道：「妳若是願意，叫我一聲伯母也好。」

李蘭微微揚起唇角，柔聲道：「嗯，葉伯母。」

「我聽說妳還有個孩子?」

「是啊,目前寄養在李家。」

葉氏瞇著眼睛想了片刻。「就養在李家吧。李家這一家子都很奇怪,但是和他們交好總沒有壞處。」

李蘭破涕為笑,多年來堵在心底的事情總算想明白了。

她曾以為,他們家真是罪犯……原來是遭人誣陷啊。

她從沒有像此時此刻這般輕鬆過,背脊挺得筆直,她不會讓飲恨而終的娘親失望,她還有個好徒弟李小芸呢;顧繡,早晚有一日會再次名揚天下!

在後院同黃怡聊天的李小芸莫名打了個噴嚏,暗道——誰叨唠我呢?

黃怡穿著淺黃色綢緞長裙,把兩個大包裹親手交給李小芸。「別嫌棄這些衣裳,基本都沒穿過,大小我特意讓人改成妳可以穿的;料子有宮裡賞下來的,還有京城布坊限量款,可比東寧郡本地的強太多啦,這樣妳穿上新衣裳的時候還可以想起我。」

李小芸不好意思地靦覥一笑。「我不會忘記妳的,真的。」

「哼,誰曉得呢。」黃怡嘟著嘴巴的模樣極其可愛。「我身子骨兒一直不好,沒什麼朋友,這些年有妳陪伴真好。妳姊姊明年就進京了,妳會來京城嗎?我聽說你們村的李旻晟還有李先生都要進京,妳也一定會來的,對吧?到時候我帶妳逛大街,吃小吃。」

李小芸望著黃怡興奮的目光，忽地生出不捨之情。

良久，她鄭重道：「阿怡，保重啊。」

黃怡一愣，紅了眼眶。她的箱籠三、四輛車都裝不下，當初來漠北以為這輩子就死在這裡了，神醫就真能治好她的病嗎？所以喜歡的東西都帶來了，還琢磨著日後化成一抔黃土，把所有東西都帶到陰間。可是，她身體居然好了，還活蹦亂跳，強壯得讓自己都無語……

「小芸，妳真討厭。」她哇的一聲忍不住哭了，嚇得李小芸手足無措。

她還是第一次見黃怡失態呢，這該如何是好？她不想惹哭她，只是真心希望她保重而已。

「小芸，妳一定要來京城好不好？東寧郡對繡女根本不看重，可是京城就不一樣啦，還有繡女選拔活動，妳那麼聰慧，又努力認真，定可以讓別人驚豔的。」

李小芸愣住。「繡女還有選拔嗎？」

「笨小芸！」黃怡拍了她肩膀一下，失笑道：「當然有啦，京城什麼都有。妳姊姊李小花參加的是秀女中的宮女選拔，進宮服侍人的；而繡女選拔就是比誰是最好的繡娘子，通常大一點的繡坊都會派繡娘子去京城增加名氣，再回到繡坊身價就高了許多，繡坊也跟著沾光。」

李小芸頓時覺得汗顏，她真是外行到家了。

不過，黃怡的話似乎哪裡不對，她猛地回過神。「不只是服侍人吧？我聽小花姊姊說，她進宮可是會嫁給皇子的。」

噗……

黃怡忍不住笑了起來。「胡說八道什麼？京城選秀女主要分為兩類，一類是對四品以上的官員女兒的選拔，用意在充盈後宮，也有可能像妳說的，會指婚給皇子。另外一類也統稱秀女，實則是宮女，是從各個地區府衙選拔來的，對父親官職無要求，但是每個郡守不能不交上人來。所以郡守們習慣找一些小姑娘聚集在一起，訓練幾年，之後正好送入宮裡辦差；二十五歲後可以出宮回家，也有受恩典早出宮，甚至不出宮的……」

李小芸徹底呆住，如此說來，小花姊姊是去當宮女的，問題是娘親他們知曉嗎？別是被金縣長耍了？

黃怡見她如此看重此事，追加解釋道：「當然，後宮那麼大，也有過宮女同皇上生出私情的，若是被寵幸便會給名分，只是名分不高，比如正規秀女若被寵幸，出身最低是貴人；但是宮女便要從小美人、小答應做起。在京城，我們這種人家都不捨得把孩子送進宮的，連正規秀女都不樂意當，更別說宮女了。」

李小芸被這番言語轟得頭皮發麻，哪裡曉得選個秀女還有那麼多講究……

李小芸聽黃怡講解完秀女選拔的事情以後，心裡不舒坦起來。

李蘭心情也有些沈重。

夏樊之……她記住了。

回去的路上兩人都變得沈默，心事重重地回到各自屋子裡。

李小芸躺在床上，望著頭頂好看的祥雲花紋床帳，猶豫著是否該回去看看爹娘呢？不管父母如何選擇，她至少要把知道的事情告訴他們吧？

易如意聽說李小芸準備回家探望父母，準備了兩大車禮物讓她帶回去充門面，還派了兩個丫鬟外加一名車伕送她回去。眼看著中秋快到了，李小芸離家也半年了，回去也算是合情合理。

李小芸感動得不得了，言語都無法表達她的感激，於是暗自在心裡告訴自己日後若是有所成，定要好好回報易姑娘，還有李蘭師父。

李蘭也決定帶著孩子回一趟祖父家，由於母親是不被待見的兒媳婦，她同祖父及宗族關係淡淡的，可她畢竟出身李家，所以也準備了禮物帶孩子回去。

兩個人順路一起走，來到李家村門口時，圍上來一群孩子們。他們共有三輛馬車，易如意又講究精緻，馬車簾子上都恨不得金鑲玉嵌，惹來人群圍觀。李蘭身為人母對付小孩子有一套，她從包裹裡挑出好多糖果，往遠處一扔，立刻讓圍觀的孩子們分散開了。

李小芸靦覥一笑。「師父，我還是第一次回家看到這麼多人迎接。」她不大習慣引人注目，曾經，都是站在角落裡看別人被圍觀呢。

李蘭摸了摸她的頭。「以後這種場合多得是呢。今日是中秋，妳是否要在家裡留宿一晚？還是直接回去呢？」

李小芸想了下。「看爹娘的意思吧，我想，應該會留宿吧。」

「骨肉親情難捨，若感到心傷，便少說話、少接觸就是；遠著點，有時候反倒會想念呢。」

李小芸苦笑，仔細想起來還真是那麼回事呢。

小花姊姊經常不在家，爹娘反而念叨著她；那麼她這麼久沒回家了，爹娘會想她嗎？她心底隱隱有幾分期待。

她先下車，一名丫鬟跟隨在後。

車伕幫忙將所有包裹放在院子裡，家裡卻一個人都沒有。

李小芸有些詫異，今日是中秋，家裡怎會沒人呢？她把給娘親和兄長繡的荷包放在袋子裡，又把易姑娘送的糕點、禮物分成幾份，放在大堂桌子上。

眼看著晌午靜悄悄過去了，李小芸終於坐不住。她聽到鄰居李嬸嬸家傳來一陣笑聲，急忙跑出來，隔著柵欄喊道：「李嬸子，我爹他們是下地了嗎？家裡怎麼沒人啊？」

李家嬸子呆住，良久才反應過來。「這不是小芸嗎？天啊，妳才走了半年，竟是變了個模樣呢。」

李小芸摸了摸臉頰，真的有變化嗎？

反正她自己是看不出一點變化，或許是日日照鏡子的原因吧。

李家嬸子的兩個小兒子也看傻眼了。

尤其是經常跟著二狗子欺負李小芸的李三，此時更是目瞪口呆。

李家嬸子急忙笑著走過來。「瞧瞧這身打扮，越來越像個城裡人了。妳先來我家坐會兒吧，妳爹娘他們怕是要午後才會回來了。」

「啊……」李小芸愣住。「不是中秋嗎？怎麼沒在家裡？」

李家嬸子拉住她的手往自個兒家裡迎。「你們家小花出息了，昨日派人來接了妳爹娘去城裡過中秋。怎麼，她沒和妳講過嗎？妳們都在城裡，難道竟是不曾聯繫？」

李小芸臉上一熱，自從上次她拒絕成為李家丫鬟，李小花彷彿同她斷絕關係了，甚至把她寄送過去的手工活全都打包退回繡坊。

李家嬸子眼底隱隱有幾分憐憫。「妳要是不嫌棄嬸子家裡破舊，就在我們這兒用午飯吧。」

李三偷偷瞄了一眼李小芸，雖然她依舊很胖、很豐腴，卻有一種說不出來的淡然氣質，反正和農村丫頭不一樣了，令人忍不住多看幾眼。

李小芸搖了搖頭。「不了，我……我還給家裡帶了東西，我去收拾收拾。」她轉身就往家裡跑，生怕控制不住當著李家嬸子面前淚奔。

李家嬸子哪裡能看不出她的失落，可是畢竟不是她閨女啊。說起來她也覺得李村長做得過分了，小芸這麼好的孩子，如今又有手藝，就算長得不好也能嫁出去呀，幹麼偏偏議親給傻子呢，平白糟踐了個好姑娘。

她眉頭緊皺，見李三還盯著李小芸背影呢，忍不住敲了下他的後腦。「還看什麼呢？誰讓你以前老欺負人家，小芸都不來咱家吃飯了。」

李三委屈地摸了摸頭，哦了一聲。好在二狗子說了以後讓他跟著出去闖蕩，瞧瞧李小芸這胖妞都可以變得這麼體面，他也一定會體面起來的。

李小芸沈默不語地收拾屋子，額頭不停冒汗，似乎如此才可以讓心情冷靜下來。她用力擦拭了兩張桌子，自己燒火燉了雞肉，下了碗麵，坐在桌子前把麵吃得乾淨，目光清冷地環視一周，決定立刻回城。

既然他們都不念著她，她又何苦笑臉相迎？

李小芸將包裹收拾好，剛推開大門，正巧和李小花撞個正著，兩個人同時愣住。

李小花揚起下巴。「怎麼，妳還知道回來呀？」

李小芸垂下眼眸。「妳莫不是故意把爹娘接走？我回來前曾給妳去過信的。」

李小花撇開頭。「妳的信我根本沒有看，自從妳不顧及姊妹情分後，我便當沒妳這個妹妹了。」

李小芸聽到此處，心臟處泛著疼痛，冷聲說：「在妳眼裡，是不是只要不順妳心便是不顧及姊妹情誼？為了妳能進京，爹娘已經把我議親給傻子，這還不算顧及姊妹情誼嗎？妳還想把我賣給人家做奴才，別人家姊姊都是疼惜妹妹的，李小花，妳倒是好，賣妹妹賣上癮了。」

「小花，妳在和誰吵呢？」夏春妮挺著大肚子走了進來，她快生了，身體越發笨重。

「小芸，妳怎麼回來了？」

「我……」

李小芸的氣勢在聽到娘親的問話後被堵了回去。

這是她的家，她怎麼就不能回來了？為什麼別人家父母都愛惜么女，她的爹娘卻獨獨捨棄她？

「人家捨得回來了，怎麼娘親還不高興？咱們家小芸去城裡待了半年可真長本事，回來就同我吵架呢。」

「小花，妳少說兩句吧。」夏春妮許久不見小芸，隱隱有幾分想念。

李小花紅了眼眶，哽咽道：「娘親，您知道不知道因為李小芸只顧著自己，我差點得罪夏姑姑，若不是我自己有眼力，怕是此次進京的機會就失去了。」

李旺此時也從外面回來，他看了一眼李小芸，又掃了一眼屋子裡的東西，道：「易家給的吧？」

李小芸點了點頭。李旺拿出菸斗，抽了兩口。「在外面住著有點眼色，別招人討厭。」

「易姑娘和李蘭姊都是好人，待我極好的。」

李小花見父母居然沒有向著自己，不依不饒地對李小芸說：「在妳眼裡，外人總是比家裡人待妳好，卻不曾想過是誰把妳養大的。」

李旺皺了下眉頭。「算了，小芸難得回來一日，小花也是難得回家，就不要吵了。」

李小花不甘心地閉上嘴巴，眼底透出一層薄霧。

夏春妮看著心疼，小聲說：「娘親錯了還不成？妳別掉眼淚呀。好不容易家裡人聚在一起，晚上吃個團圓飯吧。」

李小花冷哼一聲。「我只是瞧不得她不知足的樣子。」

李小芸被她氣得牙癢癢，但看著母親神色疲倦，終是沒說什麼。

吃飯的時候，她想起黃怡的話，朝父親說道：「爹，黃怡要回京了，她同我說，東寧郡此次隨同貴人進京的女孩是要競選宮女的，宮女是要進去侍奉人的，只有極少數女孩才會被貴人納入房裡，還是從妾做起，這事您清楚嗎？」

第十七章

眾人一怔，紛紛放下碗筷。

李旺若有所思，顯然對此事有所耳聞。

夏春妮則是不敢置信道：「什麼話？咱家小花進京是要嫁給皇子的，莫非還要伺候別人嗎？」

李小芸皺了下眉頭。「娘親，所謂秀女，是要求父親官職在四品以上，才是奔著同皇家議親去的。這些秀女雖然也有在貴人身邊侍奉差事，但是同咱們這種出身的人不一樣；小花姊姊是去選宮女，說難聽點就是丫鬟，日後就算被貴人看重，也得從最低的位分來——」

「李小芸，妳這話是什麼意思，是不是見不得我好呀？」李小花不等她話音落下便打斷，揚聲質問道：「妳才給別人做丫鬟呢！不不不，妳連丫鬟都不如，沒有人家會要妳的！」

李小芸瞇了下眼睛，望著氣急敗壞的李小花，突然覺得她很幼稚。

她發現自己越來越能沈住氣，尤其同李蘭一起刺繡過那幅水墨山水圖後，心境提高不少。

她索性無視李小花，直接對父親說：「這話是黃怡同我說的，爹爹，您是清楚的嗎？」

李旺猶豫了片刻，淡淡道：「這事就同妳沒關係了。」

李小芸咬住下唇，失望道：「我只是覺得，你們為了給姊姊這樣一個未來，就把我議親給傻子，真值得嗎？咱家有地有糧，您和娘親都那麼勤勞，靠自己雙手吃飯怎麼了？我們這些年過得很差嗎？幹麼要把好好的閨女送到那麼遠的京城，就為了給人家做侍女？」

「夠了！」李旺煩躁地揮了揮手。「妳懂什麼？別張口閉口糟踐誰，好像父母還欠了妳們不成；難道出去待些時日就不知道天高地厚了，家裡的決定還輪不到妳操心。」

李小芸垂下眼眸。

李小花受不了自己居然被妹妹看不起，怒道：「李小芸妳若是有什麼氣就衝我來，別說這些傷人的話。」

李小芸深吸口氣，淡淡開口。「我只是實話實說，你們若是聽不進去就算了，反正路以後是妳要走的，家裡誰都幫不上妳，好自為之吧。」

李小花一時忍不住就抬起手朝她臉頰甩過去。

李小芸一把就攥住她的手腕，皺緊眉頭道：「妳在夏氏那兒就學了這樣的禮儀嗎？若是說我對爹娘尚有一分生養之恩無法回報，對於姊姊妳卻是從來不欠的。妳今日明知道我會回家，還故意將父母接走過了午後才回來，到底是什麼意思？我不再是以前的李小芸了，妳最好別招惹我。」

李小花死死咬住下唇，眼看都留下了血印子。

夏春妮捂著肚子，嚷道：「夠了！小芸妳幹什麼，小花是妳姊姊，妳不盼著她好就算了，難道還要動手嗎？今日是中秋，妳們到底是回家來團聚的，還是給人添堵的？」

李小芸扭過頭，見娘親臉上滿是不耐煩，越發心涼起來。

他們可知道自己回來的時候心底充滿雀躍的期待，卻發現家裡連一個人都沒有有多落寞？

她不過才十二歲，也渴望爹娘疼愛，親人呵護，只要一句「孩子委屈妳了」，她或許都可以一笑帶過。

哀莫大於心死，她曾經不懂得這句話的意思，如今卻覺得眼睛看到哪裡都是昏暗的。

她沈悶地吃完飯，懶得同李小花辯解，收拾好包裹便同爹娘道別。

夏春妮氣惱她同李小花吵架，連留都沒有多留她。

李旺也覺得在小女兒面前沒面子，每次看到她就提醒著他賣女兒的事實，所以痛痛快快地讓小芸離開。

李小芸強扯出一抹笑顏，踏著落日的餘暉，直奔李蘭的家。

他們就不擔心她這麼晚進城走夜路會有危險嗎？李小芸擤了擤鼻子，甩了甩頭，決定一切從頭來過。

還有四年半……

這個家，她再也不會回來了。

李蘭帶小土豆去了祖父家，所以屋子是黑著的，李小芸坐在柵欄外，一動不動。冷風襲來，吹起她鬢角的髮絲，露出一張異常堅定的面容。

良久，一個黑影由遠及近，那黑影旁邊是一條白色大狗，很是嚇人。

「李……小芸？」對方不確定的聲音吸引了李小芸的注意，她抬起頭，入眼的是個高瘦男孩，仔細一看，原來是二狗子李旻晟。

李小芸心底微微一動，淡淡說：「幹麼？」

李旻晟愣住。「妳不是去城裡繡坊了嗎？」

「那又怎樣？」李小芸心情正不好呢，管他是誰，說話都帶嗆。

李旻晟不悅道：「妳吃火藥啦？還有妳出什麼事了，瞧瞧一張臉哭成什麼樣，最好別用手抹了，臉蛋都是黑印子，醜爆了。」

李小芸見他趾高氣揚的，心裡越發煩躁。「就是醜又關你屁事？」

李旻晟吃驚地看著陌生的李小芸。「妳脾氣倒是大了不少。」

「你錯了，不是我脾氣大了，而是你有什麼資格對我指手畫腳？有閒工夫還是回家看你爹吧。」李小芸順口就說了出來，忽地又有些後悔，她什麼時候變成這般刻薄之人？

李旻晟果然沈下臉。「李小芸，別以為我不敢動妳。」

李小芸撇開頭，沒有說話。

若是她也專挑人軟肋攻擊，豈不是成了李小花那種人？她才不要同他們較勁，她的路和他們不一樣。

「李小芸妳說話啊，妳是不是聽說我爹的事了？」李旻晟大步走過來，右腳踩在臺階上，俊俏的面容在昏黃月光下忽明忽暗。

他抿著唇角，冷冷道：「說，妳都聽到什麼了？」

李小芸抬起頭，認真地看著他。「沒聽到什麼。我想一個人安靜一會兒，你可以走了嗎？」

李旻晟一愣，他實在無法適應突然強勢起來的李小芸，他盯著她平淡無奇的面容，似乎她還是記憶中的那個傻胖子，又隱隱有些不同。她雖然坐著，腰板卻挺得筆直，明明眼中帶淚，目光卻極其倔強，她應該是害怕他的，神色卻無所畏懼。

該死的……

李旻晟心底莫名一動，他很討厭這樣的李小芸。

兩個人就這樣誰也不曾說話地對視著，李小芸盯著陌生卻又該十分熟悉的二狗子，她有記憶以來就認識他，這個曾經讓她怦然心動的男孩。

他霸道、直率、勇敢無懼。

直到後來，她病了，變得肥胖、模樣古怪，大家都開始欺負她。

曾經含情脈脈看著自己的人一下子就換成了冷冰冰的厭棄神色，她傷心過、心痛過，更有那麼幾次想對天大吼——老天，祢為什麼要這麼對待我？明明是嬌豔欲滴的容顏，卻莫名變成一副鬼樣子，還有一個花一般的姊姊，隨時提醒著她也曾擁有過這般的美好。

變醜是她的錯嗎？

可是小孩子都是直接不拐彎的，所以她承受著小夥伴們的惡言相向，鍛鍊著強大內心。她曾經以為未來一片昏暗，直到後來遇到李蘭、小不點……大家都待她十分和善，他們為她打開另外一扇窗，透過這扇窗，一縷明媚陽光映照下來，照亮了她的眼眸、她的心。

她極少如此明目張膽地盯著二狗子，此時，竟有勇氣這般直視他……李小芸揚起唇角笑了，原來直視自己的內心並不難。

李旻晟盯著她釋然的笑容，莫名就紅了臉。天啊，他在想什麼？居然會不好意思，一定是剛才被這傢伙氣暈了吧？

他不停告訴自己，李小芸又醜又肥，性子差極了……似乎只有如此詆毀她，才可以穩住突然狂躁不已的內心。

他可不願意承認眼前的李小芸渾身上下散發著一股說不出來的韻味，這種韻味讓他的大腦有些發沈。

他甩了甩頭，一定不能就此沈淪下去。

他猛地回過神。「那個，妳姊姊今日是不是回家了？」

李小芸無所謂地聳了聳肩。「是呀，不過你若是尋她就去我家敲門便是，不要同我講，我同李小花從此橋歸橋、路歸路，再不是姊妹了。」

李旻晟沒想到李小芸會如此回答，詫異地說：「李小芸，妳怎麼變得如此涼薄？」

李小芸沒搭理他，遠處有馬車駛來，她站起身遙望著那唯一的一抹光亮，暗道李蘭師父總算是回來了。

李旻晟不耐煩地一把攥住她的手腕。「我同妳講話呢，李小芸。」

她渾身彷彿觸電了一般，奮力甩開他的手，冷聲道：「男女有別，你放尊重些！」

李旻晟被她嚇了一跳，鬆開手道：「不就是碰了下妳的手嗎？」

她撇開頭，看到李蘭跳下馬車，急忙跑過去。「師父。」

李蘭詫異地說：「小芸，妳怎麼這麼早就回來啦？瞧這臉蛋凍的，趕緊和我進屋子暖和暖和去。」

她一邊說一邊皺起眉頭，右手攥了攥李小芸冰涼的小手，責怪道：「是不是家裡出了事情？妳又不是不知道土豆外曾祖父家在哪兒，幹麼不去找我？在這裡傻等著萬一病了咋辦？」

李小芸心頭一暖，委屈道：「我和小花吵了一架，就決定趕緊離開，爹娘也沒留我……反正，他們怕是也想我走了可以清靜一下吧。」

李蘭摸了摸她的腦袋。「成了，不想這些亂七八糟的事，咱們明日一早就回城裡。我帶著土豆去我爺爺家，也是一堆糟心事，這年頭真不是你與世無爭，其他人就會放過你。」

李旻晟沒地方去，也被李蘭叫進屋子。「你怎麼也在鄉下？你奶奶不是被接進城裡了嗎？」

李旻晟垂下頭，淡淡開口道：「我爹納了良妾，我娘不開心，我奶奶本是向著我娘的，但是那良妾倒是個心眼多的，討得我奶奶歡心了。」

李蘭輕聲說：「別難過了，她畢竟只是妾而已，況且你爹娶她未必是因為喜歡呀，她不是京城貴人家的庶女嗎？怕是那貴人想要利用你爹。」

「也許吧，她眼看著就要生了，我倒是要看看是否是個兒子。」李旻晟一臉倔強，目光盯著窗外漆黑的夜色。

李小芸心情平靜一些，想著他也是個可憐人，寬慰道：「你爹終歸是看重你的，不管那人生男生女都不會及得上你半分。」

李旻晟揚起下巴。「再冷的人日子過久了也能熱乎了。我奶奶都能被她討得歡心，我爹可很難說；就連我娘，那日居然都和我說嵐娘子是個可憐人……」

「嵐娘子？」李蘭問道。

「我爹良妾叫做許嵐，是京城鎮國公府李家姑奶奶婆家庶女。」

「鎮國公府？」李蘭愣住。

大黎如今存在的老牌國公府只有兩個。一個是定國公府梁家，另外一個就是鎮國公府李家；梁家如今落魄，鎮國公府卻是極其風光。

鎮國公府兒子也出息不大，卻生了個好女兒賢妃娘娘，如今皇上忌憚皇后娘娘家，便處處捧著賢妃娘娘，連她所出的五皇子都堪比皇后嫡子。

原來李才攀上的貴人竟然是鎮國公府，那麼他的存在就有些微妙。眾所周知，漠北是歐陽家的地盤，這鎮國公府膽子也太大了，又或者背後有皇家撐腰，打算在漠北扶植勢力嗎？

李旻晟還小，對於鎮國公府並不是十分清楚，只是隱隱覺得國公府必然是個高不可攀的大家族。他們家得罪不起，人家偏要用聯姻綁住李才，怕是所圖不小；但是他爹已上了鎮國公府這艘船，根本沒有選擇餘地。

「我娘傻，我奶奶又偏心我爹，自然都說那許嵐是個苦命女人；我就不明白了，衣食不愁，我們全家還捧著她如何就苦命了？她若苦命，我娘在鄉下那些年豈不是都別活了？這賤女人，我是不會認她的，待明年小花去京城，我也上京城讀書去。」

最後的話題果然還是落在李小花身上，李小芸揚眉諷刺道：「許嵐漂亮，你爹自然喜歡，就好像你喜歡小花一樣呀。」

李旻晟臉頰一紅。「那……那不一樣，小花善良。小時候我生得瘦弱，不如李三強壯，可是小花從不嫌棄我，都讓我當將軍。」

李小芸渾身一僵，扭開頭，胸口莫名心酸起來。

李旻晟就偏偏認為當年那個不嫌棄他的人是李小花嗎？好吧，如此認為也就是了。她忍不住摸了摸自己的臉頰，如今說什麼對方也不會信，更不可能改變對她的看法，只會自取其辱。

反正她也不在乎……就讓這分年少情誼徹底留在記憶裡吧。

李旻晟彷彿陷入在回憶裡。「小花還給我編過狗尾巴草呢，她還說以後讓我當新郎，不讓李三他們做，她可向著我了。」

李小芸的眼底浮上一層薄霧，李旻晟真是個大笨蛋啊。

「然後呢，李小花可還記得你半分？她要去京城選秀女了，人家日後要嫁皇子呢。」李小芸紅著眼眶，連自己都詫異聲音裡的酸澀。

李蘭朝她搖了搖頭。

她深吸口氣，點了下頭。「師父，我好累，想睡了。」說完話就進了裡屋。

李蘭看了一眼李旻晟。「你還回去嗎？要不我在外屋給你騰張床吧，你帶著小土豆睡？」

李旻晟搖了搖頭。「我家屋子還在，有人看著呢，我還是回去睡吧，否則怕別人又說蘭姊姊閒話。」

他轉身走了兩步，又回過頭朝李蘭道：「蘭姊，剛才我看到小芸在妳家門口哭，怕是心情不好呢，勸勸她吧。」

「好孩子，快回去吧，我曉得了。」李蘭看著李旻晟離去的背影，感慨著兩個人畢竟還是有些少年情分吧。

小時候再怎麼吵架，漸漸大了，反而是另外一種回憶。

這些孩子將來都會離開這座小山村，待去了如花似錦、歌舞昇平的京城，還不曉得會變成什麼樣子。

李蘭想起李小芸的悲傷，有些心疼，進了裡屋。「聽到了吧？二狗子還讓我勸妳呢，卻不知道傷害妳最多的就是他這個傻瓜。」

李小芸坐在床邊，有些不好意思道：「人人都肯定更喜歡小花，我可以理解的，沒什麼大不了，早晚我也會有屬於自己的幸福。」

李蘭讚許地點了下頭。「能這麼想最好。小芸，妳且記住，女孩子並非容貌漂亮就會幸福，關鍵還是一顆堅定的心。刺繡是讓人心悅的事情，亦可以鍛鍊心性，如此下來，妳會變得強大無比，誰也不能擋住妳的路。」

李小芸握緊拳頭。「我知道的。」

李蘭摸了摸她的頭。「回家又哭鼻子了吧？傻孩子。」

「其實早就應該死心的，都怪我自欺欺人，想要索取一點點親情的溫暖，於是再一次被打擊了。小花姊姊到底有多生我的氣啊？她明知道我今日回來卻故意把爹娘帶走，著實惹到我了，我同她徹底鬧翻了呢，我以為會很難過，反而卻覺得輕鬆。」

「把話說清楚所以沒包袱了吧。」李蘭接話道。

「是呀，說清楚了，兩條腿都彷彿踩在雲彩上，輕飄飄的，哈哈……」李小芸眨著眼睛一邊自嘲著，一邊鋪著床鋪。
李蘭摸了摸她的後背。「二狗子說的那個女孩是妳吧，小芸。」
李小芸愣了下，沒說話。
「李小花骨子裡根本不屑和村裡男孩玩，更別說不嫌棄誰了，怕是嫌棄死了呢。」
李小芸低著頭輕聲說：「他認為是李小花便是吧，或許這樣還美好一些。」
李蘭望著她挺直的背脊，走過去拍了拍。「每個女孩都有情感懵懂的時候，不過最後嫁給的那個人往往不是最初心動的男孩。」
李小芸猛地回頭，唇角卻是揚起的。「師父，我不難過，真的，我很感恩，也覺得自己挺幸福的。日後，我們都會好好的。」
李蘭笑了笑，兩個人上了大床，拉上簾子，同榻而眠。

清晨，一縷明亮的陽光從窗櫺沿著桌子落到床邊，李小芸睜開眼睛，眨了眨，伸了個懶腰。小土豆醒得早，已在院子裡玩耍。
李蘭下地做了早飯，三人吃完飯後決定立刻啟程回城裡。
不知道誰胡說八道，生生把李蘭去如意繡坊的事傳成了去給李邵和當管家婆，更有人誣衊她企圖勾引李先生……
這大帽子扣著，其實李蘭比李小芸還心煩呢。

三人在晌午前就回到了繡坊，易如意詫異地看著他們。「不是回去團圓了嗎？最後竟是這麼早就回來了，怕是不受歡迎吧？」

李蘭斜眼瞪了她一眼。「瞧把妳美的，別人過得不好妳挺愉悅？」

易如意聳聳肩。「只是想通過你們提醒我外祖父，這親戚啊未必是你養著人家，人家就會感恩圖報呢。我們家不幹活白吃白喝的親戚更多，沒準兒最後我和妳一樣，都成了親人嫌棄只能自己帶孩子的寡居婦人，還被戳脊梁骨。」

「呸呸呸……」李蘭忙道：「妳莫因為我就對感情失去信心，日後總會有屬於妳的幸福呢，別太讓老爺子操心。」

易如意嘆了口氣，轉頭看向李小芸。「妳爹娘可對妳好點了？若是不好下次就不給他們送禮了。」

李小芸自嘲一笑。「那麼以後可以給易姊姊省下了。」

易如意愣住，忽而揚起唇角，不客氣揚聲道：「好吧，徹底放下了也省心。妳家孩子那麼多，爹娘顧及不上倒也正常，那麼多孩子，就讓如今可以顧及的孩子去給他們養老便是。小芸，以後繡坊就是妳的家，到時候就算五年期滿，妳走不走都不礙事的。」

李小芸極其感動，用力點了下頭。

這一次她真的受傷了，到了年底也不曾回去看望爹娘。

但是基於兒女孝道，她將積攢下來的散銀，買了年貨託李旻晟帶回給娘親。他倒也帶回來一些土產，說是她爹娘讓他帶來的。

聽說娘親又生了雙胞胎，還是兩個女娃，爹爹似乎有些失望。她做了些衣裳送回去，卻沒想到把自家大哥招了來。

李小芸猶豫半天，出來見了大哥。

李大郎穿著一身灰色布衣，拘謹地站在大堂中，見她出來，有些躊躇。

其實他不大想來見小芸——當初爹娘為了小花的前途，將小芸議親給傻子的時候，他不曾說過話，如今回想起來，這件事確實讓人寒心。

李小芸有些尷尬，曾幾何時，親兄妹成了現在這種狀況？她故作閒聊問了些家裡事情，待聽到李大郎不停強調，娘親生了雙胞胎，身子不大好，兩個奶娃子也沒人帶，他和爹還要下地幹活，便覺得哪裡不對。

「小芸，回家吧。農耕忙不過來，兩個奶娃子需要人照顧，不要在繡坊幹活了，好嗎？」

李小芸胸口一悶，合著家裡沒人照看孩子了，便想讓她回去了？爹娘把她當成什麼了！

「小花明年就要進京了，有好多規矩要學，已經很久沒回家了。妳回來見不到她，也不會難受。」李大郎說話像在默書，顯然是爹娘教的。

「大哥的意思是李小花不會回去，我才可以回家？她若是在家一日，這個家我是不能回的？」

李大郎撓了撓頭。「不是這個意思，只是不想妳們見面就吵，誰都不開心。」

「然後呢？」李小芸突然大喊。

「因為我們見面會吵，所以大家只讓小花回家，都不樂意讓我回家？二狗子前幾日回來給我捎了土產，還說娘親告訴我若是忙，過年就不用回去了。你們這麼怕我過年回去，可是為了讓小花舒心？大哥，你摸著良心說幾句公道話，我到底哪裡做錯了？為什麼如此待我？撿來的孩子都比我招人疼吧？」

李大郎低著頭，他本就不大會說話，就知道會搞砸。

李小芸顫抖著肩膀。「我不指望你們對我有幾分真心，這個家我已經不認了，求求你們放過我吧，不要再琢磨著讓我回去伺候娘和帶孩子……」

「對不起，小芸。」李大郎嘆了口氣。「我也沒想過妳會答應呢，只是爹娘畢竟是爹娘，生我們、養我們，想法肯定不一樣。」

李小芸紅著眼眶一言不發，李大郎放下了個包裹。「娘給我找了媳婦，他們家窮，就不辦婚事了。二弟同鄰村財主家的二丫好上了，女方家有錢，必然要辦婚事。娘說兩個奶娃子太小，她身子也不大爽快，再加上要攢些錢才能娶媳婦，就打算將婚事拖個一、兩年。妳……記著這事，我成親不來無所謂，但是老二的婚事妳可要回來幫忙。」

「呵呵，明年李小花不在了，所以你們想讓我回家。那麼今年呢？我過年時候不忙，是否該回家呢？」李小芸直言道，目光死死盯著大哥。

李大郎張開嘴巴，吐出氣，一時無言，終是沒有讓她回家的意思。

李小芸什麼都沒說，轉身離去，朝丫鬟道：「送客吧。」

李大郎走了，她卻連眼淚都沒有掉下來一滴。是的，她不會哭，不會再為這些人掉眼淚，不值得……他們不配。

李蘭聽下人議論過當時的情景，決定提前帶小土豆回老家轉一圈，大年三十回來陪李小芸一起在易家過年。易如意知道後高興得不得了，他們家人丁單薄，正愁過年沒人呢。易如意瞭解李小芸的家事後，私下同管事叮囑，下次若是李小芸家裡來人就直接打發出去。

李桓煜和易如意的想法相同，他這一年身子長高不少，面容越發冷峻。他同李小芸每個月都會見上兩日，感情一如既往的好，只是李小芸總是嘮叨著說男女有別，這件事情讓他很難接受。

於是每次見面都會以吵架告終。

日子就在這般吵吵鬧鬧中過去了。

年後，李邵和拿下漠北貢院頭名，準備今年進京參加會試。

一時間，他聲名大噪，收禮收到手都軟了，再加上一直未再成親，儼然成為東寧郡最佳女婿人選。

會試次年才是選秀年，但是考慮到路程遙遠，東寧郡的待選秀女們今年就要上路前往京城，之後還要再訓練一年，才會參加選秀。

離別總是讓人傷感的，黃怡走的時候李小芸就哭了好幾日，這次李翠娘離開，她哭得更悲傷了。

李翠娘穿著一襲粉色綢緞長裙，高領口翻下來繡著祥雲圖案。

她給李小芸留下一堆包裹。「說是到了京城什麼都按照分例，這些東西我用不上，妳留著是個念想，興許咱們以後還可以見面呢。」

李小芸難過極了，從小到大，她就李翠娘一個手帕交，沒想到對方一走就是要去如此遙遠的地方，她連想都不敢想。她盯著李翠娘，一句話都說不出，一說話就崩潰大哭。

「翠娘，妳、妳一定會遇到良人的。」

李翠娘嘆了口氣。「嫁給誰不是嫁呢？若不是外祖母家急需可以同宮裡搭上的人脈，我也不至於非要進京選秀。」

「翠娘，妳是好人，妳一定會幸福的。」

李翠娘眉眼瞇著。「其實我也覺得自己命不會太差，大不了就是做夠了年限出宮唄。到時候我若是無路可走，妳記得收留我便是，未來的鳳娘子。」

李小芸見她調侃自己，總算是止住難過。「如果可以，記得給我寫信。」

「嗯嗯，放心吧。倒是妳姊，仗著有點姿色整日裡耀武揚威，怕是個招人煩的；偏偏她同我一個村，我還要經常和她被分在同宿，實在是鬱悶透了。」

李小芸當然知曉李小花的性子，不由得搖了搖頭。

天下無不散的筵席，二狗子也決定去京城上學。他來同李小芸告別，兩個人都是大孩子了，不再像小時候般幼稚吵鬧，反而生出不捨的情緒。

李小芸以為李先生定會藉著這次進京趕考帶李桓煜出去見世面，豈料李桓煜不樂意去，李先生居然也沒勉強他。

總算是有個人同她一樣沒有離開東寧郡，她的心情微微好了一些，還好李桓煜沒有走，他一直陪在她的身邊呢。

第十八章

李邵和走後，無人督促李桓煜背書，他便將大部分精力投入到和府上新來的武術師父的比試上。

這位武術師父姓曹，是歐陽燦幫他找來的，曾在歐陽穆的軍營裡待過，後來因為傷了眼睛，不得不告老還鄉。曹師父有幾分真本事，最主要的是他身上充滿軍人的血氣，令李桓煜備受影響。

這些時日以來，李小芸身高高了許多，在易如意和李蘭的監督下，體重沒有繼續增加，臉蛋小了好多，下巴隱約可見尖尖的稜角，兩腮的肉平滑下來，皮膚白嫩細柔，越發顯得一雙明眸又大又圓，眼底總是水汪汪的，讓人仔細一看，忍不住紅了臉頰，暗道小芸越來越水靈漂亮了。

尤其是李桓煜，近來每次對著李小芸的眼睛，就會心跳加快，莫名害臊。直言李小芸讓人討厭，他一不聽她的話，李小芸就敢哭給他看，彷彿小媳婦被他欺負似的，害他只好立刻投降，恨不得把最好的東西送給李小芸，想讓她開心起來。

李小芸漸漸掌握住拿捏李桓煜的方法，也不大和他吵了，兩個人的感情竟是越發好起來，讓墨悠、墨蘭一眾丫鬟、奴僕看到，只覺得羨煞李小芸。

難得有這麼心甘情願、事事都為她出頭的弟弟跟在身後，任誰也覺得腰桿挺直了吧？

不過，李桓煜不再叫她小芸姊姊……

日漸寒冷，又近年關，李小芸幫易如意忙活家事，她自己繡了個喜字，想著掛在屋子裡。

她身穿大紅色襖裙，同底色的束腰柳帶上鑲著一塊李桓煜送的翡翠玉墜。易如意的弟弟易如海生得皮膚白嫩，很是可愛，極其愛纏著李小芸，這一點令李桓煜十分不悅。

李桓煜自從李邵和進京後行動自如，沒事便來尋李小芸說話，他才進門，便看到易如海捧著一碗切好的木瓜，站在椅子旁，奶聲奶氣地說：「芸姊兒，吃木瓜。」

李小芸臉上一紅，從椅子上跳了下來。木瓜是易家常年供應的，易如意和李蘭一天到晚琢磨著美容養顏，再加上有李小芸這現成的試驗品，於是心思全花在她身上。

夏天的時候，她們主張喝木瓜牛奶，既可以解渴，還可以豐胸美膚；冬天到了，考慮到府上牛奶供應不及，便切成小塊，沾著蜂蜜吃。

李小芸如今十三歲，開始明顯發育，她本就胖，越發覺得胸前兩塊肉好像生病似地不停隆起……怪彆扭的，但是易家姊姊說這樣才好，越大越好……

李小芸兩隻手抹了下裙子。「我手髒，去洗個手，海哥兒等我。」

「不用！」易如海踮著小腳丫。「海哥兒餵芸姊姊。」

說著便要把插著竹籤的木瓜塊遞上去，李小芸剛要張嘴，便覺眼前一黑，有人將自己和海哥兒隔開。

「成了，我替你芸姊姊吃了。」李桓煜不高興的聲音從耳邊響起，李小芸無奈地搖了搖頭。「又蹺課了？」

「哼！」李桓煜回過神，他身材修長，眉眼鋒利，目光灼灼看向李小芸，揚起下巴道：「若不過來還不曉得呢，妳什麼時候同海哥兒感情這麼好？」

李小芸眉頭一皺，看了一眼快哭了的易如海，調侃道：「你嚇唬他做甚？奶娃子的醋你也吃呀？」

李桓煜從小到大就不喜歡她待別人好，起初想不明白原因，後來讀了好些書，暫且認為這是一種叫做吃醋的情感。比如她就經常吃李小花的醋，因為爹娘特別偏疼她，所以，她倒是可以理解李桓煜偶爾的霸道。她就是沒資本張揚，否則怕是也會鬧到父母那裡去。

李桓煜臉上一熱，一把攥住李小芸的手腕，拉到身前，嘴巴都快貼在她的鼻尖。「就是吃醋又怎麼樣？若說小土豆是李蘭姊的兒子，妳平時照看他也就罷了，好在我早早將他弄成伴讀，怎麼現在又來個海哥兒？妳就不能安分點？」

李小芸被他說得臉紅。

「你別胡說八道成不成？不知道的還以為我幹了什麼事情。海哥兒和小土豆都比你小呢，再瞧瞧你，拉拉扯扯，我不同你計較就是了。」

李桓煜胸口莫名堵著，他扭過頭故意凶易如海。「李小芸不是你姊，易如意才是，你去找你姊姊去，不許搶我的小芸；否則……」

他舉起左手攥了下拳頭。「我才不管你幾歲，揍完了把你扔給人牙子讓你一輩子回不了家。」

易如海不大理解李桓煜話裡的意思，卻曉得不是好話，哇的一聲就哭了，立刻從四面八方跑來一群丫鬟。

海哥兒的嬤嬤不認同地看著李小芸，本來想說兩句，卻見李桓煜凶神惡煞地盯著自個兒，躊躇片刻便閉上嘴巴。

她心知肚明如今的李家得罪不起，最要命的是這小哥看起來斯文，實則心狠手辣著呢，於是唯唯諾諾地直接帶孩子走了。

李小芸無語地掃了李桓煜一眼。「你呀……」

話音未落便感覺到濕潤感從額頭掠過，臉蛋頓時通紅。臭小子又開始犯渾了，十歲的人了還老玩偷親她額頭的戲碼。

李桓煜果然一臉得逞的興奮表情。「小芸，我做了個大風箏，可以讓大寶、二寶叼著飛，想帶妳去看。」

李小芸猶豫了片刻，說：「繡坊忙，我還要幫師父們幹活呢。」

李桓煜皺著眉頭，他生得好看，即便是生氣的時候也不令人反感。

「妳若是不去……我就……我就再親妳一口。」他威脅道。

李小芸嘆了口氣，她怎麼慣出了這麼個大少爺。她看了眼時辰，說：「成吧，好在今日活我昨日就弄了，便陪你玩一日就是。」

「那趕緊走，我讓人買了城東好吃的糕點，還親自做了蜂蜜牛奶給妳喝。」

「蜂蜜牛奶增肥，我不想喝。」她小聲說。

「妳都瘦得沒樣了，李小芸！」

李桓煜的聲音彷彿從齒縫裡流出，他家小芸都快被那兩個女人塑造成醜八怪了，否則也不會逼得他開始研究長肉食譜。

李小芸還想抱怨什麼卻被他一把拉起來跑著。

一陣風吹來，將男孩、女孩的爭吵聲淹沒在冬日的暖陽裡。

兩人玩了一下午，還騎了馬，李桓煜才放李小芸回來。

李蘭不過是禮貌性留李桓煜下來吃飯，對方便不客氣地接受了。

他還偏愛貼著李小芸坐，好似離開她就沒力氣吃東西的模樣，惹得眾人失笑。每個人都習慣了他待李小芸的態度，也不大覺得有什麼。

入夜後，李桓煜厚著臉皮坐在李小芸床邊不想走。去年春節李小芸沒有回家，他們便同屋睡了，今年……他還想和小芸一起睡。

李小芸手裡捧著兩件李桓煜破了的衣裳，藉著燭火縫補著。「你先回去吧，我明日讓人給你送過去，省得白嬤嬤擔心呢。」

「沒事，我同她說今日回去得晚。」他一邊說著，目光卻從未離開過小芸的臉頰。「小芸，妳過來縫吧，我覺得妳屋子裡有些冷。」

李小芸一愣。「我過去你就不冷了？淨是瞎說。」

「妳那麼胖，身子熱乎。」李桓煜實話道。

李小芸心情一下子鬱悶了。「合著你總是黏著我是覺得我熱乎？」

李桓煜急忙搖頭。「不是，因為妳是小芸啊，我才喜歡和妳在一起。」

「哦。」李小芸悶悶應了聲，李桓煜這個臭小子真不會奉承人。突然，光亮一暗，她抬起頭，發現李桓煜走了過來。

「幹什麼，嚇了我一跳。」

她聲音裡竟是有一點緊張。誰教李桓煜最近身高竄得太快，他明明小她三歲呢，怎麼一下子就比她還高了？

李桓煜的臉上有些發熱，他想起前幾天的一件事情，有些靦覥道：「小芸……我、我好像得怪病了。」

小芸手裡拿著針線，抬起頭看向明明長得老高卻一臉害羞的李桓煜，唇角微微揚起。

「瞧你這樣子，說吧，怎麼了？」

他右手撓了下後腦，尷尬結巴道：「不知道該如何說起……就是前幾日早上，我似乎尿炕了，可是又有些不同。墨悠那丫頭幫我洗了床鋪，看我的眼神卻怪怪的，白嬤嬤也好幾次欲言又止，小芸，我莫不是身體出事了吧？」

李小芸的臉蛋刷地一下子紅了起來。

「這……」她咬住下唇。

她上個月剛來過癸水，也曾以為自己得了絕症，幸好有如意姊姊、李蘭師父兩個人教導，才曉得這是每個女孩長大必經的過程。當時她查了好多書籍，其中自然也看到男孩是如何「長大成人」的。

她有些猶豫，總不能大剌剌同他討論吧？但是考慮到李先生已經進京，桓煜身邊無男性長輩，難怪跑她這兒來問了。

小不點是十分單純的，她不能誤導他。

她臉熱道：「桓煜，這沒什麼，一般男孩到了一定歲數，受到刺激後就會有這種反應，你別太在意。不過這不是什麼好事，你切不可、切不可輕易碰自己那兒，知曉嗎？」

李桓煜一怔，臉頰也熱了起來。「小芸，我真沒碰那兒，它就是那樣了。」他言語中有些委屈，彷彿小芸暗示他做了什麼壞事。

李小芸怕傷了他的自尊心，畢竟是難以啟齒的私密事。

她急忙拉住李桓煜的手。「我相信你，這不是大事；但是你要答應我，以後絕對不可以碰那兒，知道嗎？」

書上寫過，若是男孩太早……對身體是極其不好的。

李桓煜保證道：「我答應小芸便是，我……會保護好它的！」

這都是什麼話呀！

李小芸故意咳嗽一聲，尷尬極了，不想再繼續這個話題。她不過也是個半大的孩子，哪裡懂得這些事，不過是看書上寫過罷了。

夜色漸深，跳動的燭火將李小芸的臉龐映照得越發紅潤，李桓煜莫名盯著她看，如何都移不開眼睛。

記憶裡的小芸總是這副樣子，瞇著眼睛給他縫補衣裳，抬起頭再朝他笑一笑，這笑容比糖果還甜，讓他胸口暖暖的，洋溢著道不明的歡愉。

「小芸……」他輕輕唸，隱隱帶著幾分撒嬌。

李小芸抬起頭，入眼的是一雙墨黑色瞳孔。

那裡面蕩漾著某種情緒，好像漆黑的夜幕將她籠罩其中，有一瞬間，她渾身都動不了，心臟莫名加快跳動。

「幹什麼？」她故作無事垂下眼眸。

「我不想回去了……」李桓煜低聲道，眼巴巴盯著她。「天冷了，我不想一個人睡，我一會兒給妳暖床還不成嗎？兩個人睡熱乎。」

「咳咳……」李小芸尷尬得不知道該說什麼。「桓煜，你長大了，我也長大了，我們……我們不能一起睡，否則於你我名聲不好，日後你如何娶親，我又如何嫁人？」

李桓煜皺眉道：「我不娶親就是了，妳居然還想著嫁人？幹麼嫁人，有人要妳嗎？」

李小芸胸口處那點緊張瞬間消散無影，她拍了下李桓煜的手。「你就那麼看不起你姊姊？我肯定是有人要的。」

李桓煜聽李小芸要嫁人，整個人都不好了，她是要拋棄他自己嫁人去？這怎麼可以！

他一把攥住她的手，力道忍不住加重起來。

「妳不要我了嗎？」

「這是兩碼事。」李小芸急忙安撫。李桓煜戀母情結太重了吧？但是他們早晚會分道揚鑣的。

「我不同意！」李桓煜咬住下唇，一字字說：「誰敢要妳，我就……我就讓他活不成。」

李小芸徹底呆住，她從未想過李桓煜對她的感情已經到了這般偏激的地步。

她不置可否地搖了搖頭。「桓煜……你和我不一樣，李先生是要做官的，你也會做官的，你們一家人都會離開東寧郡這個小地方。」

「我才不會走！」李桓煜搖頭。「明明是妳不要我，還硬要說成是我和妳不一樣。」

李小芸嘆了口氣。「你還小，以後人生還很長呢。終有一日，你會成為達官貴人，受眾人注目敬仰，包括我，我會為你的功成名就感到自豪的。因為我帶過你呀，我待你比親弟弟還親呢。」

「誰要做妳親弟弟……」李桓煜冷著臉揚聲，怒道：「別自作多情了，我用不著妳待我似親人，親人兩個字在妳我眼裡又不是什麼好詞，妳家親人待妳如何？我只看到妳傻乎乎熱臉貼人家冷屁股！我待妳比他們好多了吧？妳卻不停把我往外趕，李小芸，妳到底有沒有心？」

說到最後已經口不擇言了。

他說不清楚為何如此氣憤，但是整個胸口快要爆炸了。他才不需要別人仰望他，只要李小芸一個人崇拜他就夠了。

李小芸見他說話難聽，也沈下臉。

「平日裡我就是待你太好了，才慣出你這動不動就出口傷人的性子。我待家人是挺沒用的，但是我自己心裡有桿秤，不需要誰來衡量。若是無事，你趕緊回吧，省得白嬤嬤又過來催促。」

「妳、妳還趕我走？」李桓煜跺了下腳，兩手握拳，額頭隱隱浮上青筋。

李小芸撇開頭不看他。「不是我趕你走，而是你我本就沒有關係。你也挺大的人了，我如何整日裡收著你在閨房裡？成何體統——」

她語音剛落便被緊緊擁住，李桓煜熟悉的體香從鼻尖傳來，讓她渾身躁熱起來。

「你幹什麼？李桓煜你越來越過分了！」李小芸慌亂叫道。

李桓煜不肯撒手，兩隻手從肩膀處滑落到李小芸豐滿的腰間，低下頭，目光銳利地看著她。「我就摟著妳又能怎麼樣？我還……我還親妳呢。」他低下頭咬了她額頭一下，白嫩皮膚立刻出現一道紅印。

「你！」

李小芸氣到說不出話來，兩人靠著力道較勁起來。她力氣雖大，沒想到這幾年李桓煜勤於鍛鍊，她居然較勁不過他。

李桓煜用力呼吸，腦袋一熱，嘴巴就堵上了李小芸斥責他的嘴巴，狠狠咬了好幾口。他也不曾親過誰，只覺得如此她就不會老說讓他不開心的話了；但是咬著咬著，就變成了吸吮，好像嚐到了美味，無法自拔……

這道美食香甜可口，還隱隱帶著熟悉氣味，這氣味說不上多誘人，卻甜美得令他安心，沒一會兒，胸口的鬱悶不見了，心情好了許多。

李小芸瞪著同自己毫無間隙的這張臉。

她……她被李桓煜輕薄了，背脊處的手掌粗糙有力，不停揉按著她的衣裳，她在他強硬的氣息下居然有些雙腿發軟。

良久，李桓煜才停下動作，怔怔地看著李小芸嬌紅的臉蛋。

他都沒意識到自己做了什麼，一切都是出於本能，可是……他卻覺得一切剛剛好。

李小芸惱羞成怒，兩眼冒火，剛要開口大聲責罵卻立刻又被堵上。李桓煜想得簡單，事已至此，索性豁出去了，再說他小時候也常親小芸啊。

這一次比剛才有經驗，不再像隻小狗似地胡亂啃，而是慢慢啄吻，從嘴唇到眼角、眉峰、鼻尖以及肉肉的臉蛋，無一處不像糕點般甜美好吃。

李小芸心底有著說不出來的憤怒，趁著他陶醉的時候，用盡全身力氣狠狠將他推開，怒罵道：「滾！你給我滾！」

她眼角流下淚水，聲音裡透著委屈，哽咽著嚷道：「登徒子！虧你是我帶大的，你給我滾！」

李桓煜慌了，兩隻手不知道該放哪裡。

他……做了什麼啊？

一陣冷風襲來，把窗櫺處的小盆栽吹落在地。

寒冷的北風讓李桓煜冷靜下來，他下意識摸了下唇角，忽地反應過來他對小芸做了什麼。奇怪的是，他一點都不愧疚，反而認為這才是他應該做的。

否則小芸老想趕他走……還想嫁人……誰都不許娶他的小芸！

但是他沒想到李小芸反應這麼大。

他怔怔盯著李小芸，對方臉蛋通紅，淚眼婆娑，隱隱顫抖的肩膀，還有那一顆顆斷線珍珠似的眼淚彷彿變成銳利的匕首，刺得他渾身疼。

李桓煜道歉道：「我、我錯了不成，妳別哭了……」

「滾！」

李桓煜莫名感到委屈，用力咬住下唇，直到血腥味蔓延。四周極其安靜，只聽得到彼此的呼吸聲音。

他吸了吸鼻頭，紅著眼眶道：「不就是親了妳一下，就這樣對我，妳若是不喜我親妳，幹麼小時候什麼都不說？妳小時候待我那麼好，幹麼如今又冷著我？」

李小芸想說些什麼卻如鯁在喉，最後什麼都沒有說。

他憤然轉身離去，李小芸捂著胸口處，腦海裡一片混亂。她心跳異常的快，到底是怎麼回事？

她和李桓煜之間，到底發生了什麼？

李桓煜黑著臉回到了家裡，眼淚不停流著，嚇得墨悠急忙將事情稟告給白嬤嬤。

白嬤嬤瞭解了來龍去脈，只曉得是從李小芸那裡回來後便如此了，琢磨著若是小主人這頭打探不出緣由，便要去尋李小芸說話。

這些年來，她待李小芸的態度是時好時壞。

不是白嬤嬤看不上李小芸的出身，而是一想到原本注定位高權重的小主人，居然對一個胖村妞如此眷戀，總是不大好受；若是日後有機會回京，就連丫鬟都必定要尋模樣出眾、氣質非凡的女孩，否則會讓人笑話了去。

鎮南侯府的子嗣，那必然是天之驕子，總不能讓胖妞丟了小主人臉面。

李小芸心裡也亂糟糟的，索性就不再去想了。

快到過年的時候，家裡兄長又來催她回去過年，只不過他連妹妹人影都沒見到，就被易如意的人趕走了。

李旺生氣之餘直接尋到他妹子那兒，讓李春勸勸李小芸。

李春藉著來繡坊量衣裳的名義，順利見到了姪女。

李小芸本不想見姑姑的，誰知曉李春使了個小計謀。王家這次訂貨多，需要幾位繡娘子量身，她偏偏選了小芸這組，出來一對上眼，李小芸才驚覺上了當。

眼見躲不過，她大大方方命人備了茶水，在後院招待李春。

李春看著她好一會兒，道：「真是士別三日，刮目相待，咱們家小芸氣度上長進不少呢。」

李小芸訕訕一笑，並未接話。

她能想像姑姑待會兒要說什麼，她畢竟是容易心軟的女孩，也害怕一時糊塗，又依了爹娘最後糟踐自己。

李春問了她好多日常生活的事後，嘆氣道：「小芸，快過年了，妳真不打算回家過年？」

李小芸沈了口氣，正色道：「姑姑，這話不是如此說的。不是我不想回家過年，而是家裡人不希望我回去。去年我曾親自問過兄長，是否要我回去過年，他當時沈默了。」

李春眉眼一挑。「妳大哥嘴巴笨，當時定是妳聽錯了。」

「姑姑，咱們一家人不說二話。我清楚為何爹娘避著我回去，不過是怕我和李小花吵起來，弄得家裡誰都不痛快。李小花所謂的前程，畢竟是將我婚事拖累了，我不願依著他們，反倒是我的錯，他們心虛不敢面對愧疚，索性都推給我不懂事了。」

李春尷尬地咳嗽了一聲，端起茶杯，抿了一口。「芸丫頭，話不是這麼說，妳可知妳娘想妳成什麼樣了？」

李小芸深吸口氣，命令自己不能心軟。「我娘親懷孕的時候都不曾想我，中秋我回家家裡一個人都沒有，後來我和小花吵也都是讓我走，早在那時候，我便覺得娘再想我，都不及小花半分吧？如今想必是孩子生了，家裡沒人帶，於是大家都想起我了。」

李春垂下眼眸，沒有明著接李小芸的話。照她說，哥哥、嫂子當初也做得過分了。既然怕李小花同李小芸吵架，那麼就挑小花不在的時候勤叫著小芸回家便是，何必同閨女真生分起來？又或者她那個哥哥心裡有愧，又不願意承認，索性強硬到底了。

「好吧，妳說的都對。可是小芸，那是妳娘啊。妳娘生妳和小花的時候就壞了身子，如今又是雙胎，差點死過去妳知道嗎？妳爹又不是憐香惜玉的男人，妳就不擔心妳娘嗎？」李春開始說慘夏春妮，但凡是個女兒聽到母親如此都會受不了吧。

李小芸著實不好受，瞬間迷濛了眼睛，用力眨著，生怕淚水流出來。

「小芸，妳是好孩子，我這次來呢，看妳過得還真不錯，這些事我會回去告訴妳爹，不讓他們總是琢磨讓妳回去帶孩子。所以這次過年，妳若是真不願意回家就算了；可是明年秋天，妳二哥要成親呢，家裡實在騰不出手辦親事，妳就看在妳娘那麼累的分上，回去幫幫忙吧。」

李小芸兩隻手互相揪著，猶豫不決。

「妳兩個妹妹真可愛，好像當初妳和小花似的，那麼小的個兒，被裹在棉布裡，特別懂事，不哭不鬧的；可苦了妳娘親，又要給我哥和姪兒們做飯，還要給兩個孩子餵奶，如今又要辦親事，都沒法找人幫忙。我和妳爹同幾個異母兄弟關係如何妳又不是不清楚，姑姑也沒有逼妳回家的意思，就是讓妳在妳二哥成親這件事上，幫個忙而已。」

李小芸差點被說動了，夏春妮再如何都是她的親娘啊。

「小芸，二郎是妳親兄長，日後妳還要靠著他們呢，娘家再不濟，那也比婆家強；而且我看妳混得還不錯，咱們也回去讓親友看看，讓那些嘲笑過妳的人自嘆不如。」李春動之以情，曉之以理，著實讓李小芸沒有任何反駁的話語。

「這樣吧，妳好好考慮一下，到時候派人去王家知會我一聲。如果回去，咱倆就一起回去，姑姑帶著妳去，再把妳帶回來，如何？」

李春以前看不上李小芸，如今覺得她有點出息了，自然願意拉攏一番，誰曉得日後的光景呢？再加上李邵和的緣故，她待李小芸倒十分客氣。

李小芸躊躇了一會兒。「容我再想想吧。」

原本是想徹底撇清關係的一家人，總歸是躲不過還要見面，她心裡怨著恨著，許久不曾回家了。

李春見她沒有立刻回絕，面容微微動容，便曉得事情有緩和的餘地；於是她大大方方站起來，將帶來的包裹放在桌上。

「我能理解妳同爹娘鬧氣的心情，不過爹娘畢竟是爹娘啊，我和妳爹還有後娘呢，對於當年妳祖父另取新婦我還心裡不痛快好久呢；但是又能如何？孝道大過天，妳也不想傳出難聽的話，於妳、於如意繡坊都不好的，畢竟易家如今風評可不好。」

如意繡坊是女人管家，易如意又活得瀟灑，難免不被世人認同。

李春在情理上給李小芸做完功課，便開始在世俗方面提點她。

李小芸說到底還沒及笄，正是在家從父的時候，別說是繡坊只拿著五年賣身契，就算拿著一輩子的賣身契，李旺若是較勁同繡坊鬧，再加上他背後有金縣長頂著，李小芸也難逃父親掌控……

年後，一道快馬加鞭的賀喜文書從京城傳回東寧郡。

李邵和中進士了，還是殿試上皇帝欽點的探花郎。

他的岳家秦老太爺是京城有名的藥商，同京城太醫院幾位院長關係極好，這要是幫他打點下來，李邵和可謂一步登天，前途不可限量。

頓時，東寧郡李家宅子變得門庭若市。因為李家無長輩，黃院長幫忙鎮宅接待賓客，王管事和白嬤嬤擺了酒席，達官貴人來了不少，連東寧郡郡守都親自過來吃酒。

李桓煜卻因為前些時日的神傷大病一場，並未露面。

他精神氣不好，讓白嬤嬤操碎了心，連帶著對於李邵和高中一事並未覺得欣喜，無奈之餘，她終於還是低了頭，主動派人前去尋李小芸求救。

李邵和高中擺酒，易如意本就打算派人前往祝賀。

她在庫房準備禮物的時候，猛地想起李小芸竟是幾個月沒去李府上看望李桓煜了，怕是又和他鬧彆扭。

她詢問李蘭，李蘭完全不知。李蘭轉過頭試探李小芸，發現她情緒低落，偶爾發呆，暗道怕是這次和李桓煜鬧得不輕呢。

李小芸被易如意叫到前堂，交代一番。她得知眾人派她前去給李家送禮，心裡倍感尷尬。

每次想起李桓煜的強吻，她都會生出不一樣的感覺。

明明是該令人噁心的事情，怎麼卻沒有想像中厭惡？想到此處，她深感慚愧，自己太不害臊了，竟是生出這種歪心思。

李小芸一邊自責，一邊暗道，她和李桓煜是姊弟，不能令其為所欲為，他那麼小，怎麼可以……

她胡思亂想著就來到了李府，沒想到同出門的墨悠撞個正著。

墨悠一看李小芸主動送上門，急忙迎了進來。「小芸姑娘可來了，我們家少爺想死妳了。」

李小芸有些心虛，一聽到墨悠的話差點摔了個跟頭。

墨悠隨口一說，主動幫自家少爺示弱，哪裡想得到會戳中李小芸心事，這反倒讓她躊躇起來，到底進不進屋子呀？

李桓煜這陣子一直過得渾渾噩噩，腦海裡時不時浮現那日親吻小芸的畫面，似乎和以前偷親額頭的時候感覺不一樣，到底哪裡不一樣他也說不出，總之就是……味道還不錯，令人回味無窮……

但是小芸生氣了，真的生氣了……

李桓煜覺得日子一下子昏暗下來，她冰冷的目光好像一把長劍刺入他的胸膛，渾身泛著鑽心的疼痛。

小芸討厭他那麼親她嗎？這個發現讓他受不了。

「小公子，李姑娘來看您了。」

墨悠的聲音從門外傳進來，李桓煜蹙了下眉頭，慌亂道：「等一會兒，讓小芸等一會兒……」

怎麼沒人告訴他李小芸會來呢？莫非小芸心裡還是捨不得他生病，所以來看他了嗎？可是自己這副慘樣子……

他起身跑到桌旁，就著昨晚剩下的熱水擦了把臉，盯著鏡子裡神色奇差的自己，李桓煜都不想見李小芸了。

隨即轉念一想，若是此時讓小芸回去，對方再誤會他就不好了，難得她低頭來看他呀。

李小芸隱隱聽到裡面聲響，猶豫了片刻，想裝作什麼都沒發生過，直接推門而入，便看到一白色身影飛快從眼前掠過，朝著床頭撲了過去。

她有些想笑。「許久不見，功夫又更精進了？」

李桓煜聽到熟悉的聲音，心裡的石頭總算落了地。

他好想小芸呢，想得心口疼，他用力盯著李小芸，恨不得將她的模樣深深印在腦海裡，時不時拿出來回味一下。

李小芸沒想到入眼的是一張清瘦不少的容顏，眼眶都凹下去了，頓時心軟下來。「怎麼回事，病了？」

她轉過身令墨悠去倒水準備為李桓煜洗漱。

「嗯……」李桓煜用力點頭，想起來就是一肚子委屈。「妳趕我走，也不來看我，妳不要我，我當然就病了。」

她忍不住摸了摸他的頭。「別這樣糟踐自己，你正長身體呢。」

李桓煜若有所思地看著她，哽咽道：「妳不要我了，我長那麼高乂給誰看？」

「誰說我不要你了，明明是你先占我便宜，還好意思說呢。」

墨悠進了屋子，將臉盆放在椅子上。

李小芸轉過身沾濕手巾，一點點擦拭著李桓煜髒兮兮的臉龐。

「瞧你把自己弄成了什麼樣子。別人家世家子弟個個俊美年少，風光無限，哪像你呢，因為和我嘔氣就悶在屋子裡人不人、鬼不鬼的。」她簡單擦拭一番，又命墨悠換了水。

李桓煜鼻尖滿是李小芸身上清香的味道，盯著她像往日般溫柔地替他擦臉，胸口溢滿了滿足感。

「小芸，妳還生我氣嗎？妳以後再生氣也不許讓我滾……好嗎？」他眼巴巴地看著李小芸，心裡像是迎風的海浪波濤洶湧，無法平靜下來。

李小芸嘆了口氣。「我當然生氣了，你莫名親我，說出去丟不丟人？我李小芸再難看、再醜，也不能讓你如此輕薄呀。」

李桓煜捂住她的嘴巴。「妳不難看也不醜，在我心裡可好看了。」他說得認真，目光灼灼，反倒讓人不好意思起來。

「你覺得我好看，那是因為你當我是親人呀。」李小芸耐心解釋，目光在落到他布滿血絲的眼底時，心臟揪著似的疼痛。

「我……我是當妳是親人，但是，不只是親人，我在床上躺著想了好多，小芸，我……我……」我喜歡妳呢！

李桓煜滿臉通紅，結結巴巴地想要說出那幾個字，可話到嘴邊就是吐不出來。

沒錯，他喜歡小芸，不是以前的那種喜歡，是以後的這種喜歡。他表達得不清楚，心裡頭卻如同明鏡。

李小芸不是他肚子裡的蛔蟲，當李桓煜又犯少爺脾氣了。

她想了一會兒道：「你爹中舉了，我特意查了書，說皇帝最喜歡的人不是狀元，大多數是探花郎，可見你爹在殿試上表現不錯。桓煜，你真的成了官少爺，我們家的小桓煜，日後不比這東寧郡的少爺們差呢。」

李桓煜認真地看著李小芸，感受得到她發自內心的開心。

「我義父中進士，妳這般高興嗎？」他詫異問道。

「高興啊，桓煜，李先生做了官，你的未來就會更光明了。」她坦誠道。

他搖了搖頭，冷哼道：「傻小芸，妳真是傻呢。」

李小芸懶得同他計較，瞇著眼睛笑。「你過得好，我也安心。」

李桓煜胸口一暖，手卻故作不經意地覆蓋在李小芸手上，壓著她的手往被窩裡鑽了鑽。

「小芸，如妳所說，妳過得好，我也才安心。」

他的眼睛黑白分明，墨黑色瞳孔深處，清晰映著她的面容。

李小芸臉上一熱，抽出手。「你莫學我說話，我有易姑娘和師父照看，自然會過得好。」

「不是這種好。」李桓煜搖了搖頭，認真看著她，輕聲說：「小芸，我……我喜歡妳。」

「啊！」她渾身僵住，撇開頭說：「我知道你喜歡我，好像小土豆似的，他也喜歡我，還有海哥兒，你們都喜歡我。」

「不是。」李桓煜否認。

他坐直身子，蹭到李小芸跟前，右手再次攥住她的手腕，抬起來放在自己胸口處。「我這裡……喜歡妳。」

李小芸徹底慌了，李桓煜的目光深沈似無邊大海，深深將她籠罩其中，無路可退。她想要站起來，卻被李桓煜死死攥住。爭執中整個人失去重心一跌，將李桓煜壓倒在身下。

李桓煜一怔，兩個人的臉蛋都快貼住了。

他唇角微微揚起，右手滑落到李小芸的腰間，用力一扳，將她反壓倒在身下，吐氣道：「小芸，我……我是說真的，我想清楚了，我真的很喜歡妳，很喜歡妳呢。」

李小芸被他壓得死死的，耳邊被李桓煜吹著氣，只覺得哪裡都癢癢的，渾身無力起來。

她到底怎麼回事？居然被個小屁孩牽制住，對方還是自己帶大的娃子。

李桓煜認真地看著李小芸。「小芸，以後妳不許嫁人，我也不娶別人，就我們兩人過一輩子好不好？像是小時候，妳只對我好，我也只待妳好，別人誰也不看，好不好，嗯？」

李小芸望著他純淨的目光，知曉李桓煜並未撒謊；可是他才多大，知道自己在做什麼嗎？懂得什麼叫做不一樣的喜歡嗎？

她若是把他的話當真，日後他若是反悔又該當如何？

第十九章

李小芸兩隻手抵著他的胸膛。「好了好了，我知曉你的心意了還不成嗎？你趕緊起來，莫讓人看到，否則我就活不下去了。」

李桓煜見她沒有直言拒絕，心情好了大半，嘴巴抵著她的額頭輕輕吻了一下。「妳瞭解我心意便好。我改日就和白嬤嬤說，今生今世就要小芸一個人，生我就是妳的人，死我也是妳的鬼……」

「這個……」李小芸尷尬得無地自容，他們才多大，這小子就學書上那一套同她許下承諾。

白嬤嬤若是聽了他這些話，定會當成是她慫恿的吧。

「桓煜你聽姊說，這話你先留在心裡便是，容我、容我再琢磨幾日，好嗎？」李小芸腦袋亂糟糟，怎麼一直當成兒子養的小不點莫名就長大成人，還揚言要和她過一輩子，不許她成親了？

李桓煜在李小芸的連哄帶騙下總算放開了手，一臉得意洋洋，捏了捏她的手心。「小芸，我明日開始繼續晨練，這樣才能保護妳不受人欺負。」

李小芸心裡暖暖的，但是又覺得他是童言童語，日後必然會後悔的。

如今李桓煜尚小，才見過幾個女孩？不過是這數年來同她相濡以沫，離不開她而已。但是男人待娘親和姊姊的感情終歸和妻子還是不一樣的，若是他懂得情事了，怕是看見她這模樣都會覺得噁心。

李小芸離開李府的時候頭腦昏沈沈的，她自責自己居然就糊裡糊塗應承下來沒有反駁李桓煜。可是他畢竟是小孩子，她怎麼講對方都聽不進去，到最後又是一番沒有結果的爭執。

罷了罷了，或許他大一些就會懂得吧。

李桓煜這邊卻認定了李小芸心悅他，至於是喜歡、是愛，他不懂也懶得琢磨，他只是單純地想和李小芸在一起一輩子。一想到生活裡沒有了笨蛋小芸，心口就跟針扎似的疼得受不了。

白嬤嬤暗自觀察了李桓煜一段時間，見他竟是同李小芸待了半日便好了，心裡既高興又躊躇。一個不過是露個面就可以影響小主人心情的女孩，要嘛徹底控制住，要嘛不讓她存在比較好。她心裡認為李小芸是個善良的好孩子，便暗自將此事按住，沒有傳到京城。

李邵和最終進入翰林院，東寧郡郡守得知後大驚。

翰林院可不是人人都可以進的，一般有點背景的大多找個好地方外放，他本以為李邵和最終也會外放，可是卻進了翰林院編書。看起來貌似是個閒差，卻可以常常見到皇上，守著京城這巴掌大的地方熬出頭就是半個天子近臣。

一時間大家都在猜測李邵和背後到底站著誰，可是祖宗八代查了個遍似乎就是李家村出身而已，除了曾娶過皇家藥商之女以外，再無其他可以利用的背景。那麼關鍵點就是這位秦姓藥商，可是他交往甚廣，上自太醫院、京城兩大公府等，下至街頭各大幫派，皆有涉及，卻獨獨不曾同靖遠侯府有關聯。

一個出身歐陽家地界的探花郎，卻同歐陽家沒關係；莫非有人要給漠北這頭另插樁子，省得靖遠侯府一手遮天？

這或許有一點聖心在裡面，那麼李邵和的平步青雲也就可以理解。他若是個聰慧的，搞不好日後還會被派回漠北，到時候他就會成為皇上手中的一把利刃，看看可以扎到誰。

頓時，大家對待李府的態度都曖昧不明起來。

漠北可是靖遠侯封地，無人敢得罪歐陽家，即便是吃皇糧的官員，他們既不敢遠了李府，又怕歐陽家介意，反倒令李家門庭清靜一些。

好在王管事、白嬤嬤都是見過大風大浪之人，王管事還玩笑道：「誰說我們同歐陽家沒關係，白嬤嬤可伺候過靖遠侯世子夫人呀。」

白嬤嬤只是淺笑。天高皇帝遠，京城拿到的消息都未必準確，更何況她一個小人物，在有心人的遮掩下便會成為一顆不被注意的石子。

京城倒是有人把李家村至鎮國公府李氏一脈揣測了遍，卻沒想起太后娘娘也姓李。看來太后這些年來的韜光養晦十分見成效，在當下的形勢，靖遠侯府也樂得讓鎮國公府幫忙照看李家村，令皇帝察覺不出什麼。

俗話說，三十年河東，三十年河西，當今聖上讓李太后深切理解了這句話；但是日後，或許會有人令他明白，什麼叫做莫欺少年窮。

白嬤嬤望著越發英俊的少年郎李桓煜，滿意極了。

轉眼間來到夏天，李小芸忙著繡活倒也沒覺得日子過得慢。

李桓煜依然經常來纏她，於是她改變了方針，不再一味拒絕，偶爾給個「甜頭」，再誇他幾句話，倒是同李桓煜相處得更加融洽。

到了秋天，李春又來勸李小芸，更捎來一個噩耗，原來雙胞胎中的小妹妹染上怪病，一下子就沒了命。李小芸回想起自己小時候的病情，不是也差點就死了？想到此處，她心底竟生出憐憫之情，便答應抽幾天假期回去幫著籌備婚事。

李蘭不放心，同李春直言，繡坊活多，最多讓小芸走四天，四天後若不把人送回來，他們可就去接了。

李春笑呵呵道：「我這是帶姪女回家，又不是送她進火坑。」

易如意諷刺道：「火坑還能靠著自己爬出來呢，妳家卻是幾座大山壓著小芸，怕是小芸想爬都有人扯著後腿。」

李春不願意得罪易家，訕笑了一下並未說什麼，反正她接到人了，算是完成了哥哥交代的任務，於是拉著李小芸早早啟程。

李小芸坐在馬車裡心事重重。

這個家自從上次回去後便許久不曾回來了。

頭頂依然是明亮如洗的碧藍色天空，一路上金黃色遍地的油菜花，以及村門口的兩棵老槐樹似乎都沒有一點變化，如同兩尊守護神立在村門口。

熟悉的菜地裡幾個男孩互相追著打鬧，一個模樣不好看的小女孩被推倒在地，大哭了起來。眾人訕笑，醜八怪、沒人要幾個字不絕於耳。

李小芸下了馬車走過去，扶起小姑娘，拍了拍她身上的土。「沒事吧？」

小女孩眼睛很亮，掉著淚珠，擦了下鼻頭。「沒事。漂亮姊姊妳是誰啊？我沒見過妳。」

李小芸微微愣住，多少年了，居然真有人心甘情願叫她一聲漂亮姊姊。她抬起手摸了摸臉，小花那麼美麗她又如何會醜呢？

如今她衣著得體，綢緞都是上好料子。她身材本就高䠷，將肥肉拉伸，整個人勻稱不少，再加上臉比腰率先瘦下來，更顯得沒那麼胖了。她的皮膚很白，抹了胭脂，髮髻梳得乾淨俐落插著一根玉釵，倒也當得上沒見過世面的小姑娘一句漂亮姊姊。

她摸了摸小姑娘的頭，彷彿看到過去的自己偷偷躲在草叢裡哭。這麼多年過去了，往日變得模糊，原來一切的傷痛都可以被時間淹沒。比如她和二狗子，原本以為是一輩子的敵人，可是二狗子走時卻拉著她的手哭了好久。

還有翠娘、小花……走得遠，眼界就會寬闊起來吧？

「我是李村長的女兒，李小芸。」

小女孩明顯愣住，捂著嘴巴，啊了一聲。

李小芸笑道：「怎麼，是不是聽說過我？」

小女孩剛要點頭，急忙又搖了搖頭。「漂亮姊姊怎麼會是村長家的二丫呢？我哥哥說村長家二丫是全村最醜的丫頭，比我醜呢。」

李小芸無語地笑了。「妳哥是誰啊？」

小姑娘靦覥道：「李三和李四啊，我家就住在村長家旁邊。」

李小芸頓時了悟，早在之前那次回來時就發現李嬸子家多了個娃娃，當時小丫頭還很小，被人抱著，她來去匆匆也沒過問，如今竟是會走、會說話了。

「走吧，明日村長家有酒席，可以來吃哦。」李小芸都不大習慣自稱我家了。她從懷裡拿出糖果遞給小姑娘，小姑娘破涕為笑，拉著她往家走。

李小芸笑著跟著她，一路上不時有人回頭觀望。熟識她的叔叔、嬸嬸們主動過來打招呼，連連感嘆——這走出去的女孩子就是氣派呀，瞧瞧人家芸丫頭，如今竟是變了個人似的。

李小芸淡笑不語，常年獨自完成一幅作品的經歷讓她整個人變得越發沈靜清冷，淡定自如。

李村長因為兩個兒子先後成親，在自家北面又蓋了兩棟新房，讓李小芸差點走錯了路。

李才坐在院子裡同李旺說著話，他參加完李村長二兒子的婚宴後就要進京參加皇商的最終選拔。如今東寧郡的標案已經被他拿下，為此，他自個兒也改了名，叫做李銘順，據說是花了不少香火錢才從西菩寺測出來的好名字。

金縣長作為姻親自然也派人過來送了好些禮物，礙於他的身分，並未親自出席，卻讓妻子過來了。李旺此次拚了命想讓李小芸回家，也是金夫人的意思。

李小芸到家後才發現，這婚事早就籌備得差不多了，哪裡需要她幫忙？

她納悶地看向李春，李春急忙尋了她娘去後院說話，不願意面對她質疑的目光。

她有一種被誆騙的感覺，彆扭地進了家門。

李旺喚她過來──「叫妳銘順叔叔了嗎？」

銘順叔叔？

李小芸愣了片刻，看過去不由得一怔，心想這不是二狗子他爹嗎？合著也是改了名字的。

「小芸變化真是大呢，看來這兩年在繡坊過得不錯。」李銘順順勢舉起酒杯，敬了李旺一杯，沈聲道：「老大哥，你可真讓人羨慕，兩個兒子成家了，女兒還這般出息。」

李旺搖搖頭，故作不在意道：「丫頭片子而已，終歸不如兒子有能耐好；我聽說旻晟那孩子已經考進國子監讀書啦。」

李銘順抬起下巴，很是自豪道：「雖說是託了關係，但也要他自己努力才成。」

李小芸垂下眼眸，看來李旻晟在京城日子過得不錯。

「到時候我進京後會去看望小花，不過小花那孩子心性大著呢，日後必定不俗。」

李銘順是商人，奉承話都說到了李旺心坎上。他為李小花的前程付出那麼多，自然希望有好結果，這樣每次面對李小芸的時候，他底氣還足一些。

李小芸見識越多，越覺得選秀不靠譜，聽他們彼此間的談話只覺得可笑。她心知說多少都沒有用，便懶得多言。

在爹爹看來，她所有怨氣都是因為把她議親給傻子，才這般不看好李小花，為了證明他們的抉擇是對的，日後怕是小花沒出息，爹娘也不會承認的。

李小芸自認管不了他人，做好自己便是。

農村的婚宴是流水席，足足擺了三日。

金夫人原本打算提前一日過來，卻不知因何耽擱了，直到第三天才露面，而且略顯疲態。

李小芸一聽說金夫人來了，頓時有離去的衝動，卻被夏春妮吼了回來。這幾日，夏春妮就沒給她好臉色看。在她看來，女兒一走多年，她兩個丫頭帶不了的時候也不知道回來幫忙，真是白生養了李小芸。

夏春妮是她娘，每句話說的都像是刀子刮肉，李小芸難受著，卻懶得辯解。

她每年都會寄錢回來，爹娘卻一點也記不住，還直言如今家裡不缺錢，就缺人幹活。她心死了，索性選擇沈默，父母她選擇不了，只能盡可能遠離他們。

這次是兄長成親，下次見面恐怕就是賣身契到期時，到時候必定又是一番爭吵。

關於解除婚約，易如意幫她想了不少點子，其中有提到可以去京城參加繡娘子比賽。歸根究柢，這場婚約裡易如意顧忌的不是她爹娘，而是金家。

金夫人娘家是駱家，那麼若能擺脫金家和駱家勢力，或許還有一搏的機會；繡娘子比賽若是可出頭，屆時被京城名媛們賞識，只要攀上說得上話的誥命夫人，或許會有轉機。

這麼好的繡娘子嫁給傻子，怕是京城貴婦們不會沒想法吧？

她們這幫人講究心善，遇到災難都會捨粥救人，總不能看著一個人好姑娘這輩子被個傻子糟踐了。

繡娘子的比賽明年舉辦，所以李小芸還有時間再學習，再去京城。好在她和李翠娘、黃怡都未斷了聯繫，兩個人都說要幫她擺脫這門婚事。

得道者多助，李小芸從未喪失過信心，她相信路是人走出來的，從未存在什麼不可能。

夏春妮拉著她去見了金夫人。

金夫人神色憔悴，看到她倒是眼前一亮。「小芸好高呀，這都快追上我了。」

夏春妮靦覥一笑。「鄉下人，都傻長個兒，我們家小花是在城裡長大的，那才生得秀氣。」

「李夫人這是哪裡的話，我瞅著小芸就很好。」

夏春妮推了李小芸一下，把她推到金夫人跟前。金夫人拉住她的手，上下看了好幾眼，轉過頭朝自己兒子奶娘藍氏道：「我總說小芸年紀小，不捨得讓她進門呢，如今看來，倒是未必等到她十七，這婚事就可以辦了呀。」

李小芸心裡一驚……

夏春妮倒是對此無所謂，而且她不喜歡小芸去什麼繡坊，總感覺閨女跟白養了似的反而成了李蘭的孩子，於是此時倒是應了聲。「好呀，一切全憑夫人安排。」

李小芸回過頭，瞪了母親一眼。

夏春妮不客氣地回瞪回去，暗道，這孩子去了城裡後膽子越發大了，她莫不是認為靠著李蘭、易如意，家裡就拿她沒辦法了？

李小芸恭敬道：「謝謝夫人厚愛，只是小芸如今同繡坊簽了賣身契，要學滿五年才可以離開繡坊。」

金夫人聳聳肩。「妳是去做學徒，又不是丫鬟，成親嫁娶還由得他們不成？繡坊那頭自有我去處理便是。」

李小芸慌了，怎麼平白無故就想提前成婚？莫非對方家裡出了事？

她不敢同金夫人硬碰硬，就怕反而弄巧成拙，提前成婚。

金夫人若想提前嫁娶，怎麼也要取得她爹的同意，同時還要處理她和繡坊賣身契的事，前後至少約莫一個月……

李小芸心不在焉聽著她們閒聊，想到前堂的父親，便偷偷溜走去後院尋了大哥。她小時候同大哥的關係尚可，只是近年卻生疏起來，說到底也是介意大哥凡事都偏著小花姊姊。

李大郎正在後院廚房叮囑著什麼，沒想到李小芸過來尋他說話，愣了片刻，道：「小芸？」

李小芸皺著眉頭。「哥，妹現在有一事求你，你可願意幫我？」

李大郎愣住。家裡這些年糟心事多，其實每個人都心知對不住小芸；但是親事也好，家裡的選擇也好，都是他爹作主，別人再怎麼想又能如何？兒子還能反了老子不成？所以連帶著他見到妹妹也很尷尬，難以自處。

李大郎想了片刻，道：「成，妳讓哥幹麼？」

李小芸隱隱感激。「把爹灌醉成嗎？」

他沒想到竟是這麼個請求。「為什麼呀？」

她咬住唇，誠實道：「金夫人來了，說想提前履行婚事。我還想自在兩年，煩請哥哥幫我……她若是想敲定此事至少要爹答應下來；娘那頭我就不指望了，卻是怕爹糊裡糊塗就應了，還請大哥救救妹子成嗎？」

李大郎若有所思。「妳可知她為何想提前讓妳嫁入金家？」

李小芸見大郎面色沈重，顯然是知道內情。「大哥知道？」

李大郎嘆了口氣。「這些先放在後話，我這就去拉人把爹灌醉，到時候就扶爹去後院歇著，想必金夫人身為官家婦，也不好同外男牽扯；至於娘那頭，我讓妳嫂子喊她出來，妳暫且放心吧。」

李小芸心中一暖。「謝謝大哥。」

李大郎搖了搖頭。「不要這麼說，是我們對不起妳。好些事妳不清楚，我知道後也甚是後悔，或許早該把金家那傻子的事都同爹娘稟明，而不是為了小花的前程，就都瞞著。」

李小芸身子一僵，她見大哥一臉悔恨不已，心中直打鼓，金家那傻子到底怎麼回事？

李家大郎辦事倒是很快，沒一會兒就把醉了的爹扶進屋子。

夏春妮是個鄉下婦人，眼界低，根本沒去想為什麼金氏會在二郎婚宴上遲到，還愁眉苦臉、心事重重的；這一切又為何在看到李小芸後發生了改變，對方竟提出想讓小芸提前進門的要求。金夫人曉得夏氏作不了主，便琢磨著見李村長一面。

可惜李旺大醉，早早被人拖到床上，她卻是不好久留。

臨走前，她特意又喚來李小芸。「好孩子，這個給妳，明日大娘還來看妳。」

這可真是打鐵趁熱，誓不甘休呢。

李小芸眼看著她拔下手腕處的鐲子套在她手上，恨不得一把拔下來扔掉；可是她曉得此時自己沒有對抗金家的力量，若是再讓父母難做就毫無轉機了。
她假笑著，總算送走了金夫人。她交給易家丫鬟一封信，託她捎回去給易姊姊和師父。信裡主要強調兩點，一是讓人去查金家傻兒子是不是有問題，同時言明自己暫時回不去。
她不能在此刻離開這個家，否則到時候爹娘腦袋一熱，同意她提前出嫁，這些年的努力豈不是付諸流水了？
李小芸還在院子裡亂琢磨，便聽到大屋裡傳來爭吵聲。
屋內，昏黃的油燈將夏春妮錯愕的表情映襯得無比蒼老，她抓住兒子的手腕。「你剛才所說可當真?!那金家小子的丫鬟懷孕了?!」
李大郎撓了撓頭。「前幾日進城，在村外碰到了鄰村嬸子，她直言咱家黑了心，怎麼可以把親閨女往火坑裡推呢？」
夏春妮跌坐在椅子上。「孩子多大了？」
「懷孕尚不足三個月，家生子懷的。但是這些不重要，重要的是當年金家來議親的時候就有人說那傻子品性惡劣，經常打罵丫鬟，有次竟是打死了個懷孕的丫鬟！這些流言小花也聽說過，但是我看她一心想離開村裡，您和爹又想拉攏金家，便什麼都沒有說。」
「怎麼會這樣……」夏春妮不停念叨著，渾身哆嗦。她失神地看著油燈，一時間竟是沒了主意。
「娘，我猜金夫人之所以想提前讓小芸嫁進去便和孩子有關係，她怕是想保下孩子吧，否則還沒娶親就有了庶長子，說出去太難聽。」

夏春妮咬住下唇。「虧我當她是真心喜歡芸丫頭，沒想到竟是如此算計我們家。」

「娘，您別被金夫人騙了，我特意打聽過，當年得知她兒子踹死丫鬟的知情人都不在了，可見他們家做事有多心狠。」李大郎憂心道。

「唉……怎麼會這麼倒楣？你當時幹麼不提醒我和你爹？」

李大郎垂下眼眸。「沒想到會變成今日這種狀況啊……再說總不能耽擱了小花的前程。」

李小芸在門口聽得觸目驚心。

金家傻兒子不僅腦子傻，更是被慣得沒樣子，看來還很暴虐呀，連懷了孕的丫鬟都能踹死，還有什麼事做不出？

她沒進屋，直接回到房間，躺在床上徹夜未眠。

金夫人迫切想讓她嫁進門的原因是什麼？為了保住可能生下的庶長子嗎？

金家本就子嗣不豐，丫鬟懷孕也定是極其矜貴，如果她表明不介意金家傻子的這個孩子呢？

不成，她不介意不重要，重要的是金家很是介意。

金家是父母官，金縣長是乾乾淨淨的讀書人，金夫人是大善人！他們裝了婊子還要立碑坊的，不允許名聲有一點污點。

更何況金家和李家本就是訂下親事了，如何不能提前嫁娶？

李小芸咬牙切齒地想著，金夫人還敢自稱大善人呢，這幹的是人事嗎？

如果把事情宣揚開來呢？

這是她最樂意的事情，可是爹絕對不會同意。小花年底選秀正是關鍵時刻，此時同金家鬧翻，一切便會功虧一簣。

她爹不會輕易放手。

她快把腦袋想炸了，最後的結論是就算不要這條命，她也不會嫁。

逼急了就用項上人頭，拽到金夫人臉上！反正她光腳的不怕穿鞋的……

李小芸下狠心後，氣勢都強硬起來了，決定等到爹爹醒後正式談判！

李旺剛醒就聽到夏春妮哭訴此事，完完整整聽完以後什麼話都沒說，只道：「幫我倒盆水，我洗把臉醒一醒。」

夏春妮點了下頭，去院子裡倒水，回來，開門便瞧見李小芸，著實嚇了一跳。

她有些心虛，慌張道：「妳怎麼沒回去？不是說今日就走了嗎？」

李小芸咬住下唇。「娘，您是我親娘，有什麼話不能直說？每次都是這樣，一旦心慌意亂就催我走，上次也是如此，為什麼每次見到我都認為我要離開？我若是離開，您就不擔心嗎？兒行千里母擔憂，為什麼到了我這裡就全變了味？」

夏春妮沈下臉。「妳沒走我大概也猜到了原因，是因為金夫人那些話吧？她說今日還要來呢，倒是有幾分堅持讓妳提前過門的意思。」

李小芸瞇著眼睛，清冷道：「那您和爹的意思呢？」

夏春妮煩躁地搖搖頭。「妳爹作主便是了。」

雖然這是意料之事，但聽到娘親如此說，李小芸仍很失望。「我昨日聽到您和大哥談話，當時見您義憤填膺，我或多或少有些感動，以為您會體諒我幾分，拉女兒一把，沒承想今日就變成一切是爹作主了。」

夏春妮一時無言，關於這門親事剛開始的時候她也認為不好，後來漸漸就談成了，為著讓心肝寶貝似的小花離開村子裡，而且小芸又總是頂撞他們。

久而久之，她倒是懶得管李小芸了。或許是因為親情淡了，她顧及不了李小芸，更不會為了這丫頭去惹怒夫君，更何況這丫頭越來越不聽她話，不合她心意。

夏春妮雖然暗恨金夫人算計，卻又不願意為了李小芸徹底毀掉當下的生活。

這便是她最真實的想法。

李旺等了好久不見人回來，撩起簾子走了出來，詫異道：「小芸？」

李小芸紅著眼眶，扭過頭道：「爹，我想問您，若是稍後金夫人過來，您打算如何回她的話？」

李旺的沈默，令她渾身冰涼。

到最後，被放棄的果然還是她。

李旺怕她做傻事，便想穩住她的心，道：「妳莫瞎想，我們是妳親生爹娘，總會為妳著想。」

李小芸深吸口氣。「我不同意提前嫁入金家，你們若是不顧我的意願，那麼我便把此事鬧開，看看金家到底是什麼人家。」

「胡鬧！」李旺斥責。「小芸，我又沒答應金夫人呢，妳容我仔細琢磨一下。」

「這還需要琢磨嗎？直接拒絕便是，我和繡坊有賣身契呢，您又是我親爹，只要您不點頭，金夫人捅破天也沒辦法！」

兩人尚未來得及吵起來，門口就傳來大哥的聲音。金夫人竟是一早就坐著馬車過來了。

李旺嘆了口氣，他也快煩透此事了，哪怕再撐個半年，待小花選秀的事情落幕，他都可以同金家討價還價一番。

只是這件事情金夫人等得了，孕婦的肚子可等不及。

金夫人見了夏春妮便又提議藉著老二的喜事，不如把李小芸嫁給她家最好。夏春妮心裡厭她，說著說著忍不住就把金家丫鬟懷孕的事情抖出來。

金夫人大驚，面容卻極其淡定。她一咬牙，承諾道：「那夏妹子，妳看這樣如何？這個丫頭的娃我們金家不要了，咱們年底前就把小芸和我兒的婚事辦了，畢竟我兒總是需要人伺候的；再者，金家子嗣單薄，還是讓小芸早日給我生個胖孫子吧。」

金夫人心底也有一番計較，擔心待年後選秀徹底落幕，李家反悔這門親事。好在昨日見過李小芸，那身子一看就是個易生養的主，她倒真心希望她盡快過門。

夏春妮和李旺頓時傻眼，他們沒想到金家做事情倒是夠果決。

第二十章

金夫人的態度著實給了李旺很大的臉面。

在大黎，嫁娶方面男方有極大的話語權，從未聽說女方可以主動退親，大多都是男方主動退親，還能落得全身而退。

金家、李家議親文書早就交換過，眾人也都知曉，男方若是拿出理由，提前迎娶女方那完全說得過去；更何況這是在鄉下，女孩大多成親早，比李小芸嫁得早的多得是。

金夫人把話拋出來，李旺和夏春妮便沒了話。

不管如何，如今小花在京城還需要仰仗金夫人娘家的照顧，再者，他們兩家已是議親，早嫁晚嫁不過是時間上的問題。

金家的傻兒子再差勁，這門婚事也不可能一筆勾銷，李旺沒道理拒絕。金家若是想強硬起來，他們也沒話說，何不踩著臺階走下去，兩家的臉面還比較好看。

至於丫頭懷孕的事，哪個大門大戶少得了這種齷齪事？關鍵在於金夫人堅決的態度，已算是極其看重李小芸的了。

李旺若是此時惡言相向，就有些不識抬舉，他暫且應下。「夫人曉得，我家二丫頭在城裡如意繡坊做學徒呢，我們總要和繡坊那頭商量一下。」

金夫人捂嘴笑道：「這是什麼大事？您是芸丫頭的親爹，還沒聽說親爹嫁閨女，外人拿賣身契攔著。我去尋人和繡坊說。」

李旺等的便是這句話。「既然如此，那麼一切就依夫人的意思。」

三人相談甚歡，便把成親日子正式定下。

李小芸這一次並未聽牆角，但是眼瞅著晌午日頭越來越低，屋子裡又時不時傳來歡聲笑語，便徹底心涼了，怕是爹娘最終還是熬不過金夫人的手段吧。

她以為自己會大哭一場，發呆到最後卻是一滴眼淚都沒掉下來。她轉過身回屋子對著鏡子收拾一番，將鬢角攏到耳後，露出一張還算白淨的臉蛋。她額頭飽滿，眉眼細長，目光清澈，怎麼看都是一張福相。

此時這張福相浮出一抹清冷的笑容，李小芸咬住唇，挺直了腰板朝爹娘大屋走過去，啪的一聲推開門，衝著金夫人，恭敬道：「聽說您家大郎如今要添兒了？」

李旺夫妻嚇了一跳，金夫人也怔住，沒想到印象裡膽小怯弱的芸丫頭就這麼闖進來。眼前的女孩垂下眼眸，她看不到她的眼，搞不清楚李小芸心底到底是如何想法？

金夫人清了下嗓子，柔聲道：「我家元寶是家中獨子，他尚未成親，如何添兒？街坊鄰居的閒言碎語妳可莫當真了去。」

李小芸瞇著眼睛，聲音冰冷。「金夫人，今日我敬您是父母官的親眷，不願意說得太為露骨，您家獨子房內丫鬟懷孕可是真有其事？」

金夫人沒想到她態度強硬，頓時沈下臉。

「自然是沒有這件事情。我往日裡見芸丫頭是個懂事的，沒想到竟是如此人云亦云。」

夏春妮被金夫人的突然變臉嚇到了，急忙走過去拍了下女兒手臂。「快給金夫人敬茶賠禮，不知道一天到晚琢磨什麼，莫胡說了。」

李小芸沒有看她，反而抬頭迎向金夫人的目光，直言道：「金夫人，我同繡坊商量過，明年打算代表繡坊去京城參加繡女比試，怕是無法提前嫁入金家。」

金夫人聽到此處忍不住樂了，揚聲笑道：「比試？」

她捂著唇笑了起來，聲音越發尖銳，扭頭看向李旺。「李村長，你家芸丫頭是什麼意思？欺我金家沒人不成？我們談論兩家婚事，父母都已經達成協議，她如今此言何意啊？」

李旺黑著臉怒道：「李小芸，妳給我出去，否則我打斷妳的腿！」

李小芸紅著眼眶，漠然地看著他們。

「打啊！最好當著金夫人的面打死我算了，反正你們一個是村長、一個是縣長夫人，一起揹條人命不算什麼。」

夏春妮搧了她一巴掌，喊道：「胡言亂語！」

金夫人捂著胸口，瞇著眼睛道：「李村長，你們家的家事我就不管了，但是迎親日期嘛……我看就定在下個月算了，這樣也省得節外生枝，到時候李家和金家都不好看！」

她轉身大步走向門口，還不忘記叮囑一句——「李家女兒真是好生狂妄，就不知道送去京城的小花是否如此？我看吧，此事也有斟酌的必要！」

李旺頓時腦門一堆火氣，轉過身衝愣在門口的大郎道：「去拿繩子把你妹捆了，拘在後院柴房關起來！」

李小芸冷著臉看向父親。

「拘起我來又能如何？你們對我到底有沒有一丁點憐憫？我不求你們幫我解除婚約，我靠著一雙手，自己救自己不成嗎？」

「夠了！李小芸，在家從父，我讓妳嫁給誰妳就嫁給誰，此事無須再議。我就是太慣著妳了，才會讓妳生出這些不三不四的想法；如今妳把金夫人得罪了，日後如何在她家生活，妳是真不識好歹！」

李旺氣得渾身發抖，指著兒子道：「給我關進柴房，今天就餓著吧，讓她好好反省一下。」

夏春妮也生氣，但是想著李小芸畢竟是身上掉下來的一塊肉，又有些心軟。她一邊安撫著丈夫，一邊給大郎使眼色。「還不快把人拖走。」

李小芸咬住牙齒，目光清冷。「我欠你們最多的就是一條命，大不了還你便是！」

說完便朝屋子裡的火爐撞了過去，嚇了大家一跳。

好在大郎就在她身邊，一把拉住李小芸，但是爐子上的水壺掉了下來，灑了一地的水，燙了李小芸的右腿。

「瘋了瘋了！我看妳是瘋了……」夏春妮語無倫次地念叨著。「還不快聽你爹的話把芸丫頭弄柴房去，傻愣著幹什麼！」

大郎喚來二郎一起摟住李小芸，不讓她再有瘋狂之舉。

李小芸面色是史無前例的平靜，她很清楚自己在幹什麼。

她沒瘋，只是無所畏懼罷了。

這些年她也想得明白，人軟被人欺，雖然說好死不如賴活著，但也不能把她送火坑裡去吧？金夫人現在怕是吃了她的心思都有，怎麼都是個死她寧願鬧騰死，誰都別想好過。

李家大郎、二郎把李小芸捆了送入柴房。

二郎嘆了口氣，大郎心裡也怪不好受的。「二丫，妳就那麼不想嫁入金家嗎？」

李小芸目光沈靜。「若兄長是我，你會嫁嗎？」

「既然如此當初幹麼訂下此事？」二郎在旁邊插嘴道。

她扯了下唇角，忽地笑了。「這話二哥問錯人了。我當初如何鬧的別人不清楚，你們會不明白嗎？可是我人微言輕，又為人子女，還不是被人拿捏的一隻螻蟻而已。」

「小芸……其實金家吧……」大郎結巴歡著，說到最後卻找不出說服人的話。良久，躊躇道：「小芸，我去幫妳拖著，拖到年底等小花那頭有消息了，咱們再想辦法呢？」

李小芸自嘲地搖搖頭。「小花沒消息還好，有消息更是需要人家的幫忙。兄長，你們以為京城是李家村嗎？你們以為小花長得嫵媚動人，這天下別人家就沒好看的了？李家村芝麻大小的地方，還不止小花姊姊一個美人，京城可是匯聚了天下所有好看的女子啊。」

「那……反正總會有路的。」李大郎悶聲說道。

李小芸不屑地揚起唇角。「不要再自欺欺人了，爹把我嫁給金家，怕也打著從此生死不管的念頭，利用完了就扔掉，我這條命算是還他了。」

「小芸……」大郎紅了眼睛，怎麼事情就變成如此情況？

李小芸眨了眨眼睛，她見大哥尚存一絲憐憫，突然看向他。「大哥，你放了我成嗎？」

大郎愣住，二郎急忙按住大郎的手。「不可以，小花在京城呢，若是二丫跑了，金家必定會針對小花；況且爹必定會惱怒死了。」

李大郎思索良久，終於還是垂下眼眸，一句話沒說。

李小芸心知他們已經有了選擇，便不再多言。

她的兩隻手被捆著，索性靠著身後的柴火堆，目光死氣沈沈地望著窗櫺縫隙處溜進來的一抹陽光。

陽光透過格子窗戶，變成了瑣碎的小點點，刺著她的眼睛。

李大郎和李二郎垂頭喪氣地離開柴房，掛上了鎖，除了一聲嘆息，似乎也做不了什麼。

晚飯時，李旺沒精打采地撥弄著飯菜，夏春妮不敢說話，兩個兒子和媳婦也一言不發。

唯有三丫時不時喊一句娘親，我餓……

入夜後，夏春妮從廚房拿了個食盒，裝入幾個包子遞給大郎。「給芸丫頭送過去。」

李大郎猶豫片刻。「二丫力氣大，我捆了她的手，怎麼吃呀？」

夏春妮一愣。「笨，讓你媳婦去餵二丫啊，總不能真把人餓死吧。你爹那頭是默許的，然後你再讓你媳婦勸勸二丫，別那麼倔強，虧待她的，日後娘家還她就是了。」

「那如果二丫問我拿什麼補償呢？」李大郎是個實心眼，聽什麼話都容易當真。

夏春妮揮揮手道：「快去快去，先把包子讓她吃了再說，明兒個我琢磨如何勸勸她。真是不省心的孩子，現在咱家是被放在弦上的箭頭，這麼做也是兩害相權取其輕。」

夏春妮的言語隱隱透出些悔意，但是再如何後悔事情也沒有轉圜餘地，只能兩眼一抹黑悶頭往前走了。

不管是心疼閨女還是對眼前的處境著急上火，李旺都會不舒坦的。

最簡單的解決方法就是李小芸低頭，聽話嫁入金家，大家就當沒這回事，面子上都過得去。

否則，金夫人的火氣誰來消？

這孩子，難道以為金家跟他們自家人似的，發完火還可以當沒事人嗎？那是她未來婆家啊，真是作死的命！怕是他還要前去賠禮道歉的。

一絲昏黃的月色順著門縫溜進了柴房裡。

李小芸瞇著眼睛，她幾個時辰不吃不喝，著實有幾分饑渴。

柴房四周特別安靜，安靜到連自己輕輕的呼吸聲都可以聽得到。月色昏暗，窗戶外面的天空看不到一顆星星，漆黑的夜色彷彿厚重的綢緞布幕，一點點往下壓著，壓得她喘不過氣來。

她感覺胸口悶得慌，彷彿就要窒息。

小時候的事情變成一個個場景不停在腦海裡流動著。

還記得中秋節的夜晚，阿爹揹著她坐在院子裡，小花趴在阿爹腿上，旁邊坐著大哥、二哥。

他們無憂無慮地笑鬧著，揪著阿爹原本就不長的鬍子，指著遠處不同往日的月色，胡言亂語。小花嚷道，為什麼月亮一下子就圓了起來，為什麼那淺黃色的表面隱約有幾道白色的痕跡？

於是阿娘走過來遞給他們一盤葡萄，笑著說——月亮裡面住著嫦娥呢，還有隻可愛的兔子。葡萄本是稀罕物，若不是去年皇上讓靖遠侯在封地試種，他們根本吃不起呢。

小花嫌棄葡萄需要吐皮，吃起來費勁，口感澀澀的，便懶得吃。於是每次都是她幫她剝了皮，餵她吃，然後小花就會衝她笑，笑得甜美，亦笑得真誠。她在她微笑的眼底看得到自己揚起的唇角和明亮的眼睛。一年年就這樣走過來，無數個故事從阿娘、阿爹的嘴巴裡講出來，一切是那般美好。

所有的改變都發生在她病了以後。

這個家差點被擊垮，興許是爹娘為她著急太多，徹底厭棄了她。

她難過悲傷，但是念著那分曾經擁有的美好，不願意埋怨誰、記恨誰；可是人心真的會變，私慾一旦膨脹起來，那麼獸性就會漸漸暴露。今日，她在爹娘身上看到了什麼叫做惱羞成怒、氣急敗壞。

李小芸忽地笑了，自嘲地大笑起來，直到一股血腥味蔓延在鼻尖……何時，她的牙齒咬破了唇角？鮮血味道讓她清醒過來。

她不由得自問——李小芸，妳在想什麼呢？妳打算就這樣放棄，屈服命運嫁給一個傻子嗎？

她渾身一顫，不能就這樣認輸！

事情沒到最後，她不要輕賤自己，永遠都不要！

此時，腳步聲傳來，門被推開。

大郎和大郎媳婦徐氏站在外面。大郎媳婦有些害怕，不敢進屋，猶豫道：「那是你妹子，你去餵吧。」

大郎凶了她一會兒，她才老實應承下來，手裡提著油燈，唯唯諾諾地進了屋子。

她拍了一下李小芸的大腿，輕聲說：「二丫，我是妳大嫂……妳醒著嗎？」

徐氏是農村婦人，出嫁從夫，大郎讓她做什麼，她便做什麼；再說她娘家有七個孩子，吃不飽、穿不暖，出嫁後日子反而好起來。李旺好歹是村長，家境這兩年越來越富裕，餓不著媳婦。

對於李小芸，徐氏瞭解的不多。她倒是見過李小花，那可是家裡眾星捧月的存在，而李小芸卻是村裡出了名的胖丫頭。每次提起李小芸，公爹和婆婆也都是唉聲嘆氣，極其無奈，所以在李徐氏眼裡，李小芸不大好相處。

白日裡的爭吵她自然是聽到了的，暗道李小芸可真厲害，居然敢和公爹理論；要命的是，她瞭解內情後居然覺得小芸沒啥大錯。女孩成婚那可是一輩子的事，她爹再不疼愛她，都知道要找個正經人家，也難怪小芸如此反抗——不過這些話她可不敢和大郎說。

徐氏心裡連連為李小芸嘆氣。

她還以為李小芸會有多醜，沒想到竟是個氣度非凡、很有派頭的姑娘，這麼好的女孩怎麼偏要嫁給個傻子……

況且她還是城裡繡坊看重的學徒，每年送回來的孝敬足夠養活一戶普通人家，公爹到底有何不知足？

李小芸疲倦地抬起頭，一雙墨黑色的瞳孔在黑夜裡特別明亮。

她看著彎下腰的女子，動了下唇角，卻發不出聲音。

徐氏有些猶豫道：「二丫，妳大哥讓我來給妳送吃的……爹娘默許了的，可見他們也不忍心真餓著妳，妳要不吃一些吧。」

她見李小芸沒應聲，又戳了戳她的臉蛋。

「二丫，我雖然和妳不熟悉，但是我們都是女子，我知曉妳心裡的痛，就因為別人不疼咱們，咱才更要疼自己。」

李小芸無語地笑了。

她用力抬了小腿，聲音沙啞地說：「我餓了，沒說不吃。」

李徐氏呆住，沒想到她如此識時務。

李小芸沒理會她的驚訝，鎮定道：「我手捆著，麻煩大嫂餵我吧。」

若是李小花碰上這種事情，怕是會以死明志較勁到底，可她不是這樣的性子。她骨子裡是倔強的，所以才會同父親吵開，原則上的事情一步不讓，但是絕食什麼的，倒沒必要。爹想餓著她，她才更要吃，恢復力氣才可以繼續抵抗；況且她還琢磨著如何脫身呢，若是因為太餓跑不動才無法離開，她會恨死自己。

她給師父和易姊姊寫過信，怕是她們不會很快察覺到村裡出事了。

但是師父瞭解她爹娘，過不了幾日還是會派人過來確認，總是會有逃跑的機會。

李小芸拿定主意後反而吃得更多，倒是真嚇到李徐氏了。

這二丫頭可真是能屈能伸，倒是比李小花更令她覺得難纏。李小花什麼心思都寫在臉上，自以為有多高明，其實很多人不過是寵愛著她，不樂意揭穿她的小心思罷了。

可是李小芸……李徐氏竟是看不透。
她家裡弟妹眾多，按理說也算是看多了小孩子。
可是這二丫頭眉眼沈靜，絲毫不像白日裡大鬧過的樣子。
彷彿一切如常，她爹不曾關她禁閉，兩隻手也不曾被人捆著，竟是吃得這般安靜柔和，偶爾還笑著同她要食吃，卻不知唇角間凝固的血跡多麼嚇人。
不過，二丫柔和的目光裡滿是堅韌，讓她想起路邊的野草。它們隨風輕輕舞動身軀，一副弱不禁風的模樣，但是冬天到了，樹木都變得枯黃，那土地上依然挺立著小草，迎著朝陽，不卑不亢。
李小芸吃完了，沈默下來。
徐氏想著相公的囑託，不敢輕易離開。
兩個人就這麼對視著，她突然發現，一縷月光順著窗櫺傾灑進來，落在二丫頭潔淨無瑕的臉上，散發著一抹耀眼的光芒，這光將柴房照亮，令她感到一絲炫目，有些睜不開眼睛。
真是奇怪了，她居然在二丫面前生出害怕的情緒。
「大嫂。」李小芸開口。
徐氏慌慌張張坐好應聲。
李小芸感覺到她的緊張，抬起下巴點了下頭道：「柴火堆都快被我壓塌了，背部僵硬著疼，大嫂，能否把我的包裹拿過來給我墊著？」

徐氏一愣，回過頭看到一個灰色包裹。

她猶豫片刻，探過身扶起半躺著的李小芸，把包裹放在了她的身後，隨即又變得沈默起來。

良久，她覺得待得差不多了，到時候大郎問她，她便說勸說不成便是。

他們親生兄弟都搞不定的妹子，總不能讓她來管吧？反正小芸把飯食吃了，她算是完成了大半任務。

李小芸望著大嫂離去的身影，唇角輕輕揚起。

這個大嫂雖然出身貧窮，卻是個聰明的，知道能幹的事情就去幹，不能幹的事情湊合著幹完交差了事便成。

她聽著大嫂掛上鎖，漸漸遠去，臉上爬上一抹喜色。

她往後靠了一下，早已麻痺的手背上下蹭著她的包裹。

這包裹裡面裝著繡盒，裡面有針線。作為一名對力量掌控力極強的繡娘子，她有信心在雞鳴前搞定捆住手腕的繩子。

她的手腕雖然被捆住，指頭卻異常靈活。

兩隻手挾著針不停挑著手腕處的繩子，因為背對著針線盒，偶爾沒注意就刺到了肉，她也不覺得疼。

一想到可以逃跑，底氣就變得十足，皮肉疼相較於心裡受到的傷害，早就不值一提。

麻繩線粗，李小芸主攻捆綁處的圓疙瘩，待把那兒挑鬆了，一切就變得好辦。約莫一個時辰，總算把手腕從繩子裡掙脫出來。

她站了起來，兩腿發麻，一下子倒了下去。她坐在地上，揉了揉腿，過一會兒又試著站起來，這才感覺到四肢能夠活動自如。

眼看著天色漸亮，李小芸收拾好行裝，從窗戶跳了出去。

清晨，一抹餘白透過遠處漆黑色的夜幕衝破出來，隱隱可見日出的光影。

李小芸瞇著眼睛，頭一次感到自由的可貴。

李小花憑著一張臉卻無所成事，還是要靠其他人的助力，犧牲了妹妹的婚事才得以進京，命運始終被人牽引。

那麼，她李小芸為何不去京城？

她不需要誰為自己犧牲，就靠著一雙手，定要走遍天下。

到時候一定要讓看低過她的爹娘刮目相看，這世上或許借助他人之力成功的會快一些，但是憑著自個兒闖出來的路才是大道，這一切換來的榮耀才能心安理得，睡上安穩覺。

李家村、東寧郡，她都不會再有任何留戀了……

李小芸一路狂奔，無暇顧及披頭散髮、蓬頭垢面，竟是用了不到一個時辰就跑到城門口處。

好在她模樣醒目，從小城門口的小兵就認識她，見她氣喘吁吁狼狽不堪，沒多問什麼還讓同僚載她走了一段路程。

李小芸暗暗記下，日後若有機會定要好好報答。

如今她的想法極其清晰——善待我的人定要加倍還回去，不待見我的人再也不稀罕。

她昨天睜著眼睛順著柴房窗戶看了一天的天空。

因為窗櫺很窄小，所以天空便是小的。她想起李先生曾經給桓煜講過的故事，叫做井底之蛙。

如今，她便是這蛙吧？

可能昨晚睜眼睛睜得久了，如今眼角閉一下都泛著疼。

其實當時不是她故意為難自己，而是不願意哭。

她怕一閉眼淚水就會順著眼縫流出來，她不喜歡這樣的自己。於是，她把所有委屈嚥進肚子裡，相信終有一日，它們會化成一顆金剛心，這世上便再無人可以傷她半分。

易家後宅院子就和如意繡坊隔了一條街道，她跑上去敲門，看門人李伯嚇了一跳。「小芸姑娘嗎？不是昨兒個才送信說暫且不回來了，妳這是怎麼啦？」他急忙開門，將李小芸迎了進來。

李小芸顧不上那麼多。「趕緊關上門，莫說我回來過。我要見易姊姊和師父。」事不宜遲，她一路上也想了好多，決定不管如何先走再說。

東寧郡內金家、駱家可謂一手遮天，怕是郡守大人都不樂意管這事。她如今可以指望的一個是如意繡坊，另外一個便是李邵和。不過天高皇帝遠，遠水救不了近火呀；況且李先生初進翰林院，正是一堆人眼紅的時候，她真心不願意拖累了李邵和。李家同金家這門親事，攤開來說，李小芸根本不占理的。

這是一個什麼樣的時代？

女孩私會情郎叫做不貞，自擇婚事叫做私奔，違逆爹娘叫做不孝，訂好的親事悔婚叫做不義。金縣長科舉出身，門下又有師爺，隨便幾篇文章就可以把李小芸刻劃成不貞、不孝、不義、不潔的女子。若是以前的李小芸，她是不怕的，她爹娘如今怕是也想不到這一點，才會見到點蠅頭小利就許下婚約。

可走出鄉村的李小芸，深知唾沫可以淹死人，於是更不想讓李桓煜知曉她的處境，她思前想後，認為眼下唯一可以幫自己的只有如意繡坊。

第一，她的賣身契還在這裡，繡坊可以告她爹毀約。

第二，易如意是女子，總不能傳出她和易如意的齷齪事吧？

易如意和李蘭看到李小芸渾身狼狽都嚇傻了。

李蘭紅了眼眶，抹眼淚道：「妳爹娘還是人嗎？妳如此待他們，他們怎麼可以這般對妳？」

李小芸一怔，眨了眨眼睛，目光溫柔地看向她，道：「師父，不哭，我沒事的。」

易如意看著在清晨明亮的日光下站著的女孩。她模樣說不上多好看，頭髮更是亂七八糟，一身衣服上沾著雜草，破破爛爛，手腕處隱約透著乾了的血痕，可是她就是那般沈靜溫柔，不卑不亢，亦不需要誰的憐憫。

有那麼一瞬，她認為李小芸將來必成大器。唯有經歷過傷害的人才不會輕易跌倒，人的成熟是一點點淬鍊出來的。

李小芸不願意耽誤時間，直言道：「師父，我想立刻啟程離開東寧郡。」

李蘭呆住。「妳去哪裡？妳連外縣都沒去過，就打算一走了之嗎？」

李小芸咬住下唇。「走投無路了。我和家裡徹底鬧翻，爹娘執意讓我下個月就嫁入金家，那傻子不但腦子不好，脾氣還大，踹死過懷孕的丫鬟。如今他大丫鬟又懷孕了，金家為了讓我進門承諾把那丫頭處置了、孩子打掉；可是，我憑什麼啊？誰的命不是命？我若是狠心走了，那一對母子也可以保全下來。況且，我又不想嫁入金家，就讓別人給金夫人生孫子吧。」

易如意頓時明瞭其中涵義。「我懂了，這就令人備車和包裹，妳先前往漠北主城。我祖父拜把子的兄弟是靖遠侯府下的將領，先去那兒躲著，至於如何上京，這是後話。妳可知從漠北去京城多遠嗎？一路險惡，金家和駱家勢大，妳一個姑娘家跑不掉的；可若說出了漠北，我們易家也幫不了妳什麼。」

李小芸無比感激地看著易如意。「真謝謝妳了，易姊姊。」

「不要這麼說，小芸。」易如意摸了摸她的頭。「路是妳自個兒拚出來的，若是妳不上進，怕是至今還在小村莊裡，早就被妳爹拿來討好金家了。不管如何，至少我們還有機會搏一把，可以選擇走什麼樣子的路，這已是最好的結果。」

李小芸胸口一暖，憋了好久的淚珠一下子就落了下來，但這不是委屈的眼淚，而是感動。

她攥了攥易如意的手。「我不會讓妳和師父失望的。」

李蘭早在一旁哭得泣不成聲，李小芸不是她的孩子，卻勝似她的親妹子。這孩子從小就被欺負，還那麼懂事，從未厭棄別人，一直努力靠自己過活。可是，她的家人卻不認可她，居然把孩子弄得遍體鱗傷，執意令她嫁給個暴虐的傻子。她看不下去，心痛得要命。她一直覺得李家村近年風頭太盛，不管是村長還是李銘順都太自以為是了；可知物極必反，今日走得越高，他日摔得越慘。對於這些貴人們來說，東寧郡他們都看不上眼，更何況一個小小的李家村？

村長啊，真是利慾薰心，被豬油蒙住眼了，才會對孩子下如此重手。

眾人心知耽擱不起，立刻行動。

突然院子裡一陣騷動，外院管事不停喊著。「我的李少爺，您慢些走，這裡都是女眷，您進不得啊！」

李小芸莫名心慌，慢吞吞回過頭。

遠處，朝陽傾灑而下的青石板路上，迎面走來一個身材修長的俊朗少年，他步履輕快，高昂著下巴，白嫩無瑕的臉上隱隱帶著幾分怒氣。

那雙漂亮的眼睛好像黑葡萄似的深邃漠然，眉頭聚攏，揚聲喊道：「李小芸，妳不過是滾回家一趟怎麼變得這麼慘？早就說過讓妳別回去的。」

李小芸深吸口氣，此時哪有工夫哄李桓煜呢？

李桓煜大步走上來，越走近越覺得眼前的一切觸目驚心。

他心疼又憤怒地摸了摸她的頭髮。「他們把妳怎麼了？是妳爹還是妳哥？我宰了他去！」他氣得肩膀直顫抖，轉過身拎著劍就要走。

李小芸急忙拉住他，目光落在李桓煜飽滿的額頭上，想到自己即將遠行，心裡湧上一股不捨，低聲喚道：「桓煜……」

她的聲音很少這般溫柔，彷彿可以將李桓煜融化了。

李桓煜心頭一熱，回過身，眉頭緊皺，咬住唇角一字字問道：「說，到底怎麼回事？」

第二十一章

李小芸緊抿著嘴，臉上慘然一笑，竟是沒有勇氣告訴李桓煜，她爹要把她嫁給傻子的事。

她心底隱隱藏著羞憤，又害怕李桓煜這急性子知曉後會闖出禍事，欲言又止幾次，還是低下了頭。

李桓煜急壞了，兩隻手拉住李小芸的。「可是妳爹他們又拿什麼事噁心妳了？妳且告訴我，我去給妳出氣。」

李小芸沈默下來，仔細想了一會兒，最終決定撇開面子和李桓煜坦白。

這孩子對關於自己的事都會失去判斷力，與其讓他瞎猜，還不如明明白白告訴他。

「桓煜，我爹把我的婚事訂下了。」她鼓起了極大的勇氣，才能夠說出這句話。

李桓煜大腦轟的一聲，嘴巴張著竟是半天說不出話來。良久，他抽出腰旁長劍發抖道：

「我現在就去把那混蛋宰了……」

「站住！」李小芸攥住他的手腕。「你聽我把話說完。」

「是誰？」李桓煜打斷道：「怎麼就突然訂下妳的親事？」

他眉頭緊皺，目光冰冷，銳利的視線好像刀子似的帶著某種可以刺入人心的力量。

李小芸嘆了口氣。「不是最近才訂下，早在幾年前就說好了，否則我幹麼拚死拚活來城裡考繡坊呢？」

李桓煜無法置信地看著她。「幾年前？那時候誰會看得上妳？」

……

李小芸不停告訴自己，李桓煜說話風格就是這樣子，實則他是很緊張她的。

「倒也不是說看得上與否，因為男方不是個正常人。」

李桓煜愣住。「誰？」

李小芸咬住下唇。「金縣長的獨子。你……知道金家的吧？」

李桓煜腦袋亂哄哄的，胡亂道：「我自然知道他家，不過……啊！」

他猛地叫出聲，急忙靠近李小芸，盯著她說：「妳說的難道是金浩然？那個白癡？」金縣長家的兒子小名元寶，本名浩然。

「咳咳，不然還能是誰？你曉得，我姊占了東寧郡一個秀女備選名額進京了。」李小芸垂下眼眸，逼自己言語淡定，彷彿並不在意。

李桓煜憤怒道：「妳爹娘的心被狗吃了嗎？為了李小花進京就犧牲了妳的親事？為什麼現在才告訴我！他們做出這種事情妳居然還回去幫妳哥張羅婚事，妳腦袋被驢踢了？現在還弄得自個兒受傷，又發生了什麼事？」

他氣急敗壞地吼道，完全沒有顧及四周都有誰在，望著李小芸身上的血痕，看在眼裡疼在心裡，整個人快氣瘋了。

李小芸總是這樣，什麼事情都憋著，嚥進肚子裡；但是這世上有四個字叫做得寸進尺，並非你肚裡長牙對方就認為你有骨氣。李小芸爹娘完全屬於軟土深掘之人，不就是欺負李小芸不鬧嗎？

裝什麼孫子！

李小芸心知自個兒理虧，再加上她沒想到她爹真會把她囚禁起來，這完全顛覆了往日自己對爹娘的認知，所以倒是沒有反駁李桓煜的話。

她垂下眼眸仔細聽著，讓李桓煜罵痛快了便是；反正自己即將遠行，她對李桓煜充滿濃濃的不捨之情，從小到大，真正陪伴在她身邊不離不棄的人，似乎也只有他了。

李桓煜見她不說話，更是催促道：「到底如何了！」

李小芸硬著頭皮抬起頭，安撫他道：「你先別氣呢，容我說給你聽，你總是嘮叨，我都不敢說。」

「哼，妳嘴巴上說不敢說，骨子裡卻什麼都敢做。」

他咬牙切齒地看著她，從懷裡拿出李小芸繡給他的帕子，小心翼翼擦拭著她手腕處的傷痕。

清晨的陽光傾灑而下，將他墨黑色的髮髻照耀得閃閃發亮。

他的額頭急出了豆大的汗珠，像是一顆顆漂亮的珍珠，晃得李小芸睜不開眼睛。

她深吸了好幾口氣，才道：「那金家少爺把丫鬟的肚子弄大了，他們家本就只有一個傻兒獨子，子嗣單薄，自然想讓丫鬟生下孩子，便去說服我爹娘提早成親。起初我爹娘不同意，後來金夫人索性捨棄卒子，決定不讓那丫鬟活了，也要讓我早日嫁過去給她生孫子。」

李桓煜胸口處一揪一揪的，想到李小芸差點就要被人拉去給傻子生孩子去了，就沒來由有種想要殺人放火的衝動。小芸是他的小芸好不好，她要陪他過日子的……床榻之側豈容他人惦記？

他暗中下定決心，一定不能讓金家那小子好過。他平日在學堂讀書，倒是有見過那傻子，白白胖胖的，若不是身邊有護衛守著，肯定天天挨打。這倒好，在外面挨打，回去卻找丫鬟麻煩，什麼東西！

李小芸見他陷入沈思，以為這事便是過去了，她著急收拾東西離開。「我先去洗漱一下，你該去學堂了吧？」

遠處，白嬤嬤帶著墨悠、墨蘭跑了過來。他們家小公子派了人來易如意家門口盯著，聽說李小芸回來了早飯未吃就跑了出來。

咦，白嬤嬤嚇了一跳，李小芸的頭髮亂糟糟的頂在腦袋上，這是如何了？

李小芸尷尬地朝白嬤嬤點了下頭，淡定地轉身離開，倒是李桓煜不情願被人扒開死死纏在李小芸手腕上的手，有些不大高興。

白嬤嬤忍不住感嘆，這些年下來，小主人對胖丫頭李小芸情感未減呀，這可如何是好？

唯一讓她欣慰的是李小芸變化極大，尤其是氣度上的。

例如剛才那般，即便渾身上下落魄不堪，也未曾表現出窘態，還知曉同她見禮，道了萬福才離開。

其實李小芸轉過身後就臉頰通紅了……

這一路走來投在她身上的奇異目光不少，剛才太過緊張都不曾注意，此時真有些羞愧，說出去怕是都無人相信，她爹娘竟會如此待她……

她的眼眶紅了一下，罷了，徹底離開吧。

李桓煜被白嬤嬤拉著去上了學，他一路上琢磨著如何幫李小芸脫困。

來到學堂後果然見到那傻小子，頓時氣不打一處來便走了過去，狠狠踹了金家小子屁股一腳。「聽說你搞大了你家丫鬟的肚子？」

旁邊幾個小夥伴立刻圍了上來，議論紛紛。

「桓煜，真的假的？金浩然這傻子腦子不好使，下面倒是能用的？」

「少說兩句，金縣長說了，他兒子不是傻子，否則幹麼來學堂上課？」

「那是黃院長給金家面子，他不是傻子誰是傻子？」

李桓煜瞇著眼睛盯著金浩然，恨不得一巴掌拍花他的臉。

一想到這臭傢伙居然要沾染他的小芸，胸口處便燃燒起一股火，任何水都澆不滅。

金浩然腦袋不好，卻不是任人欺負的主，力氣也不小，否則當年不會一腳就踹死了丫鬟。

他有些口吃道：「你……你、你傻子，你才傻子！」

李桓煜狠狠拍了下他的腦袋。「是啊，你是傻子。」

金浩然隱隱覺得哪兒不對。「對！」

「對你個頭！」李桓煜渾身上下不舒坦，他拎起手邊一把椅子扔了過去，心裡暗罵，讓你娘敢欺負小芸，什麼東西！

金浩然在小廝的拉扯下躲開了。他在家裡一直是脾氣大的主，二話不說踹了小廝一腳。「打……打他！」

李桓煜這幾年每日晨練，那身子骨兒不用說肯定很是強壯，揚起手就真如同心裡所想朝著金家傻子臉蛋甩了過去，落在他臉上打出一個鮮紅的五掌印。

哇的一聲，金浩然大哭，坐在地上，喊道：「去給我叫人，我……打……打死他！」

小廝傻眼了，對方可不是一般的公子哥兒啊，而且還把他們家少爺搞大丫鬟肚子的事情暴露出來，這本不是什麼天大的事，但是夫人正在張羅少爺成親的事呢。

況且，幾年前可是死過一個懷孕的丫鬟，萬一因此引出此事，可就不好了。他們家大人為人保守，政績雖然無功，卻也無過；金夫人「心善」，經年累月的樂善好施一下，被百姓愛戴稱頌，難免被人眼紅。但是他們家只有一個傻兒子，眾人便忍不住生出憐憫之意；若是曉得這兒子雖然傻，私下卻極不檢點，欺男霸女的事沒少幹可就麻煩了。

這些事情一旦被挖出來，就沒人會再同情金家了，讓大人上司知曉後，今年的評級肯定不會太高。金大人在縣令這個位置已經待了兩個三年，正趕上今年是調職年分啊。

金浩然見小廝裹足不前，隨手撿起一根棍子就拽出去，正好打在小廝腦袋上，流了血。

小廝捂著腦袋不敢造次，外人都說金浩然是個傻子，唯有他們這些近身伺候的人曉得，少爺簡直是變態！被他糟踐過的丫鬟何止兩個？他在外面受的那些氣全發洩在女人身上了。

小廝沒辦法，硬著頭皮衝向李桓煜。

他不敢打李桓煜，便只能不停挨打。

另外一個小廝見情勢不好，急忙派人給府上傳話。對方是官身之子，務必得了大人或夫人的口諭，方敢行事。

金家，主屋門口的院子空著，有丫鬟守在院子門外的拱門處，彼此對望著不敢吭聲；遠處，金浩然的奶娘藍氏走了過來，問道：「怎麼都在外面守著，夫人呢？」

小丫鬟道：「翠荷姊姊奉茶不小心斟到了夫人裙子上，就被罵了，夫人心情似乎不大好，還命人打了翠荷姊姊……」

旁邊看起來更機靈的丫鬟接話道：「所以我趕緊尋您來，唯有您可以勸說得了夫人。」

藍氏點了下頭，被這句馬屁話捧得心情不錯。「成了，我曉得，妳們守在這裡千萬別讓人進去。」

她轉過身直奔主屋，就看見被打的翠荷正跪在地上顫顫巍巍地哭泣。

金夫人駱氏近來本就心情極差，一個小小的村長人家都敢和她較勁？最要命的是看起來不錯的李小芸，骨子裡卻是個倔強的主，真想捏腫了那張臉，這年頭敢和她較勁的怕是還沒有出生呢。

翠荷見藍氏進屋，急忙扒住藍氏的大腿。「嬤嬤救我，我……我真不是主動的，是老爺前幾日醉了，強要的啊。」

藍氏一愣，瞬間明瞭，難怪夫人那麼大的火氣，原來是丫鬟爬床；而且這丫鬟還是夫人身邊的人，多少有些打臉。

她使眼色讓翠荷離開，翠荷又回頭看了一眼金夫人，見對方根本沒看她，便跪著往後蹭著出屋子。

藍氏親自動手給金夫人倒了一杯茶水。「夫人，可是有心事？」

金夫人道：「我琢磨著阿虹那孩子不能打掉。」

藍氏聽到此處，知道了夫人心意，便說：「這也好辦，先放到莊子上好生養著，多派些人伺候，把孩子生下來吧；至於李家人，他們莫不是真當自個兒是個人物了？」

金夫人冷哼一聲。「還有那個李小芸，什麼玩意，我看上她是她的福氣，竟是這般不懂感激，待日後落入我手中，倒要好好調教一番。」

藍氏見李小芸將夫人氣得不輕，急忙道：「她不是在如意繡坊做學徒？改日您回趙駱家，讓家主給繡坊施壓吧，早晚把她性子磨平了。」

「駱家？」金夫人不屑地揚起唇角。「用不上娘家就讓她求生不得、求死不能，先把她娶進來再說。妳稍後就同管事說，把話放出去，咱們府上下個月要辦喜事了！」

金夫人喝了口茶水，又說：「順便多備禮，全給送到李家村，我倒要讓人看著，他們家姑娘到底有多不懂事？」

藍氏拍馬屁道：「小小村姑沒見過世面，夫人千萬別因為個傻丫頭生氣；至於她那沒眼力的爹娘，呵呵，李小花還在咱們手上，京城那麼遠，夫人隨便幾句話就可以壓死李村長的。」

金夫人揚眉，嘴硬道：「可惜了我那寶貝兒子，竟要和這種女子共度一生，她不樂意，我還後悔了呢，若不是為了這一口氣，我才懶得讓她進門。至於李小花，更不可能有大造化，漂亮姑娘我見得多了，像她這麼不知深淺、自以為是的不多，怕是爹娘教育不夠。」

「夫人，昨兒個王大夫家的私下和我說，阿虹那胎不滿四個月，卻一點都不顯懷，肚子尖尖、腰身纖細，再加上脈象有力，九成九是個男娃娃。」藍氏話題一轉，說到了金夫人愛聽的事情上。

金夫人揚起下巴，眉眼處總算流露出一絲笑意。「我就說我兒是個有本事的。」

藍氏不停點頭。「大公子性子至純，外人不明罷了。」

屋裡的氣氛總算溫和下來，藍氏想著金夫人一個早上什麼都沒有吃，立刻喚人進來伺候。

噠噠噠……

此時，凌亂的腳步聲傳來，小丫鬟剛出了院門又跑回來，身後跟著大公子的小廝。撲通一聲，小廝跪地，哭訴道：「夫人，我來搬救兵啊，咱家大少爺快被人打死啦！」

金夫人心裡咯噔一下。「誰那麼大的膽子！你們都是廢物嗎？如何照顧少爺的，還居然敢跑回來，人呢？人都去哪兒了？」她往日裡怕兒子受欺負，安排了一堆人跟著。

小廝眼角掛著淚水，少爺被打，他們做下人的萬不可當成沒事人似的。他摸了下臉頰，道：「對方是探花郎家的公子呀。」

「探花郎？」藍氏接話。

她看向夫人，低聲道：「說起這位探花郎和咱們還有些淵源。他名叫李邵和，是李家村出身，他妻子早逝，卻同岳丈家關係極好。他岳丈姓秦，是京城藥商，同後宮還有太醫院都有些門路；不過他家公子並非李先生親生的，貌似早年李先生進京，這孩子都是扔給李家村村長帶著呢。」

金夫人皺著眉頭聽完以後，原本被撫平的怒意立刻又高漲起來。「可是知道因由？」

小廝見狀，老實回話道：「原因不明，但是李家少爺曾質問公子讓丫鬟懷孕的事，當時好多人都在呢，怕是被人聽了去。」

金夫人怒道：「好一個李家少爺！你立刻帶人去給我把少爺帶回來，若是少爺傷著一點，你們誰也逃不脫干係。」

「那李家少爺……」小廝剛要問什麼就被藍氏打斷。

藍氏同他使了眼色。

「什麼李家少爺、王家少爺的，他們算什麼東西！你們只管護著咱們家公子便是，一切後果，自有夫人承擔。我倒是不知道，咱們金家下人都唯唯諾諾到讓公子挨打卻不敢出聲了？」她跟隨金夫人多年，自然曉得其想法。

小廝一聽瞭然。「小的立刻去救少爺回來。」

「我的兒，居然被個野孩子打罵！」金夫人捂著胸口，望著小廝遠去的背影，見四周無人，咬牙同藍氏說：「此事定然同李小芸脫不了關係！」

藍氏急忙攙著金夫人。

「那少年郎我是曾聽說過。李邵和視他如己出，京城岳丈秦家也滿滿意這孩子，還派了管事過來侍奉，日後定是要進京的。」

金夫人將桌子上的一副摺扇生生撕裂。「我管他誰的孩子？若是我兒任由他們這般欺負，日後金家還要不要臉面了。」

藍氏連連稱是。「夫人，其實我們沒必要明著做什麼，李小芸同李家少爺相處多年，我就不信沒有不明不白的事，咱們可以從這一點入手。」

金夫人瞇著眼睛冷哼一聲。「妳且去做。這一次，我還真不需要她李小芸嫁進我金家大門，我要……她的命！」

駱氏好歹出身名門大戶，在她眼裡，李小芸這種人的命本如草芥……對方一而再、再而三挑釁於她，如今又爆出因為此女導致兒子挨打的事，她弄不死李邵和的兒子，還弄不死一個村姑？

她深吸口氣道：「把話放出去，敢打我兒，誰也別想好過。」

李邵和再如何得了皇帝刮目相看，也遠在京城，這漠北可不是皇帝老子說了算的地界！

城東，李小芸收拾完行囊便上了馬車。

易如意拉住她的手，叮囑道：「路上委屈點，直接到了主城再說，靖遠侯管理的主城一般不會有欺男霸女的事出現。老侯爺這麼多年能夠把漠北守住讓皇家說不出半句話，歸根究柢還是自律，所以就算將事情鬧大了也一定要在那兒鬧大，別在東寧郡本地鬧，郡守大人和金家、駱家蛇鼠一窩。」

李小芸用力點了下頭，淚水溢滿眼眶。「易姊姊，妳的恩德我記住了，若是此生沒機會，下輩子做牛做馬也會報答妳的。」

易如意急忙按住她的嘴。「沒那麼大的事。大不了就是被抓回來而已，若是能遇到哪位貴婦人就好了，但凡有點良知的人都會同情妳。」

李小芸擦了下眼角。「誰也沒法靠人的同情過一輩子。我想清楚了，大不了一條命，真到了那地步，我就做個厲鬼天天在金家晃。」

易如意被她逗笑了，摸了摸她的頭。「好孩子，不會到那一步的。」

李小芸抿住唇角，慘然一笑。「嗯，一定到不了那一步！」

她剛要上馬車，卻看到一群李家奴僕急匆匆經過。

奴僕中的墨悠眼尖看到李小芸，詫異道：「李姑娘要出門嗎？」

易如意和李小芸對視一眼，沒有應聲，問道：「你們家怎麼了？」

墨悠想著李小芸同李桓煜的情分，如實道：「少爺出事了，他在學堂把金家公子打了，如今金家來了好多人要抓少爺走呢。」

李小芸身子一僵，大腿竟有些抬不起來……

李蘭看出她猶豫不決，便說：「小芸，不能耽擱，走吧，這頭我會盯著。」

李小芸看了一眼師父，咬著唇上了車子。

她腦子裡很亂，桓煜和金家人打起來啦？定是因為她說的話吧。李小芸揪著心，忍不住懊惱起來，她一個將走之人同小不點說這些做甚？可她若是不說一走了之，怕是小不點早晚會從其他人嘴裡知曉，還是會同金家人鬧。

她閉上眼睛，腦海裡不停浮現李桓煜稚氣的面容。他緊皺眉頭，罵她笨蛋；他揚起下巴，明明因為自己的一點點誇獎開心得不得了，卻偏要裝成不在乎。

這傻子、呆子、笨蛋……

他總罵她，其實他才是最傻的人。

竟為了她這微不足道的人去得罪金家。

李桓煜，你這個渾球！

李小芸忍不住念叨起來，眼角落下淚水。就連她親爹娘在權衡利弊後都選擇放棄了她，李桓煜卻從不考慮青紅皂白，從始至終站在她這一邊。

若說不感動，那是騙人的。

她的下唇被咬出血跡，眼睛一亮，大聲道：「停車！」

她太瞭解李桓煜那無法無天的性子，怕是事情只會鬧得越來越大。況且，金家擁有話語權，指不定如何說這件事情，若是給他扣帽子，她若不在，她爹偏向金家，怕是這輩子兩人誰都翻不了身了。李蘭和易如意再如何也是外人，別人不會聽信她們的話。

所以，她不能跑，跑了就沒人說話，還不是金家說什麼是什麼！

事關李桓煜名聲，她，不能走。

車伕猶豫了片刻。「李姑娘，我家大小姐讓我務必盡快送妳出城。」

李小芸搖搖頭。「送我去郡守大人府邸……」

車伕愣了下，見李小芸目光堅定，嘆了口氣道：「好吧。」

李小芸本是想去衙門的，卻想起縣令可不就是金大人嗎？她想得清楚，李桓煜如今莫名其妙同金家孩子打起來，鬧到最後肯定會被人誣衊她和李桓煜有什麼。

關於這一點，若是她爹娘站在金家那一頭，那麼他們著實說不清楚的。所以，她必須為李桓煜尋個動手理由。事到如今，她會有什麼下場已經不重要，重要的是李桓煜必須沒事，否則就是死，她都不會甘心。

李桓煜是要走科舉之路的人，不能因為她誤了終身。

沒一會兒，馬車就來到郡守府邸。李小芸撩起裙子，下了馬車，她朝車伕說：「為了不給易姊姊添麻煩，您先回吧。」

車伕愣了下。「可是姑娘妳……」

「我沒事。」李小芸笑了笑，她換了一身乾淨衣裳，瞇著的眼睛流露出一抹溫和的目光，倒是讓車伕不好意思地低下了頭。

李小芸勸走了他，走了兩步來到東寧郡郡守府邸大門口前，跪了下來。她這些年讀了許多書，心裡曉得此事無解。金家就算有強取豪奪之意，那也是她爹點了頭的，所以，她告不了金家；至於爹娘，提起來更是讓人心傷。

大黎重孝，從未聽說女子可以違逆爹娘的，子女在家從父，父親打死兒子都不能算犯法，更何況是她這種情況。

道德家們頌揚女子無才便是德，李小芸有時回想往事，感慨萬千。

這話說的沒錯，書讀得少，或許心底的世界便是巴掌大的天空，最終，她便會嫁了吧，然後守著孩子渾渾噩噩度過一生。

世上人與人之間的際遇便是如此，如果她沒有遇到小不點，沒有向李先生學識字，又或是不曾同李蘭學習刺繡，如今的她還是那個只會哭鼻子的小女孩。

自卑、害怕、唯唯諾諾……

可現在，她揚起下巴，即便是跪著背脊也挺得筆直，她所做過的事都對得起良心，所以寧可死也不想苟活。她有些理解李小花了，因為想要看到更多美好的景色，才必須飛得更高。

但是她和李小花不同的地方在於，她不會踩著別人往上爬，她的未來，不需要犧牲任何人。

她自包裹裡掏出一條白色繡布鋪在身前，猶豫地看了一眼，閉上眼睛。

隨即右手咬破食指，開始在繡布上寫字。這是一張罪己書……她把一切責任攬在自己身上，將李桓煜描述成想要為姊姊出頭的幼弟。她沒有指責爹娘，更沒有指責金家，唯有如此，郡守大人才會受理這門官司，爹娘和金家才可以找到臺階下，不再討伐李桓煜。

這世道，子女是沒資格告爹娘的，這話拿到皇帝那兒也是如此。

她只能問罪自己，不該任性出走，釀成大禍。

李小芸一邊寫，一邊哭。

生活有太多不得已，她卻依然想好好活下去。

門口的門衛見到此景前來轟她、打她，李小芸都不曾移動身子半分。

刺繡本是耗時耗力的活，她在易家這些年，早就被鍛鍊得坐如鐘了。她把手指當成針線，在畫布上穿梭得十分自如，沒有一點違和感，周圍路人聚集得越來越多，倒也無法讓門衛當眾行惡。

路人感慨此女鎮定的同時，卻也對其遭遇忍不住一聲嘆氣。

本是鄉村平凡的小女孩，不經意被縣令夫人看中，卻是說給個傻子。因為心底有抱負來到城裡學習刺繡，以前往京城參加繡娘子比試為人生追求，說不得對還是錯了。爹娘不疼，兄妹不親，緣分至淺，卻和撿來的孩子培養出比親姊弟還深厚的情分。

女孩垂下眼眸，墨黑色的長髮盤在耳後，髮髻處插著一支李桓煜送給她的翡翠玉釵，映襯在越發明亮的暖陽下，閃閃發亮。

她顫抖著雙肩，淚水盈眶，卻沒有道半句委屈。淡粉色衣裳上的金線亮晃晃的，映襯著這孤單的人兒隱隱有幾分悲壯。

有人道，難怪縣令夫人會看上她，多好的姑娘，皮膚白皙，體態圓潤，天庭飽滿，典型大富大貴的福氣樣子。

可惜，這麼好的姑娘又豈會甘心給個傻子做媳婦？最要命的是那縣令傻兒子竟是先後糟蹋了數名丫鬟，還令其懷孕。

眾人嘆息之餘不忘記惦念女孩同弟弟的情分。

這弟弟明明已經給官身領養，卻在知情後不顧及後果為姊姊出頭，怕是親兄弟都做不到呢。

可嘆是，姊弟倆總歸是犯了事。這門婚事再如何可惜也是過了正經文書，雙方父母認可的，那麼不管是誰，都沒資格說三道四。

郡守夫人自然早就得知有人在外面長跪不起，還寫著類似狀紙的書信。她派人打聽到內容後，第一時間通知了金夫人。大家抬頭不見低頭見，就算他們家同金家關係一般，也沒有得罪人的必要。

金夫人得到消息後揚起唇角，冷笑道：「這個李小芸，看來我竟是小瞧了她。」

金氏和藍氏合計得好，本打算派人將李桓煜抓來，引誘他說出不妥當的話語，最終扣他一個和李小芸私通的罪名。李桓煜年少，想套他話還不容易？他們金家拿著婚約書，便站在道德制高點上，李小芸這個不知羞恥的村姑，不樂意嫁給她兒子，便藉照顧幼弟之便，引誘幼弟犯錯。反正到時候最不怕多的便是流言蜚語，隨便煽風就有人點火。

可是她終歸沒有猜測到李小芸的果敢，竟鬧到郡守府門口處演起了姊弟情深的戲碼，還率先將她兒糟踐丫鬟的事情說出來，反將金府一軍。

該死的是，她並未責怪爹娘將她許配給金家，也不曾埋怨金家不是，反而令人同情其處境。

金夫人有一種啞巴吃黃連，有苦說不出的憋悶感。

這賤人！

她瞇著眼睛咬牙切齒。

好一個姊弟情深，一個欺我兒感情，一個打我兒身子……

李小芸，我碰不得李桓煜，還治不了妳？

第二十二章

屋內，金夫人詭異地揚起一抹笑容。

窗外，靜寂無聲。

藍氏在旁邊恭敬候著，良久，見夫人不說話才問道：「那麼奴婢現在該如何做呢？」

金夫人掃了她一眼，聲音彷彿從鼻孔發出。「如何？自然是一起去看看我未來的兒媳婦了，我倒要看看她葫蘆裡賣的什麼藥，她願意承擔全責造就姊弟情深的名聲保她弟弟，我這麼心善自然樂得成全。」

藍氏嗯了一聲，示意管事準備轎子，叮囑丫鬟道：「已經派人請了大夫，稍後少爺被接回來後務必讓他立刻看大夫。」

金夫人剛走出門便看到渾身是血的兒子被抬了回來，只覺得心臟一抽，怒道：「你們到底怎麼保護主子的？一個個幹什麼吃的！」

她擔心兒子，哪裡走得開，匆匆折返回來，望著擔架上臉頰被打得跟豬頭似的兒子，哄著道：「元寶，我的元寶，娘在呢你哪裡疼？」

金夫人望著被李桓煜揍得鼻青臉腫的兒子，頓時差點衝去李家問罪。還是藍氏攔住她，道：「夫人，萬萬不可，不管如何李家並非沒背景的人呀。此事因為李小芸而起，我想那李家少爺是真的挺在乎他姊姊，我們若是想報復他，不如先娶了他姊姊回來，早晚李家少爺會登門看望李小芸，到時候設個局，讓他們兩個身敗名裂，姦夫淫婦浸豬籠！」

金夫人的理智被拉了回來。「好！如此說我還要好好養著李小芸，我要讓她好好活著，活著看自己的弟弟為了她走投無路。」

她一旦決定如此行事，便立刻派人備轎子前往郡守大人府邸門口，上演一齣婆婆善良、媳婦仁孝的戲碼。

她是善良的，即便事已至此，依然願意接受李小芸進家門，多麼好的婆家？呵呵……

學堂裡，白嬤嬤命人給李桓煜處理傷口。

他身上大多數是皮肉之傷，額頭處破了個口子，看得白嬤嬤心疼極了。

「小主人，你這是幹什麼？有什麼不可以和嬤嬤商量的？」白嬤嬤解開李桓煜的髮髻，重新幫他梳頭。

這些年相處下來，李桓煜依然不適應讓丫鬟近身伺候，反倒願意讓白嬤嬤近身收拾他門面。

李桓煜忿忿不平道：「嬤嬤，那傻子居然要娶小芸，不可以的！」

「嗯嗯，不可以、不可以，但是你這樣衝動可會壞事的，若是被有心人利用傳出去，以為你同小芸有什麼不清不白的關係……」白嬤嬤嘆著氣，這年頭唾沫星子都能淹死人。

他不以為然冷哼一聲。「我本來就和小芸不清不白呀。」

白嬤嬤皺眉道：「別胡說！小芸和金家公子訂了親，就算要退親或者不成親，你也不能扯進去，咱們怎麼幫她都成，但是萬萬不能把少爺的名聲毀了呀。」

「什麼名聲不名聲？」李桓煜啪地一下子拍開白嬤嬤的手。「小芸是我的，誰也別想搶。小芸去哪兒我去哪兒，小芸若是偏要嫁給他，我就宰了他！」

「哎喲我的主子，這話咱們私下說便是，但是你萬不可張揚出來呀。」

李桓煜倔強地撇開頭，面色冷峻，眉目清冷。

「我和小芸行得正、坐得端，我喜歡她不過就是我喜歡她，本不是什麼見不得人的事情，幹麼偷偷來？」

白嬤嬤徹底無語，吩咐墨悠、墨蘭分別守著兩邊拱門。「小主人，小芸姑娘訂了親，那是她爹給她訂下的親事，別人插手不得；你這樣橫著來，反倒落人口實。再說，你的這種喜歡，也未必是那種喜歡。」

李桓煜終於煩了，揮了揮手道：「我要去尋小芸，白日裡就覺得不對勁，她定是在家裡受了委屈的，我不能讓她一個人待著獨處，那幫壞人欺負她，我要去陪著她。」

白嬤嬤急忙攔住他。「小主人，你先別著急，我先看看小芸姑娘在哪裡，這樁婚事也未必沒有法子，但是切不可由你來出頭。」

李桓煜仰起頭看向她。「還有法子幫小芸嗎？」

白嬤嬤為了安撫李桓煜，生怕他殺出去，拍著胸脯道：「別人或許沒辦法，但是你忘了嬤嬤以前是伺候誰的了？在東寧郡這地界，靖遠侯府的家奴跺下腳都可以震得六品官低頭說話，更何況嬤嬤可是陪著世子妃嫁入靖遠侯府的。」

李桓煜一想還真是那麼回事。「靖遠侯府這麼厲害，我去給燦哥兒寫信，就能救得下小芸嗎？」

白嬤嬤一陣頭大。「燦哥兒是靖遠侯府的嫡孫不假，無人敢給他臉色看，但是也正因如此，他做事情是受限制的。你讓他在這事情上出頭，著實有些過了……畢竟，咱們並不占理。」

「什麼叫並不占理？小芸不想嫁給傻子，我知曉……」他見白嬤嬤一臉不認同，強調道：「她想嫁給我的，她都答應我了。嬤嬤，這一輩子我只要小芸，我只想要她。」

白嬤嬤望著他認真的目光，愣住了。

「小主人，你還小……」

「我不小了！」李桓煜惱羞成怒紅著臉。

「我都那啥……那啥過一次了，我不管的，嬤嬤，我要去找小芸，小芸定是受他們欺負了，我不要她一個人待著。」

白嬤嬤有些無奈，猶豫片刻，道：「小主人，您信得過嬤嬤的話便讓嬤嬤去處理好嗎？」

李桓煜猶豫片刻，心底隱隱湧上一股不安。

不成，他怎麼樣都待不下去，只有見到小芸，心裡才踏實，否則他無論做什麼腦子裡都是小芸傷心的身影。

白嬤嬤還想說些什麼，沒想到王管事竟慌慌張張走了過來。

他使眼色叫白嬤嬤出來說話，卻被李桓煜擋住。「王管事，你臉色那麼差，可是外面出事了？」

王管事躊躇片刻，怕繼續耽擱下去反而不好，便說：「易家來人說要送小芸姑娘出城，躲避婚事，無奈聽聞小主人打了金家兒子，小芸姑娘憂心小主人名聲，就又回來了。如今跪在郡守大人家門口寫了罪己書，李村長夫婦隨後趕到，三個人正哭成一團……」

李桓煜臉色煞白，怒道：「這兩個人面獸心的傢伙！」

王管事一把摟住他。「小主人，您要體會李姑娘的苦心啊。」

白嬤嬤接話道：「是呀。小芸姑娘明明打算一走了之，如今回來主動認錯必是不想讓小主人聲名受損。小芸和金家孩子有婚約，你莫名就把人家打了，她如果走了，日後指不定金家如何編排小主人，所以她才會回來，主動承擔下所有的事情，便是為了不累及你。」

李桓煜臉色越來越白，眼眶發紅道：「小芸總是那麼傻，一天到晚說為我好，卻不曉得我什麼都不要，只想她好好的，我就好好的。」

白嬤嬤也忍不住流下眼淚，若是放在幾十年前，十個金家她一個老婆子都能收拾了，如今卻只能看著小主人救不了小芸而心碎嗎？

「小主人，你切莫衝動行事，否則小芸姑娘定會傷心的。」

李桓煜咬住下唇。「看來我剛才下手輕了，應該是一刀了結那傻子才是。」

白嬤嬤忙勸道：「萬萬不可。小主人，你可是要參加科舉的啊，早晚會出人頭地，不要在這件事情上傷及根骨。」

他揚起頭冷哼一聲。「他們若是真敢逼迫小芸嫁入金家，我便和金家不死不休，什麼科舉、出人頭地，連小芸都保護不了我讀書又圖什麼？」

「小主人！」王管事也傻眼。

這些年來，原本以為小主人對李小芸的感情會慢慢轉淡，怎麼到了最後，反而變本加厲起來？

李桓煜不顧眾人反對飛奔而出，直奔郡守大人府邸。

可是此時府邸門前早就空無一人，他隨便拉住路人問，才曉得，李小芸和她爹娘一起被金夫人請走了。

好一個請走！

李桓煜回想起金浩然惡毒的目光，以及那小子一身的蠻力，若是知道小芸在他們府上，怎麼會無動於衷？

這傢伙要是乘機糟踐小芸……

他根本不敢細想，瘋了似地直奔金家。

前往金府的路上，夏春妮趁著金夫人坐在另一輛馬車上，揪著李小芸的手腕道：「小芸，妳到底想怎麼樣？怎麼完全不顧及爹娘的想法，妳可知我和妳爹聽說妳鬧到了郡守大人那兒，心裡多著急嗎？妳真是不知死活啊。」

李小芸垂下眼眸，沈默不語。

她萬念俱灰，如今愛怎麼樣就怎麼樣吧，只求李桓煜一切安好。這世上的美好她是看不到了，希望他可以替她去看。

此後，為了彼此安生，她不打算再見李桓煜，否則被人非議又是把柄，她的人生就此打住，好在桓煜一切安好，這就夠了……

「當初真不該收養那野小子，否則妳的心也不會那麼大。」李旺咬牙抱怨著。

李小芸冷冷看著他們。「是我的錯，同桓煜無關係。爹，您說我便是，不要說桓煜，本來別人就想捕風捉影，您再如此念叨，沒影的事情都成了真，於大家都不好。」

李旺冷哼道：「我怎麼養了妳這個白眼狼，一心向著那野小子，若不是他打了金家少爺，妳莫非真跑了不成？妳跑掉了，我和妳娘咋辦？妳兩個兄長如何自處？京城的小花可還有前程？李小芸，妳這丫頭真是讓我打死的心都有了。」

李小芸淡淡開口。「那您打死我吧。」

「妳……」李旺生氣地撇開頭。「當初早知道就不給妳治病了。」

李小芸心臟一痛，嘲諷道：「也好，沒有命活著也少了難過。」

到了金府後，一行人被金夫人安置妥當，李小芸則被單獨關在小院子裡。

四處雕樑畫棟，她發呆著，冰涼的淚水順著眼角輕輕落下。

金浩然的大腿纏上白布，臉上也搽了藥水，整個人看起來面目可憎。

他躺在屋裡聽人道李小芸來了，便嚷嚷著要見李小芸。

藍氏把他壓在床上，要他好好休息，他才昏沈睡去……

午後，他迷迷糊糊地睜開眼睛，心裡念著剛才小丫鬟們說李小芸就在嵐花苑裡，便一瘸一拐地闖進嵐花苑，還斥退了眾人，要他們滾得老遠。

金浩然雖然腦子不好使，但是也知道李小芸是他未過門的媳婦，今日自己又是因為媳婦挨打的，便想著要找媳婦——

屋內，李小芸忽地抬起頭——

只見門外有個高大的影子映在紙糊的窗上，她詫異地揚起聲。「誰？」

金浩然一怔，媳婦聲音還挺好聽的，他一把推開門，嚷道：「媳婦——」

李小芸呆住。

入眼的男子身材高大，肚子圓鼓鼓挺著，一看就知道不常鍛鍊，小小年紀就有往橫向發展的趨勢。他右腿彎曲著，膝蓋處裹著白布，隱隱滲著血跡，臉上一塊青、一塊紫，最讓人噁心的是這男人的目光，赤裸裸透著情慾。

李小芸心裡發慌，莫名後退兩步，右手本能撫在胸口，攥著手帕道：「你是誰？」

男人肥肥的嘴唇忽然一咧，衝著她撲了過來，還自言自語道：「媳婦……我媳婦……」

李小芸一閃，隨手撥掉地上一個花瓶，清脆的聲音在午後寂靜的屋子裡，分外響亮。

「你給我出去！我不是你媳婦，我們還沒成親呢！」

男人眉頭一皺，變臉道：「妳是我媳婦……快過來伺候我！」

他心智淺薄，對媳婦兩個字的理解極其簡單。

媳婦是幹什麼用的？

奶娘說過，媳婦就是給你捂熱炕頭的女人。但是他媳婦還沒過門呢，所以難受時就讓丫鬟伺候，現在媳婦來了，他便解開腰帶，直言道：「我身上熱，快上床。」

這渾蛋！

李小芸只覺得反胃極了。

「無恥！」她大罵道，轉過身往門口跑過去。

誰知道金浩然雖然腿受了傷，力氣卻是極大，右手抓住李小芸的手腕，使勁一拉就給拽了回來。李小芸揚起手就衝著他臉上打了一巴掌，抬起腳踹了他的膝蓋。

金浩然大怒，胸口處卻升起一股莫名的興奮。

他凶狠地看著李小芸。「看我不扒光妳的衣裳揍得妳……」

李小芸只覺噁心，用盡吃奶的力氣反抗。

可是男女有別，金浩然畢竟是個壯漢，兩隻手從背後將她圈住往上抱，趁勢拉她的褲頭。

「救命啊！」李小芸大叫，騰空的雙腿胡亂踢著。

李桓煜來到金府門口，想起剛才白嬤嬤和王管事的告誡，於是偷偷翻牆進來，隨手抓了個丫鬟審問一番，知道李小芸被安排在嵐花苑裡。

他胸口一緊，剛走進院子就聽到了小芸的聲音，二話不說就闖了進去。

眼前的一幕氣炸了他，大腦轟的一聲完全無法思考，渾身顫抖起來，拔起馬靴裡的匕首就衝著金浩然刺了過去。

一切彷彿只發生在瞬間……

李小芸淚眼矇矓地望著突然出現在眼前的男孩……他稜角分明的臉龐越發俊朗，淺紅色的薄唇緊抿著，清澈的目光似利刃般銳利。他抬起手，又狠狠放下，失神地不停一刀一刀刺著，血花四濺，原本耳邊傳來的吼聲漸漸遠去，四周安靜下來。

她跌坐在地上，失魂落魄地望著好像睡過去的金浩然，張著嘴巴，一句話都說不出。

有人從背後緊緊圈住她，柔軟的鼻尖蹭著她的脖頸處，輕聲說：「小芸，不怕……我在呢……」

李小芸渾身哆嗦，兩隻手覆蓋在腰間的小手上。

桓煜殺人了……

都是因為她，讓小不點手上沾了血。

對方還是金家獨子，天啊……

她急忙將理智拉扯回來，大腦思索起來，殺人償命，更何況死的是縣令的兒子？她二話不說回過頭一把搶過李桓煜手中的匕首，顫顫巍巍道：「你快走！你不曾來過，你快走啊！」

李桓煜眼圈通紅。「我走哪兒去……我走也要帶妳走。小芸，跟我走，亡命天涯我不怕的，只要妳陪著我，去哪兒我都無所畏懼。」

「不成，你快走！李桓煜！」李小芸瘋了似地吼道。

李桓煜倔強地揚起下巴。「妳休想趕我走，大不了我們一起死。」

「我才不要你死！」她嚷道。

她急忙跑到門口看了下院子，見一個人都沒有，隨即關緊門，壓低聲音安撫道：「你先走，然後再來救我不就好了？」

「妳騙人。」李桓煜目光黯淡地望著她。「妳每次都是這樣騙我，每一次離開都會等好久才來見我。我若是信了妳，妳必然會說人是妳殺的，到時候我如何再見妳？小芸，這事是我做的，如今義父尚在京中，白嬤嬤是伺候過靖遠侯府世子夫人的，唯有我認下才有活路。再說，就是我殺了他怎麼了？這畜生居然想欺負妳！」

他的額頭貼近李小芸的，純淨的目光裡倒映著她的模樣，他吸了吸鼻子道：「他那豬手剛剛摸妳臉了？我幫妳擦擦乾淨。」

他所謂的擦，卻是唇角間的磨蹭，輕輕吻著李小芸臉上的淚珠，彷彿對待珍寶似的，又好像訣別般充滿留戀地舔乾了她的淚水。

李小芸渾身顫抖，淚水如同決了堤的洪水，再也無法克制住。

她的小不點，她的桓煜……

「不成，這罪名你不能擔下，你還要做官呢桓煜。求你答應我……你走好嗎？快些走吧，否則你出事我真活不下去了。」

懵懂的情感在瞬間明悟，她捨不得他，捨不得李桓煜受到一點傷害和誣衊，這分情感，比所謂的愛情也好、親情也罷，還要令人眷戀。

李桓煜彷彿什麼都聽不到……貼在李小芸身上享受著久違了的溫暖。

他整個人放空，眼裡只有李小芸一人，至於其他……命都不在乎了還會管結果如何？

他也知道此事鬧大了，不過一點都不後悔。

為了李小芸，他做什麼都不會後悔。

白嬤嬤瞭解李桓煜性子，於是安排了侍衛跟進金府，侍衛卻來遲一步，待追上小主人，為時已晚。

李小芸驚恐地望著推門而進的侍衛，李桓煜倒是冷靜下來，知道這是他們家的侍衛。

剩下的事情都由侍衛去處理，李小芸被李桓煜抱著翻牆逃出金府回到李家。

白嬤嬤和王管事憂慮地看著他們兩人，不敢置信地問著站在旁邊的侍衛。「那金家少爺最後是沒氣了？」

侍衛點了卜頭。

白嬤嬤差點跌倒，天啊，李家大仇未報小主人就殺了人，而且按照大黎律例，被定罪過的人根本沒資格參加科舉，偏他們還指望小主人出仕呢。

所以，金家小子的事絕對不能算在小主人頭上！

白嬤嬤若有所思地掃了一眼李小芸，見李桓煜和她身上都有血跡，便讓他們先去洗漱。

李桓煜寸步不離目光呆滯的李小芸，唯唯諾諾地說：「小芸，妳是不是生我氣？我剛剛不該那麼衝動嗎？可是我現在一回想起那場景，就覺得這麼做一點都不為過。小芸……我不怕死，就怕妳不理我。」

李小芸胸口一疼，動容道：「你又說胡話。」

李桓煜見她總算回神，急忙貼過去。「小芸，那渾球碰過妳的臉，我……我都幫妳擦乾淨了，他還碰過妳的腰，我……我幫妳揉揉。」

他一邊說小手一邊就爬上了她的腰，害臊地說：「小芸妳真軟……哪裡都是軟軟的，真好。」

李小芸望著他純淨的容顏，無奈地搖了搖頭。小不點到底清楚不清楚，他殺了人啊……

如今哪是濃情密意的時候……

屋內，王管事和白嬤嬤也在合計。

王管事道：「我本來想讓侍衛把金家孩子的屍體埋了，可是後來一想，若是如此金家人必定猜到不可能是李小芸做的，便沒有讓人收拾。」

白嬤嬤點了下頭。「如今也只能讓李小芸揹下黑鍋，小主人日後總是要回歸朝堂，他的手上沾不得血，這種事都要下人來做比較好。」

「但是金家死了孩子，此事定過不去。小芸姑娘若是有個三長兩短，小主人怕是又會鬧起來。」王管事一臉無奈，連聲嘆氣道：「我已經將大概實情報回京城，但是路途遙遠，尚未有回信；不過以前娘娘曾想讓小主人離開東寧郡，從軍歐陽穆麾下。」

「離開東寧郡？」白嬤嬤一怔。

王管事點了下頭。「聽說最近同西涼國的邊境處有亂，靖遠侯已經請旨出兵。此次靖遠侯府大公子歐陽穆會單獨率領一軍出征，既然娘娘有意讓小主人到外面闖蕩，漠北這頭我們就和靖遠侯府商量，讓小主人前去參軍求取軍功。」

白嬤嬤嘆了口氣。「出了這件事情，著實不好在金家眼皮子底下待著。那傻子不管有錯與否畢竟是人家獨子，怕是金家不會甘休，最要命的是我們還沒法硬碰硬……」

「小主人不可有半分危險。正巧此次靖遠侯府出兵，倒是可以出去歷練一下，燦哥兒也會去，兩人可以作伴。」

「那小芸呢？若是安置不好小芸，小主人哪裡肯走。」白嬤嬤無奈搖頭。「都怪我，以為小主人長大就不會黏著李小芸，沒承想咱家少爺是個實心眼的，竟是這輩子似乎都認定了她。

「真發愁，小主人過了年就十二了，原本想託靖遠侯府說門親事，如今卻也只能按捺下來。李小芸那姑娘性子純良，若是願意照顧小主人一輩子的話……」妾這個字，白嬤嬤終歸是沒說出口。可是以李小芸的模樣和出身，無論如何也嫁不得他們家小少爺的。

「其實科舉之路太慢了，咱們也等不起。宮裡頭既然打算把小主人扔軍裡，反正有歐陽家撐著，早晚都能混出頭。歐陽家皇后現在的處境可不好，也需要太后娘娘的支援；更何況咱家老侯爺當年家底厚著呢，十餘年來漸漸將家底收攏回來，叛主的大多也收拾掉了，就等著有朝一日，小主人恢復身分，正式掌管事務。」

王管事規劃著未來，唇角揚了一下，最艱難的日子都過去了，如今就盼著李桓煜長大呀。

「話雖如此，京城那位身子骨兒如何？聽說近來常怪罪二皇子？」白嬤嬤小心翼翼問道。

王管事嗯了一聲。「信函如是說道。那位年初病過一場，好了後就喜歡疑神疑鬼，連帶著對皇后娘娘都生出猜忌，畢竟其他皇子年少，他若是出事，皇后娘娘三個嫡子推誰都可以上位。」

「那麼此次對西涼國出兵，不會有什麼問題吧？」白嬤嬤不安地捂著胸口。雖然有心讓小主人擁有漂亮的經歷，卻不希望生出其他枝節。

「西涼國內亂著呢，倒是有人主動尋到靖遠侯府過。」

白嬤嬤一驚。「皇上竟是同歐陽家鬧到這種地步？靖遠侯如此耿直之人，居然想借著西涼國打擊皇家嗎？」

「再耿直也要考慮子孫後代吧。」

白嬤嬤嘆了口氣。「靖遠侯府如今看起來如日中天，卻是功高震主；好在歐陽家的外孫皇子有三個呢，光是忌憚這幾個孩子，也無人真敢像當年對李家那般使絆子。」

「可不是，屋子再大也要有人住，李侯爺當年就虧在子嗣少這點上了。雙胎多，存活下來的卻少，好在小主人脾氣雖大，卻身體強壯，這真是最大幸事。」王管事感慨道。

「可是再強壯不肯近女色該如何？去年少爺就夢遺過一次了……」白嬤嬤說起此事略顯尷尬，她皺了下眉頭，繼續道：「於是我就輪番讓墨悠、墨蘭近他的身，可是效果都不大好。」

王管事斜眼瞪了她一眼。「少爺那麼小，妳怎麼可以這樣做？」

白嬤嬤臉上一熱。「我只是想看看少爺到底成不成。也是我太心急了，太后娘娘一日日身子骨兒越發不好，總是想著能讓她看到小主人的孩子出世。」

「十幾年都等了，不差這一刻。照我說小芸姑娘不錯，心地善良又可以管住小主人，不如就成全他們算了。我可是聽墨悠、墨蘭念叨過，小主人張口閉口都是李小芸呢。」

白嬤嬤撇嘴道：「這話是你我做得了主的嗎？我是無所謂的，可是日後小主人繼承了爵位該怎麼辦？情分好的夫妻有的是，最後結果如何？大宅門講究門當戶對，又不是為了錢財，而是人脈、處事。日後小主人接觸的是什麼樣的人家？太后娘娘心裡愧對小主人，哪裡捨得讓他在親事上受人笑話？怕是會將這天下最尊貴的女孩賞賜給小主人呢。」

王管事沒有吭聲，李小芸配小主人，如今看是沒什麼，日後就是打臉面的事了。

太后娘娘那性子，絕對不會允許呀。

「真是糟心……現如今金家怕是已經發現他家孩子出事了，李小芸也跑掉了，不知道金夫人接下來會如何做？畢竟是沒證據的事。」

侍衛在送走李小芸和李桓煜後，考慮到金浩然身上的刀傷，便將他扔進柴房放了把火，捏造他被火燒死的痕跡。

「愛怎麼做怎麼做！」

白嬤嬤眉眼一挑，冷嘲道：「金家背後不是駱家嗎？早在金夫人說要提前娶小芸後，我便給靖遠侯府的老管事寫信了，此事東寧郡李家他們不放在眼裡，那麼靖遠侯府主家呢？

哼！」

李桓煜和李小芸分別換了一身乾淨的衣裳。

李小芸沒有多做打扮，不過是把頭髮盤了起來，再插上一支玉簪。她心事重重，總覺得金夫人和爹娘厭惡的嘴臉很快就會出現在眼前，將她帶走。

她的懷裡揣著行凶匕首，若是真到了那一步，她絕對不能害小不點背負罪名。

李桓煜察覺到悲傷的氣氛，膩著李小芸，生怕轉眼間對方就又不見了。

「小芸，我換上了妳幫我補的那件外衫。」他抬起下巴，墨黑色的眼底帶著一絲絲期待，像個小孩子似地想要獲得稱讚。

李小芸想到兩人或許再難相見，這是他們共處的最後一點時光，難免對他多了些放縱。

她揚起唇角輕輕扯了一下，柔聲道：「我還給你做了好幾件內衫，就是繡花不大滿意，到時候記得讓人去易家找我師父取。」

「取什麼，妳帶過來便是。」李桓煜見小芸沒有拒絕他的親近，忍不住得寸進尺又移動步伐，右手偷偷拉住小芸的袖子，食指慢慢往上爬，總算觸摸到那令他念了許久的白皙肌膚。

「我怕……沒時間呢。」李小芸硬是把沒有機會說成沒有時間。

金縣令就一個兒子，人家再傻也是縣令的心肝寶貝呀，好好的大活人沒了，還趕上她這件事情，怕是就算不是她幹的，金家也不會放過她。

李桓煜望著表情柔和、目光堅毅的李小芸，胸口處莫名痛了起來。他和李小芸對視站著，兩隻手垂在兩側捏住她的指尖，額頭忍不住前傾頂著她頭上的碎髮，輕聲地說：「小芸，其實我覺得……不管發生什麼，只要我們是在一起的，就好了。」

「在一起，就好了……」他閉上眼睛，鼻尖滿是小芸身上獨有的青草花香。

他的唇尖、鼻尖上下磨蹭著李小芸滑嫩的臉蛋，嘴巴輕聲呢喃。

「小芸，我們走吧。我聽人說，東寧郡再往北就是劃分大黎和西涼國邊境的西山了，我們去西山，不，越過西山，我們去西涼國，然後繼續向北，天下之大，還怕沒有容身之地嗎？」

李小芸微微愣住，冰冷的淚水滑落溫暖的眼角，越發顯得涼了起來。

她……走得了嗎？

「傻瓜，我們走了，豈不是落實了殺人逃跑的名聲？搞不好還會被扣上私奔惡名。」

「那又如何？」李桓煜不屑道：「若真是走了，誰還會再回來？名聲什麼的才是浮雲……」

「可是你沒必要啊，你是有大好前程的，桓煜……」李小芸被他磨蹭得臉上發癢，兩隻手抬起來抵住李桓煜的胸口。

「你義父一家待你不薄，我們不可以這樣。」

李桓煜睜開眼睛，深邃的目光彷彿寒星般耀眼明亮。

他皺了下眉頭，義父兩字還是對他有影響的，他要是當真一走了之，遠在京城的李邵和肯定會受到牽連。她爹若是不顧及情面，胡亂作證，義父也撇不清關係吧。

到時候，真相還不是金家人想說什麼，便是什麼！

咚咚咚——

「主子，嬤嬤喚您過去說話。」墨悠顫顫巍巍的嗓音從屋外響起。

誰都不樂意開口叫李桓煜，最後還是她硬著頭皮開了口，總不能晾著王管家和白嬤嬤吧。

李小芸臉上一熱，用力推開李桓煜，坐回床邊，背過身道：「你先過去吧。」

李桓煜愣了一會兒道：「那妳不可以走，老實等我，一切都會想到辦法的。」他走了兩步，又不忘記回頭。「答應我，小芸，等我……」

李小芸嗯了一聲。「放心，我如今定是要詢問嬤嬤意見後才敢離開的。」

他突然大步走回來，兩隻手捧著她後腦往自個兒胸口貼了一下。「我很快就回來。」

李小芸無奈笑出聲……他總是一副缺乏安全感的樣子。

李桓煜見她笑了，心裡稍微踏實下來。

他右眼皮不停跳著，總怕一眨眼李小芸就出事，接著又深深盯了李小芸一會兒，才垂下眼眸，嘟囔道：「我去了。」

他轉過身走到門口，換上另外一張表情，朝墨悠凶道：「我自己去見嬤嬤，妳幫我陪著小芸，若是小芸不見了，妳就別活了。」

墨悠急忙應聲，在李家，她可不敢得罪這尊小佛爺。

她關上門，若有所思地看了一眼李小芸。

真納悶李小芸到底有什麼本事？小主人見了她就跟老鼠見了貓，不對，就跟貓見了老鼠，似乎也不對，總之就是小心翼翼又怕嚇著又一定要貼上去的感覺。

王管事望著從遠處走近的李桓煜，他比同齡人高些，身長近七尺，白色長袍穿在身上隱隱有幾分道不明的飄逸，墨黑色的瞳孔透著不甘，面容冷峻，唇角緊抿著。

白嬤嬤在心裡嘆氣，這孩子只有在面對李小芸那胖丫頭的時候，才會放鬆，面部表情柔和似水，否則總是冷冰冰的，日後待李家復興，李小芸到底該如何處置呀，真糟心……

「……小主人，如今金家火已經撲滅，怕是稍後便會爆出金浩然的死訊。」王管事平靜開口，解釋給李桓煜聽。事已至此，無須多說，把事情攤開來討論是為了尋找解決問題的方法。

在他看來，金家那傻子居然敢對小主人動手，那麼被失手弄死也是理所當然的事；但是小主人這般尊貴的身分，怎麼可以讓自己手上沾了血？這陰損的事情都應該讓下人去辦。

兩年來，白氏從京城調了一些侍衛給李桓煜私用，但是李桓煜對外人有戒心，從不曾動用。不是所有人都習慣身後跟著一群人伺候的，他並非世家出身，所以用不習慣。

「小主人，雖然金家無鐵證說他兒之死同咱們有關係，但是李小芸同時從府上失蹤，定會讓人聯想，繼而想到咱們家。」白嬤嬤耐心傾訴。她見李桓煜認真聽著，繼續道：「我和王管事商量後決定暫時將你送走。」

李桓煜愣了下道：「去京城嗎？」

白嬤嬤搖了搖頭。「靖遠侯府的大公子歐陽穆要出征了，先生和老侯爺商量後決定讓你和燦哥兒都跟著過去。」

李桓煜眉頭緊皺，有些詫異。

他沒有追問義父何時有資格同老侯爺商量，又或者義父怎麼就同靖遠侯府近起來了；按理說，李家如今和靖遠侯府可以扯上關係的只有白嬤嬤一人吧？

其實關於李家，他自己也有很多疑問。他漸漸大了，不再是年幼無知的少年郎，自然曉得天下沒有白吃的午餐。

如果李小芸待他好是因為這姑娘真的很傻，那麼義父以及白嬤嬤呢？

偶爾，他聽到王管事和白嬤嬤常感嘆幾十年前如何如何，當時歐陽家不算什麼。白氏，一個伺候過靖遠侯府世子妃的嬤嬤，居然看不起歐陽家，她的出身真如表面上這麼單純嗎？

所以，他在坦然受之的同時，也開始懷疑自己的身世；莫非，他並非是被遺棄的孤兒……

「小芸呢？」李桓煜揚眉。

白嬤嬤和王管事對看一眼，果然第一反應還是追問李小芸的事。

李桓煜繼續道：「小芸我瞭解的，若是金家鬧大，她定會為我頂罪也不讓我名聲受辱。嬤嬤、王管事，我知道你們從來就沒看得起小芸過，但是她是小芸，我自打有記憶以來就和她在一起，為了我，她什麼都肯做。所以，若是為了義父的前途，我可以立刻離開東寧郡，去哪裡都成；但是一定要安置好小芸，事情是我做的，萬不能讓她替我受罪，否則她一輩子就完了。況且她……她也有想做的事情，她要做繡娘子的，做最好的繡娘子，她顧著我的前途可以不考慮自身，我又如何能不顧著她前途？」

李桓煜說著說著眼眶就濕潤了。「說到底，這件事情小芸有什麼錯？她不過是想靠著自個兒活下去，但是這世道對女子來說卻如此艱難。金家那傻子，欺男霸女，糟蹋了那麼多好姑娘，如今竟敢對小芸動手動腳，我沒將他碎屍萬段已經是便宜了他……」

王管事眼神黯淡，看了一眼白嬤嬤。後者讓他先別說話，順著李桓煜的話道：「你說的是。小芸是個好孩子，她聽說你將金家孩子打了便折返回來，寧可大聲張揚自己錯了，也不想你被人扣上帽子。」

李桓煜想起那封血跡斑斑的罪己書，眼淚流了出來。

這世上若說他會為誰哭，怕也只有李小芸一人。

說到底，還是實力不夠！

他握緊拳頭，去參軍，或許也是一條路。他想起歐陽燦張揚的臉龐，他幹什麼都無人敢阻攔的氣勢。

早晚有一日，他也要帶著李小芸橫著走路。

那些混蛋，現在敢欺負小芸半分，日後他一定要十倍奉還回去！

第二十三章

白嬤嬤和王管事同李桓煜談完後又犯起愁。

金家畢竟死了個兒子，這黑鍋李小芸揹著最好，偏偏李桓煜明確表態，李小芸安置得不好，他是不會離開東寧郡的，大不了他就帶著她跑去關外……白嬤嬤聽到此處差點暈過去。

小主人可是李家的獨苗呀，偌大家產都暗中重新收攏好就等著小主人長大；太后娘娘近來也越來越有活氣，打算借著皇后同皇帝的隔閡，好好利用靖遠侯府幫李桓煜混個軍功出身，怎麼可能輕易放他離去？

一切都步上正軌，正主兒反而消失不見，這不是笑話嗎？

李桓煜怕是自己都不知道，他的背後，站著好幾個百年望族世家。

無數人都打算借李家復興重新回歸朝堂呢。

京中被看重的就那麼幾家，世人想抱住其大腿的除了皇上以外，便是三大家族——鎮國公府、靖遠侯府、和鎮守西邊的隋家。這三大家族不是那麼容易就可以勾搭上的，鎮南侯李家是僅次於這三大家以外最好的選擇，只因為後宮有著一位太后娘娘——

沈寂多年的李太后，心情越來越好。

皇上年歲已高，身體越發不濟，而她的姪孫兒李桓煜……長大了。

重新出山，指日可待。

一個沒有子嗣卻獨霸後宮數十年，並且成功推繼子上位的女人，怎麼可能忍得下滅門之恨？

所以，當她收到從東寧郡送過來的信函時，勃然大怒！

狠狠拍了一下桌子，摔了兩個太祖時期的花瓶。

她禮佛多年，如今連個縣令都敢欺負到頭上了？

於是，太后娘娘趁著皇上身體微恙，由皇后嫡出的四皇子替父監國的時候，走出佛堂。

許多人此時才意識到，後宮並非看起來的那般平靜，至少太后娘娘，還活著呢……

皇上如今有四個兒子，分別是皇后的二皇子、四皇子還有六皇子。

二皇子性格迂腐，不受皇上和皇后娘娘喜歡，反倒是開朗的四皇子和賢妃娘娘所出的五皇子頗受皇帝疼愛。此次皇上病了，四皇子越過二皇子監國，這不符合祖制，但是在太后和皇后雙重干預下，也無人反駁什麼。

無人知曉皇帝的病情，搞不好哪天一命嗚呼就又改朝換代了。

所以近來，連鎮國公府都老實下來，賢妃娘娘也以身體欠安為由，日日夜夜禮佛為皇上積福。

皇后聽後一笑置之，五皇子如今羽翼未豐，鎮國公府年輕一代又不學無術，賢妃當然希望皇上身體好了，若是皇上有個好歹，她還能靠誰？

大太監王德勝在門口候著，聽到裡面傳話，大步走了進來，恭敬道：「娘娘，太后娘娘的意思是皇上病著，秀女終選不如放在年後吧？」

歐陽雪懶洋洋地撥弄著玉鐲。「嗯，一切就聽太后娘娘口諭便是。我昨日見四兒臉色不好，稍後讓太醫院派人看看，是否過度勞累了。」

王德勝急忙應聲，從始至終腰都沒有直起來過。他為人小心謹慎，此時更是對皇后娘娘分外恭敬。他雖然是皇后身旁的大太監，卻也備受皇帝重用，真怕哪一日被皇后娘娘挑錯。

歐陽雪見他如此，倒也沒說起身。她的太監，卻經常奉承那位，若說自己沒有意見是不可能的；不過後宮裡的奴才大多如此，誰也不敢把皇上真得罪了。

噠噠噠——

一名身穿綠色長襖裙的中年女子從外面跑了進來，面露焦急。

歐陽雪挑了下眉眼。「繡竹？」

被喚作繡竹的女子臉色蒼白，跌撞著跑進來，抽咽道：「娘娘，四皇子墜馬了！」

歐陽雪愣了片刻，突地一下就站了起來。「怎麼回事？」

王德勝立刻退到殿堂外面，不曉得其中內情，還是瞭解少一些得好，如今四皇子身分可尊貴著呢。

歐陽雪面色沈重，壓著胸口處油然而生的怒氣，問道：「可安排人過去了？四兒如今可好？」

繡竹恭敬道：「已經請太醫醫治，奴婢看送回來時四皇子已經昏迷不醒，急忙趕來給娘娘報信，尚未前往皇子住處詢問。」

歐陽雪嗯了一聲，她心裡著急，面上卻依然淡定，大手一揮，道：「走，去臨德苑。」

臨德苑是四皇子的住處，挨著皇帝平時處理要務的慶德殿極近。皇上會越過二皇子如此明顯偏疼四皇子，可見心裡是真心喜歡這個兒子的，即便他同皇后娘娘的關係越來越冷漠。

歐陽雪一路走來心神不寧，近來這後宮太過風平浪靜，就連賢妃都收斂起往日的囂張，低調異常，總覺得一切太過安靜，反而讓人憂心忡忡。她一邊走，一邊看著天色。「快下雨了，還望聖上的病情別再加重。繡竹，妳親自跑一趟甘泉苑。」甘泉苑是目前皇上養病的地方。

繡竹聽後，在拐角處同歐陽雪分道揚鑣。

歐陽雪來到臨德苑，顧不上一群一排排跪下的人，直奔屋內。「怎麼樣了？」

四皇子的兩個奶娘徐宮人、崔嬤嬤站在一旁不停抹淚，崔氏率先站出來說話。「眼看天氣越來越涼，四皇子說想出去玩一下。殿下替皇上監國一個多月，著實有幾分悶壞了，又考慮到太后娘娘近日重新協助處理國事，我們便放四皇子出去了一日，沒承想釀下大禍。」

崔嬤嬤跪在地上，深知四皇子若是有個好歹，他們誰也活不了，此時推卸責任是沒有用的，還不如實實在在地把經過說明清楚，四皇子莫名出事背後未必沒有其他陰謀。

歐陽雪抿著唇角，冷冷地看了一眼崔氏。「我只問現在如何了，讓太醫進來說話。」她沈默地坐在床邊，右手輕輕撫摸著兒子冰冷的臉頰，此時竟是沒什麼溫度，呼吸極其虛弱。

崔氏擦了下眼角。「說是驚了馬，四皇子後腦著地，太醫都來了四位了，仍不見有醒來的跡象。」

歐陽雪心口一揪，大半年出去一次就出了事？偏偏就是驚了馬？

她咬住唇角，吩咐道：「先將所有陪同或者參與此次外出的人都拘起來，太醫呢？」

一名夏姓太醫跪在地上，他心裡暗叫倒楣，前面三個太醫都和宮人表示四皇子怕是危在旦夕、難以救治。這畢竟是傷了腦的，後腦一大塊口子流著血呢，可是此時偏偏問他的是皇后娘娘。

夏太醫哆嗦著肩膀。「回皇后娘娘話，四皇子此次墜馬，頭部著地，還碰巧撞上地上有塊形狀不圓滑的石頭，導致後腦裂開一道口子。屬下試了幾種草藥止血，可是傷口難以癒合，如今仍昏迷不醒。」

歐陽雪心裡有恨，怎麼竟是這般巧合?!忍不住揚聲道：「四皇子墜馬，下人呢？都幹什麼去了？」

四周安靜得連根針掉在地上都可以聽見。

忽然門外傳來一道尖銳的嗓音。

「皇上駕到──」

歐陽雪微微怔住，隨即臉上揚起嘲諷的笑容。

她這夫君來得倒是湊巧。

繡竹跟著皇帝，表情默然。

皇帝不到四十，保養得白白嫩嫩，絲毫不見病態。他目光沈重，望著兒子時眼中滿是痛苦。

一齣夫妻情深、深愛兒子的戲碼開始上演。

直至最後又輪換幾個太醫，結果都是說四皇子怕是只能用藥續命，至於可否清醒，實在難以判斷。

皇帝連著幾夜留宿皇后寢宮，過了七、八日，他正式復原親自監國，原本被外面傳得病入膏肓的皇帝竟又活了過來……

深夜，歐陽雪收到靖遠侯世子寄來的一封信函，上面提及讓她將六皇子送往漠北，此次歐陽穆出征西涼國正是最好機會。

歐陽雪右手捂著胸口，眼眶處隱隱含著幾顆淚珠。

她的四兒就這麼不明不白地因為一匹蠢馬去了。皇上表面下令徹查，查出來的卻都是不值得一提的資訊；至少從靖遠侯府調查的消息所看，此次四皇子出事絕對不是因為一般的墜馬。

但是現在皇上身體大好，怕是巴不得名聲日漸高漲的小四沒了吧？

歐陽雪揚起唇角冷哼一聲，派人將六皇子送往漠北歷練的事已告知皇上。

他如今最寵愛的皇子是五皇子，六皇子只比五皇子小幾天，正是出生在皇上和皇后娘娘關係最差的時期。

當時兩個人都年輕氣盛，又曾真心相愛過，難免硬碰硬，鬥起來都不遮掩。歐陽雪無法接受皇上變心，一氣之下曾將六皇子送回娘家寄養，後來還是靖遠侯做樣子斥責女兒一番後，才把孩子接回宮來，所以六皇子同外祖父家更親近一些，同皇上，甚至和皇后的感情都淡淡的。

帝后關係也從最初的恩愛有加、一起對抗太后，變成李家倒臺，皇上變臉協同新歡打擊功高震主的歐陽家；歐陽雪也從最初的遍體鱗傷，終變成百般隱忍的皇后娘娘了。

這次四皇子遇害，皇上假意徹查後定案，若是以前的歐陽雪怕是會鬧個天翻地覆，如今卻也只是用四個字「臣妾遵旨」輕輕帶過。

她的四兒去了，她心裡有恨，更有怨，但是她也明白，她還有兩個嫡子需要庇護，此時萬不能同皇上翻臉。

如今的聖上，巴不得她鬧騰起來，好徹底打壓靖遠侯府呢。

京城的事情尚未傳到東寧郡，這裡金家先是鬧起來了。

回到事發當日，金夫人午睡後起來，聽說後院起火，本來不曾太過關注。她好生招待李村長一家吃完飯，談笑風生間將李小芸正式過門的好日子定下。她有心作踐李小芸，卻曉得先穩住其父母，將她弄到金家再說。

等李小芸進了她金家門，那便生是金家人，死是金家鬼！她得意地笑著，望著李氏夫婦的神色輕鬆不少。

遠處，八仙桌的熏香吐出來的青煙緩緩向上飄著，夏春妮偷偷瞄著頭頂的雕樑畫棟，暗道還是讀書人屋子佈置得精緻。

「夫人！夫人，不好了！」一陣凌亂的腳步聲從院子外面傳來。

金夫人蹙眉，不快道：「怎麼回事？外面吵什麼呢？」

一個穿著淡粉色襖裙的小丫鬟氣喘吁吁地說：「夫人，李姑娘不見了！」

她抬起頭看了一眼李村長和夏春妮，略帶埋怨道：「不但李姑娘不見了，少爺屋子裡的嬤嬤們也在尋少爺呢。」

金夫人原本沒有當回事，聽說兒子不見了，這才正色起來。「元寶？他受傷了，你們居然不曾留人在床邊候著？」

小丫鬟低下頭，誰承想腿都快瘸了的人還能跑出去？

屋外頭是留了人的，怕是少爺走的時候正好守門人去茅廁了，反正誤打誤撞地導致大家都以為他還在屋裡休息呢，所以剛剛才發現。

李村長臉上一熱，吃人嘴軟、拿人手短嘛，他急忙站起來，佯怒道：「我那孩子真是不讓人省心，她生得野，怕是又跑了。」

「不過金夫人放心，這次回去我一定親自教訓那丫頭，必定保證不再發生類似的事情。」夏春妮急忙接話，剛才金夫人又送了她一塊鐲子。

金夫人掛心兒子，根本懶得去理李小芸在哪兒，連連稱是便道送客，開始忙活自己的事情。

她吩咐全府上下都去找少爺。

因為柴房起火，男丁大多數都去救火了，而且金家柴房距離關著李小芸的小院子以及少爺院子都很遠，沒有人把兩件事情牽連在一起琢磨。

入夜後，居然還沒有金浩然的消息，金夫人急了，兒子受傷腦子還不大好使，這要是出事了他未必能夠求救。她將大門口處的所有奴才都詢問一遍，確認金浩然不曾出府。

藍氏猶豫開口道：「天氣轉涼，怎麼後院就突然起了火……」

頓時，金縣長和夫人都慌了起來，面色露出幾分不可置信，迅速命人拎著燈籠前往後院柴房。

此時，柴房處已是一片廢墟，地上零零散散鋪著一層木屑灰塵。

好在因為人手不足，天色又暗了，尚未對此進行打掃。

婆子生怕主子責怪，才要解釋卻被金夫人推開，耳邊傳來她的顫音。「還好，這頭尚未打掃，給我仔細地搜！」她才說完，就落了淚。

藍氏急忙過來給金夫人揉背。「夫人莫急，興許少爺是翻牆出去了。」

金夫人咬住下唇，哽咽道：「妳不用安慰我，元寶腿摔了，行動不便，能去哪裡？況且今日的事情仔細回想起來總覺得有些蹊蹺之處。李小芸莫名跑掉，後院還起了火，但是我們詢問過守在大門處的人，都說不曾見過李小芸，她是怎麼出去的？」

藍氏垂下眼眸，兩隻手微微發抖，她不敢想像事實會不會和腦海中的猜測吻合？如果是的話，那麼就太可怕了……只是李小芸有這個能力嗎？說不好，少爺腿瘸著，腦子也不好使，搞不好被人矇騙了。

「夫人……」有家丁來報，手裡捧著一枚金環，上面落了些煙灰，但是擦乾淨後，藉著月色可以看出其金燦燦的質地。這圓環並不圓滑，上面刻著一隻瑞獸貔貅，手工極其細緻。

藍氏嚇傻了，這、這不是少爺腳踝處從未脫下的金環嗎？

這枚金環有些來頭，還是他們老爺有一年回京述職在西菩寺求籤後，花重金打造的長壽環。

但是此時卻出現在這裡……

藍氏小心地去瞄夫人的神色，後者果然呆住，豆大的淚珠順著眼角滑落。「再去……找找。」

金老爺從夫人手裡接過金環，這還是他給兒子特意打造的，頓時兩眼一黑，暈了過去。

金夫人急忙喚人來扶老爺回房休息。

她不曾想過李小芸有這般大的能耐，再加上大家都認為金浩然受了傷，必然會在房裡好好養傷，那頭沒動靜，便不會有事情。沒承想竟搞了烏龍，沒人敢進屋打擾少爺，少爺卻根本沒在屋子裡躺著。

藍氏悔恨不已，她就今日沒盯緊，便出了這件事情，難逃其責。

金夫人沒閒工夫追究責任，她只想確定是否還可以找到她兒子，心中隱隱有不好的預感。

良久，礙於天色昏暗，再加上大火來得突然，將所有東西都燒成灰燼，竟是什麼都尋不到。

藍氏試圖安慰金夫人。「明日讓人出去找找吧，那麼大的一個人，不可能一會兒就……就燒得什麼都沒了吧，腳環興許是少爺自己脫下的。」

藍氏說著說著沒自信起來，這腳環曾經有個鎖釦，後來掉了就做成了死釦。

但是她說的也沒錯，一個大活人若是被燒死，怎麼會如此輕易就變成灰燼？這裡面肯定有問題，更不可能是一個小小村姑就能辦到的。

藍氏都能想到的事情，金夫人自然早就想到，只是她如今只關心兒子是否還活著，其他的沒時間去煩惱。

夜色就這般漫長地過去，次日金老爺告病在家，他接連寫好幾封信函送至衙門和郡守大人家，拜託他們幫忙尋找失蹤的兒子。

金家先是一場大火，之後傻兒子失蹤的事瞬間被傳至東寧郡各個角落，坊間傳聞什麼都有。起初在金家人示意下，風頭轉向李小芸縱火燒死他們家獨子後逃脫。過了幾日，又不知從哪裡傳出流言，說李小芸與無血緣弟弟的感情感動上天，天火收了強娶她之人。

老百姓最喜歡聽八卦，而且越邪乎的越有人相信，再加上白嬤嬤等人在背後推波助瀾，這般怪力亂神的傳言竟傳得沸沸揚揚。

隨後，金浩然踹死小丫鬟致其流產而死的事情也被爆出來，金夫人形象頓時大跌；更有甚者，當年死了閨女的那戶人家居然將金夫人告到官府，鬧到人盡皆知。

最後，官府認定死者的賣身契在金家手裡，所以不予受理這起案件，但是已令金縣長的官威一落千丈……

李桓煜聽到這些傳聞，知曉是白嬤嬤和王管事在背後出力保住小芸，頓時對他們兩人都尊敬不少。若是單純為了他，他或許難生出感激之情，但是涉及小芸，他便會覺得感動。

小芸為了他什麼都可以承擔下來。

他永遠無法忘記，自己控制不了情緒失手殺了想要輕薄小芸的傻子……當時小芸完全呆住，但是依然不忘保護他，瘋了似地搶下他手中的匕首。他的胸口處湧上一股暖流，他一直放在心裡的小芸，果然也是惦念他的，否則幹麼寧可自己坐牢也要保他平安？

他的眼眸處閃過一抹鋒利，前幾日他同燦哥兒通過信，他們會一起去前線，不圖前程似錦，只希望可以變成能夠保護小芸的人。

李桓煜漸漸明白，這世上唯有位高權重之人才可以掌控自己的命運，別人才不敢欺負他和小芸；此次金家沒有明擺著對付他而是專攻小芸，還不是看在他義父的分上？

權力……

李桓煜咬住牙口，他一定不負小芸捨命相救的苦心。

他定要前程似錦，待日後拚下軍功，帶著小芸騎著大馬日日去金府門前晃！

這群人仗著有幾分權力便想強取豪奪，害得小芸那日跪在東寧郡郡守門外，任人圍觀，郡守一家卻連個面都沒露。

日後，這戶人就算請他們去，他們都不會登門了！

李桓煜邊走邊想著來到小芸的院子，這是白嬤嬤尋找的一戶郊外莊子，就藏著李小芸。

李小芸坐在窗櫺處，正在裁剪衣裳。

白嬤嬤說要送桓煜去邊疆，她趁著這幾日幫李桓煜趕幾件新棉襖好讓他帶著。遠處的暖陽落在她墨黑色長髮上，散發著柔和的光芒。

李桓煜的眸底瞬間溫和下來，他大步走過去，目光又落在李小芸裹著白布的指尖處，心口泛起了難忍的疼痛。

那封罪己血書……字字都是小芸的血跡。

李小芸一抬起頭，便透過窗戶看到李桓煜站在樹下發呆。

天氣漸漸寒冷起來，他身上披著雪白色貂皮棉襖，映襯著一張潔白如玉的臉龐越發晃人眼目。

陽光下的俊朗少年，就是她帶大的小不點呢。

她揚起唇角，輕笑著。有時候會想像這孩子穿上軍裝的模樣，雖然心裡隱隱有些擔憂，但是考慮到跟在歐陽穆麾下，似乎還是不錯的選擇，至少金家就算知道真相，也不敢輕易找上去吧？

李小芸手下打了個結，迎向他去。「幹麼在冷風裡站著，進來吧。」她本能拉住李桓煜的手，忽地又被反握住。

她無語地回過頭，對上一雙清明的目光，聽他故作高冷道：「十指交握才攥得牢。」

「是嗎？」李小芸懶得同他爭，反正兩個人也不會在一起很長時間了，就縱著他吧。想到此處，她不由得傷感。「軍營不是家裡，刀劍不長眼，你莫要任性。」

李桓煜低著頭嗯了一聲，拉著她進了屋子來到桌子前，小心摸著那一件件棉襖，開口道：「傻小芸，妳手不疼？別弄了，我看著心酸。」

他的指尖上下揉搓著李小芸完好無損的那隻手的手心，聲音輕輕柔柔。「郡守大人也不是個好東西，居然敢讓人轟妳，瞧我日後讓他丟了頂戴花翎！」

「人家同你沒關係，幹麼就要幫咱們？桓煜，我知道你心裡捨不得我受苦，不過這世道未必凡事都黑白分明，你到了軍中必須忍著脾氣。」她憂愁的目光落在李桓煜桀驁不馴的臉上。這孩子的脾氣似乎是天生的，明明並非長在大富大貴人家，卻滿身傲骨，未必是福氣。

「我知道，我不會得罪歐陽家兩位公子的；再說燦哥兒跟我打了好幾年，現在感情倒是好的，我們都喜歡直來直去的人，他說軍中有他罩著我。」李桓煜揚起下巴有模有樣地安慰李小芸。

「我算是看出來了，這世道唯有權是根本。我若真混成歐陽家大公子那般，怕是連家裡人都要顧忌我三分。」

李小芸一愣，倒是明白他為何提起歐陽家大公子。原來歐陽家大公子也是個怪胎，他都二十多歲了卻接連拒絕好幾門親事。本和駱家大姑娘有口頭婚約，如今竟是躲在漠北邊境不肯回家，寧可同駱家決裂，也要拒絕這門婚事，甚至做好被靖遠侯驅逐出門的準備。

但是結果呢？靖遠侯也拿自家親孫沒辦法。

李桓煜不屑地揚起唇角。「那金夫人就是駱家女吧，還是旁支駱家。如今靖遠侯府不認他們主家駱家大姑娘的婚約，我看駱家人也無所謂，還不是巴結著靖遠侯府，維護歐陽大公子名譽，主動澄清並無口頭婚約嗎？若是我此時有這等本事，就算妳已嫁入金家，也能在洞房時把妳扛出來。到頭來還是位高權重才是根本，犯不著如此委屈。」

李小芸嘴巴張開，本能想要反駁他什麼，又找不到言語。

李桓煜忽地貼近她，右手拉住她的手放在自己胸口，臉頰紅潤地道：「小芸，我就要走了，妳可別忘了我，記得隨時都想我……我給妳寫信好嗎？」

李小芸臉上一熱，尷尬道：「你……怎麼都成，我哪裡會忘記你呢？」

「就怕海哥兒纏著妳，妳都沒空想我了；至於小土豆，我帶他一起走，李蘭的兒子跟著我，她不敢待妳不好的。」

李桓煜說得認真，李小芸無奈地笑了。

小不點真是心眼小，連李蘭都信不過嗎？

不過也是，李桓煜性格古怪，平日待白嬤嬤和王管事都是極其客氣的，這種客氣透著幾分疏離，唯有對待她，從不客氣！

「我問過燦哥兒，我在那兒算是歷練，不會太苦。這場戰事並非想像中艱難，最多兩、三年就能結束，其間可以給家裡寫信，還能寄送東西，妳別急著現在給我做棉襖，我年年都要妳做新衣裳呢。」

李小芸見他嘮嘮叨叨，忍不住嗯嗯敷衍著應聲。忽地額頭一抹濕潤感，嚇了一跳。

李桓煜後退一步，得逞笑道：「妳真香……」

她被輕薄了，望著李桓煜孩童般的純淨笑容，一時間也不知道該說什麼。

良久，她道：「桓煜，我可能要去京城。」

李桓煜愣住，笑容漸漸收斂起來。「幹麼跑那麼遠……」

他們所在的東寧郡地處漠北，倒是比京城離他所要前往的前線近多了。如此說來，怕是李小芸就算給他做了衣裳，這路途就得運上兩、三個月啊；更別說見面了，沒聽說哪個參戰士兵可以輕易去京城的。

李小芸輕輕一笑。「明年是繡娘子比試，我想參加。」

李桓煜胸口處湧上不捨，委屈道：「妳一下子就要跑那麼遠嗎？不惦記我？妳去了京城我怎麼辦？想去看妳都不成了。本來燦哥兒說可以帶我回漠北，我就想著給妳驚喜，來東寧郡看妳，可是妳偏偏去京城，我如何去？而且妳要是出了事怎麼辦？誰能幫妳……我不許妳去，參加什麼比試，待我日後功成名就，我給妳造好多繡坊還不成？妳別把我拋下去那麼遠的地方，妳是真逼我過年都一個人嗎？小芸，我想妳啊。」

簡簡單單幾句話卻彷彿一把利刃，戳得李小芸心窩生疼。

她捂著胸口，小聲安撫。「你總說要出人頭地好養我，我又何嘗不想賺錢養你呢。桓煜，我不能靠你一輩子啊，我也有想做的事情。」

「那我不去參軍了！」李桓煜突然決定。「我陪妳去京城。」

李小芸匆忙搖頭。「不可以，你別鬧了，否則我真生氣了。」

「我只是不想和妳分開，陪著妳去京城也是鬧了？」李桓煜理直氣壯地說，不忘記賭氣道：「妳就是想扔下我對吧。」

李小芸一陣頭大，她要如何同他解釋呢？

這些本來是同白嬤嬤、王管事都商量好的事情。金家、駱家在本地勢大，她和李蘭終究無法久留，不如索性前往京城，搏一次命運。她可以感受出李蘭肩膀上定是背負著什麼，所以早晚都是要去京城的吧。

其實京城對她來說並不可怕，李翠娘、黃怡，甚至連李小花都在那兒呢；她相信憑藉她和師父的手藝，絕對可以在比試中脫穎而出。

她如今若是不尋個得力的靠山，怕是早晚還是會被金家盯上。喪子之仇可不是那麼容易讓人忘卻的吧？包括李桓煜，金夫人若是有手段治他也絕對不會留餘地的。

李小芸見李桓煜鬧脾氣，主動捏了捏他的手心。「桓煜，我會想你的。」

李桓煜身子一僵。「真的會想我嗎？」

「會呀！」李小芸憨然一笑。

「京城是個什麼樣子，我又不曉得，有時候覺得怕怕的，但是你也說過我繡法好對嗎？我覺得師父也好棒，比東寧郡所有繡娘子都棒。易姊姊說會推薦我們代表如意繡坊去京城參加繡娘子比試，你就權當我是見世面去了，否則留在東寧郡你就不擔心我嗎？遠離我爹娘不好嗎？」

李桓煜也覺得她說的沒錯，聲音裡隱隱帶著幾分撒嬌，再次確認道：「小芸，妳肯定會想我的吧？」

李小芸連連點頭。

他卻覺得不夠，故意探過身，見她沒有躲開，立刻用右手環住她的腰。「可是妳還是要為我做新衣，否則我就什麼都不穿。」

李小芸被他磨蹭得渾身發癢，又不好推開他，只能無奈應聲。「好，我夏日給你做冬衣，冬日裡為你裁剪夏裝，這樣長途運過去正好穿上。」

「好，妳說話要算數哦，否則我就冬天裡凍著自己，夏日裡熱著自己。」李桓煜稚氣的言辭中帶著幾分認真，目光眷戀地落在李小芸臉上，忍不住用下巴蹭了蹭她豐滿的臉蛋，抱怨道：「瞧瞧妳的顴骨，怎麼撞得人疼，真是的……」

李小芸臉上發紅，這才發現李桓煜竟又更高了。

她明明大他三歲呢，這傢伙今年猛長個子，竟是要低下頭才可以蹭著她的臉了。她有些無奈，不過看在李桓煜總算接受她要前往京城的事實，倒也縱容他此次的放肆。

眼看已經是年底，天氣寒冷，她卻覺得胸口發燙，極其暖和。

遠處，陽光明媚，乾枯的樹木上雖然沒有枝葉，卻依然傲然矗立在寒風裡；路邊的雜草變得枯黃，身姿卻筆直地迎著朝陽，偶爾搖擺著，好像輕舞，滿滿的都是希望。

李小芸攥了下拳頭，輕聲呢喃。「桓煜，我們一定都會成為更好的人。」

李桓煜身子一僵，狠狠將她揉入懷裡，帶著幾分怒氣倔強道：「我肯定會比現在要好的……到時候妳便不會總想著趕我走。」

第二十四章

李桓煜隨時準備去參軍，李小芸格外珍惜同他在一起的最後一個春節，兩個人都留在城裡過節，一起吃了頓團圓飯。

過年後，徵兵通告發放，軍隊正式開始招人。

李桓煜本是去年秋天就要和大隊一起去西山軍營投靠歐陽穆的，可是他捨不得李小芸，再加上歐陽燦要等六皇子一起出發，他便賴著待到過年。

四皇子出事後皇后娘娘同皇上關係劍拔弩張，六皇子黎孜念的處境便有些微妙。靖遠侯府本著勢必留下一枚火種的原則，藉著此次出兵歷練的機會，將六皇子帶出京城。

這日，六皇子與歐陽燦來到李家找李桓煜說話。

六皇子身著一身深棕色長袍，布料摸起來極其柔軟，領口處燙金色的祥雲刺繡映襯著一張白淨的臉蛋冷峻異常。

李桓煜並不知曉他的身分，還以為是歐陽燦的哪位親戚。

黎孜念倒也沒那麼嬌氣，他盯著李桓煜看了好久，眉頭收攏起來，拉了下歐陽燦的衣袖，道：「你不覺得這位小哥特眼熟嗎？」

歐陽燦搖搖頭。「啊，不覺得呀，我和他本就很熟了……」

黎孜念沒說什麼，冷哼一聲撇開頭，過了片刻，又忍不住把目光落在李桓煜臉上。「我怎麼越看他越覺得像是白家那胖丫頭。」

說者無意，聽者有心，白嬤嬤渾身僵住，急忙小聲問歐陽燦。「燦哥兒，這位少年郎是誰？我不曾在府上見過呀。」

歐陽燦壓低聲音。「是六皇子啊……」

白嬤嬤頓時怔住，心裡發慌，轉過頭看向自家小主人暗道——六皇子嘴裡的胖丫頭應該是白家六房的白若蘭，李桓煜的雙胞胎姊姊。為了將這個秘密永遠藏於地下，便讓兩個孩子的母親都「病死」了，白若蘭無人教導，自然被親姑姑白容容接到靖遠侯府常住。

白家有意同靖遠侯府聯姻，白容容一直想讓歐陽穆娶外甥女的，無奈歐陽穆性格倔強，又常年不住在侯府裡。他的父親納了繼室後，歐陽穆更是前往舅舅隋家入伍從戎，一時間更沒人管得了。

只是白嬤嬤沒想到，連歐陽燦都沒覺得李桓煜同白若蘭相像，倒是讓六皇子一語說中。這都是什麼世道，她有些拿不准六皇子的意思……

歐陽燦自然也聽到六皇子的話了，皺眉反駁道：「像什麼？哪裡相像了？白若蘭那胖子若非要說像誰，倒是和煜哥兒張口閉口說的李小芸有幾分神似，不過是小一號的李小芸罷了。」

啪的一聲，六皇子拍了下歐陽燦的後腦，不快道：「白胖子再怎樣也比眼前這個什麼小芸的強一百倍吧。」

李小芸尷尬地僵在一旁，這群人說話不會小聲點嗎？

李桓煜心裡不高興了，他的小芸從來都是無人可以比擬的，什麼白胖子、白胖了的，聽著就不是什麼美女。他衝過來怒道：「我的小芸怎麼比不得別人？小芸最美了！」

噗哧，歐陽燦笑了。

六皇子原本想同他爭執一番，可是看到李桓煜分外認真的目光，以及旁邊高個子胖姑娘的紅暈臉頰，忍不住也笑了。「最……美？」

「嗯！」李桓煜特別鎮定地點著頭，攥拳道：「小芸是這世上最好看的美人！」

白嬤嬤一身冷汗，六皇子和歐陽燦對視著哈哈大笑起來。

李小芸一時無語，眼看著李桓煜氣急敗壞跑向歐陽燦，衝著他的屁股踹了一腳，儼然一臉「你們太不識貨」的表情。

「你敢踹我！」歐陽燦轉過身就撲了過去，兩個人滾成一團。

六皇子倒成了勸架解圍的中間人，三個人沒一會兒就熟識了。男人嘛，從來都是不打不相識。

六皇子對李桓煜印象不錯，興許因為這張神似白若蘭的臉蛋，令他有些好感吧。黎孜念微微怔住，怎麼可能有好感呢？他應該和白若蘭那胖丫頭勢不兩立才對啊。於是他見打架後的李桓煜和歐陽燦都躺在地上，走上前用兩隻手捏住李桓煜的臉蛋，用力往兩邊扯了半天。

「你幹什麼！」李桓煜怒目圓睜，可惜筋疲力盡，沒法站起來再戰。
黎孜念揚起下巴，冷哼一聲離開。腦海裡卻想起白若蘭的模樣，若是她瘦下來，應該就像李桓煜這樣吧，他胸口一暖，莫名有幾分期待。
稍後，李桓煜同李小芸膩在一起半天，才三步一回頭地同她道別。
歐陽燦摸了摸臉上的瘀青，暗道這是剛才同他動手的李桓煜嗎？簡直就是個娘兒們啊。
黎孜念好笑地看著他們，揪住韁繩，騎著高頭大馬。「李桓煜，李小芸到底是你姊，還是你媳婦？你大男人如此含情脈脈不丟人嗎？」
李桓煜扭過頭冷哼道：「小芸是我姊，也是我媳婦。」
「還是你奶娘吧。」歐陽燦嘲笑道。
李桓煜臉上一紅。「是又怎樣？她還是我大丫鬟呢，我不需要別人伺候。」
「哎喲，你倒是很自豪嘛。」歐陽燦笑著諷刺他。
小不點身高都快趕上他了，明明看起來挺瘦弱，拳頭力道倒是不小，他已經不能像小時候那般完勝了。
「那是……小芸這麼念著我，我當然自豪了。」
噗……歐陽燦受不了他的自作多情，轉移話題道：「表哥，咱們能不能直接去找我大哥呀？隋家那幾個小子也不曉得怎麼樣了。」
六皇子抬起頭看了眼天色。「可是咱們的目的地在縣城裡，不用去前線。」

「不去前線老子去個屁，我想去找大哥！」

六皇子拍了他後腦一下。「隋家人也在縣城，那兒有府邸呢，否則去哪兒洗澡？你以為你真受得了長期熬在軍營啊。」

六皇子可從未想過自己是來吃苦受難的。

歐陽燦撇了撇唇角。他也曉得此次之所以會被扔來這裡或多或少和六皇子有關係，否則他們拿什麼藉口把六皇子從京城弄出來？四皇子墜馬而死一事有蹊蹺，偏偏四皇子沒了，皇上病就好了，雖然說虎毒不食子，卻難免懷疑是皇上默許的。

於是皇后和長兄靖遠侯世子商議後決定將二皇子留在京城，同時將六皇子送到靖遠侯府的地界加以保護；日後就算皇帝同皇后決裂，將儲君位置傳給五皇子，靖遠侯府也可以尋由頭擁立六皇子為帝，殺回京城。

這算盤打得精明，皇帝卻不樂意放人，最後還是靖遠侯親自請旨，並且把才回家的孫子又打包送到前線，這才將六皇子從京城弄出來。

其實六皇子也巴不得趕緊離開京城，他本是漠北地界的土霸王，性子懶散，早就想回外祖父家住了。這不，好歹有歐陽燦幾個陪著他胡鬧呢。

李桓煜走後，李小芸和李蘭也開始準備啟程。從東寧郡到京城約一個半月的路程，在易如意的安排下，她們走得極其低調。

金家兒子的事情因為苦無證據，尚未有定論；但是李小芸曾被請入金家，後又跑掉也是事實，若不是白嬤嬤動用了靖遠侯府的關係，金家早直接上門抓人了。

基於靖遠侯府這一層關係，金家不敢追究李桓煜的過錯，只好吃啞巴虧，打算暗中尋找不利李小芸的證據，將她繩之以法。

易如意怕夜長夢多，藉著京城繡娘子比試選拔一事暗中送她們離開東寧郡。原本擔心路上會遇到壞人，卻聽說白嬤嬤、王管事也要進京，於是大家一路作伴，倒也安生地抵達京城。

白嬤嬤會選擇同李小芸同路，確實有照看之意，金夫人如今喪子心痛正盛，怕是買殺手都會想要了她的命吧。

李邵和進京後，白嬤嬤和王管事本是要一起進京的，但是考慮到李桓煜身分特殊，京城又是在皇帝眼皮子底下，小主人若是被人認出來就麻煩了，所以他們才會留在東寧郡陪他。此時李桓煜投靠到歐陽穆麾下，他們自然沒必要繼續留在東寧郡。

李小芸這一路上可謂是長了見識。

對於她來說，縣城都已經算是熱鬧至極的地方，但是真正一路從漠北走到京城，她才徹底明白「井底之蛙」的涵義。

她走過了落英繽紛的青石板路，聽過秦淮河畔船坊歌女們的歌聲，還看到了一幅幅令她著迷驚豔的刺繡織作。

這便是外面的世界嗎？

難怪所有人都願意走出去，走出去的人卻極少願意回來。

李蘭所代表的如意繡坊在東寧郡是三大繡坊之一，在漠北就成了六大繡坊之一，如今到了京城，就成為眾多北方繡坊中的小小繡坊。

這還是如意繡坊第一次派人來京城參加比試呢。

以前不是沒有收到帖子，而是嫌路途遙遠，他們又主要在北方經營，所以從未上心。此次趕巧，李小芸沒法在東寧郡待了，易如意便想幫襯一把，讓李蘭帶著一名鳳娘子與李小芸一起來到京城。

所謂繡娘子比試除了個人參賽以外，還有繡坊比試。

三人一組，取團體成績。後宮選秀已經落幕，可李小芸同家裡斷了聯繫，所以並不曉得李小花、李翠娘的選秀結果。

易家在京城毫無根基，李蘭與小芸和鳳娘子徐研住進了一間客棧，同時利用閒暇時間尋找房屋，打算先買下一座府邸。

易如意打算藉此機會瞭解南方市場，成敗與否不重要，一切慢慢來再說吧。

白嬤嬤有心讓她們去李邵和新買的府邸居住，但是李蘭思索再三後委婉拒絕了。

她們都是女眷，李先生家中無女主人，總是不合適的；再說李邵和身分極其清貴，她們還是別給人家添麻煩才是。

李小芸也極其認可這個決定，她同白嬤嬤近幾年相處下來，關係比以前親近多了。

此次她為了李桓煜毫不猶豫折返東寧郡，先發制人寫血書罪己，讓白嬤嬤極其感動，對她更是刮目相看。

白嬤嬤將她們送到客棧，特意記下客棧名字。

「小芸，要是有什麼困難就來尋我，我雖然身分不尊貴，但是好歹還伺候過靖遠侯世子夫人的。」

李小芸心頭一暖。「嗯，若是當真遇到麻煩，我會去尋嬤嬤的。」

人與人之間的關係極其微妙，她有時可以感覺到白嬤嬤骨子裡對她的排斥，但是相處日長，此次又都是離開居住多年的東寧郡，竟有一種在異鄉遇到同鄉的感覺，甚是親近。

白嬤嬤心知她們身後有如意繡坊，怕是不缺錢財，但還是忍不住又叮囑幾句方轉身離去。李小芸望著李家馬車遠行了一會兒，才回到客棧裡。她推開窗戶，看向熱鬧非凡的鬧市，不由得動了出去溜達的心思，又怕師父說她。

李蘭放下包裹，道：「覺得新鮮？一會兒帶妳出去見見世面。」

李小芸露出興奮的神色。

要逛京城了，好期待呢！

「別高興太早，咱們主要是去尋處宅子……我小時候來過京城，不過都不記事了。」

李小芸嗯了一聲，回頭看向徐研。「徐師父，您同我們一起去嗎？」

徐研年過三十，不及三十五歲——因為繡坊比試大多數是為了介紹新人，超過三十五歲之人是不被允許參加的。

徐研面露疲色，笑看著李小芸。「妳和蘭妹子去吧，我歇會兒。」

李小芸點了下頭，下樓從廚房借了點熱水給徐研泡了一壺養血茶。「徐師父這幾日臉色不好，稍後我們不在要照顧好自己呀。」

徐研微微一笑，看向李蘭。「小芸這丫頭真細心。」

李蘭輕笑道：「她是個好孩子，所以大家才願意幫她。」

徐研嗯了一聲，心裡自然瞭然她和金家的事。這事在東寧郡早成了茶餘飯後的八卦了。好在李小芸著實是令人喜歡的好孩子，大家都同情她被爹娘捨棄，還被逼著同打女人的傻子成親。

李小芸換了一身淺黃色單衣，墨黑色長髮綰起，垂下一縷髮絲在肩頭。這是京城當下流行的未婚髮髻，她一路走來看到好幾種花樣，忍不住入境隨俗特意打理一番。她不願意露財，所以和李蘭兩人誰都沒戴任何玉飾。

李蘭換上一條乾淨的墨綠色長裙，將髮髻盤起來，露出潔白的額頭。

李小芸看著她，笑道：「師父，您真好看。」

李蘭眯眼笑道：「其實我娘生得更好，所以我爹才會不顧祖父反對娶了我娘。本來祖父要給娘說其他婚事的，畢竟是養女，來歷不明。」

李小芸聽她提及身世，沒忍住問道：「師父，這些年學習下來，我突然覺得您教我的繡法技藝比一般常見的都要好，有種說不出來的清貴。」

李蘭唇角揚起，悠悠道：「妳聽說過四大名繡嗎？」

李小芸一怔，沒想到李蘭會順著她的話說下去，若是往常，師父總是回避的，這次居然主動提起嗎？

她急忙揚起頭，認真道：「看書上寫過四大名繡。」

「是呀，四大名繡。除此以外還有許多繡法也都是極其珍貴的傳承，妳所學的繡法和顧繡淵源極深，因為我娘，就是顧家承嗣大房一脈的嫡出女兒。」

天啊……

李小芸嘴巴張大，無法說出一句話。

她學習的竟然是大名鼎鼎的顧繡，這可是堪比四大名繡，甚至曾被後宮嬪妃偏愛的繡法啊。

顧繡亦稱畫繡，是以名畫為藍本的刺繡，憑藉技法精湛、形式高雅聞名於世。它起源於吳郡的顧氏家族，據說是某一代的嬪妃隱居在吳郡時，所創造出的別緻繡法。

一般來說，顧繡繡品使用的絲線比頭髮還細，講究繪圖作品的神韻。為了達到維妙維肖的境地，光針法就有數十種，一幅繡品更是需要耗時數月才能完成。因為這種繡法所繡內容多為山水、人物、花鳥，比一般繡法還要精細，備受貴人們推崇喜愛，直至今日，顧繡雖然沒落了，依然同四大名繡齊名。

李小芸不出自主挺直腰板，原來她所學傳承來頭很大，並非路邊阿貓、阿狗出來騙人玩的；最要緊的是，她可是唯一傳人！

李蘭自然感覺出李小芸臉上的得意，無奈地笑了。「別高興太早，吳郡顧家人還活著呢，他們自稱正統，妳我自然成了邪門歪道。」

是啊，師父說她娘是繼承顧繡正統的大房一脈，怎麼會流落到李家村呢？既然如今吳郡顧氏尚在，莫不是有什麼內情？

李蘭看她面露異色，便直言道：「具體內情我也不是很清楚，但妳還記得黃怡身邊的葉嬤嬤嗎？」

「葉嬤嬤嗎？就是讓咱們幫她繡過底圖的那位嬤嬤吧。其實現在仔細回想起來的確有些詭異，莫非她早看出師父技法超群，才主動透過我尋師父嗎？」

李蘭目光深遠悠長。「嗯，我們談過一次的。她同我娘家有些糾葛，後來從她那裡瞭解到一些事情，再加上我娘親曾經和我講過的細節結合在一起，倒也有些眉目。」

「什麼眉目，得罪人了？」

李蘭點點頭。「對方裡應外合，收買顧氏宗族。其實顧家枝繁葉茂，家族龐大，但是繡法精髓卻只傳給大房嫡系，早就被親戚積怨了吧？後來又因為一段孽緣，我們這一脈捲入後宮奪嫡之爭，最終牽連甚廣，男的發配邊疆，女的充做軍妓，淪為賤籍。」

李小芸捂住嘴巴，不由得渾身發冷汗。

果然是得罪誰都不能得罪皇家。

一個刺繡世家能幹出什麼大事？莫非是繡品內容犯忌諱嗎？李小芸見師父面色深沈，也不敢多說什麼。

她嘆了口氣，想起昨日才看的書。

這世上最冤枉的怕就是史上屢見不鮮的文字獄了。明明只是文人酒後大手一揮抒發的情感創作，落在有心人眼裡倒成了顛倒黑白、蔑視皇權，莫名其妙連累全家族掉腦袋！

太可怕了。

李蘭和李小芸新來乍到，易如意除了讓徐研隨行以外，還給她們配了四個小丫鬟和五個家丁、一名管事。這些人全是易家家生子，除了管事外大多沒見過世面，可是考慮到李小芸師徒一路的安危，易如意寧可派背景單純沒出過門的，也不敢輕易使喚有心眼的。

好在劉管事倒是曾來過京城。

李蘭喚來劉管事，問道：「出門前如意就同我講過，打算藉此機會在京城買個院子，不求在鬧市，只要是在城裡便好，劉管事覺得如何做較好呢？」

劉管事四十歲左右，性格寡言卻辦事沈穩，所以易如意才會派他跟著上京。

他想了片刻，回道：「我剛才拜託客棧夥計刷洗馬車的時候，有問過關於在京城買宅子的手續。京城是允許房主直接買賣的，但是考慮到咱們剛來京城，怕被人騙了，最好還是尋個中人。」

李蘭點了點頭。「好的，就煩勞劉管事去尋個中人。我琢磨著咱們人多，不好老住在客棧，現在就去看看，若是手續繁瑣需要時間，就暫且租房住，總比住客棧省錢。」

劉管事也深以為然，轉身去忙活了。

李蘭雖然已經有了孩子，實則不過是不到三十的女子，她和李小芸在客棧附近溜達一圈，看了會捏糖人的攤販，忍不住買了一個嚐嚐。

李小芸見什麼都新鮮，流連忘返，黯淡許久的臉龐總算露出幾分笑顏。

兩個人午飯後回到客棧門口，見劉管事身邊站著一位著灰色長衫的男人。他模樣普通，帶著幾分諂媚笑意。「這兩位就是主人嗎？」

劉管事想了片刻，道：「是可以作主的人。王先生，咱們走吧。」

一名家丁牽來馬車，事不宜遲，李蘭拉著李小芸上了車。

劉管事駕車，讓那位王姓中人坐在他旁邊，他背對著車簾，主動講道：「那麼我就稱呼貴家女眷易夫人吧？」

劉管事搖搖頭。「還是叫李姑娘吧。」

「兩位都姓李嗎？」

「是的。」

王先生唇角上揚，看起來是個溫和的人，接下來開始口若懸河介紹起來，倒是劉管事時不時打斷他問路。

李蘭聽完他的介紹後，隔著簾子問道：「這麼說來，我們只能在城南買宅子了吧？」

王姓中人笑著說：「倒也不是，但是城東宅府若無達官貴人介紹，怕是沒人肯賣。但凡可以住在城東的大多數祖上要嘛是世家，要嘛有軍功，或者是科舉出身的高官，他們不差幾個錢，沒必要胡亂貪圖高價給街坊惹來不好的鄰居。」

李小芸看了一眼李蘭，想起白嬤嬤走時的話，問道：「慶年胡同在哪裡呀？」

李邵和買的院子就在慶年胡同。

原本他是想住岳丈家的，反倒是秦老爺覺得不合適。藥商再如何也是商戶，到時候李邵和與同僚來往都會成了問題，於是作主替他買了院子。

王先生一愣。「慶年胡同不錯，在內城。」

「內城？」李蘭揚眉。

「是的，京城分內、外城。內城的東方是皇城，皇城附近自然住著的都是位高權重之人。慶年胡同在內城西北方向，周圍大多數是清貴人家。大戶人家一般每隔幾日都會有管理採買的人出內城到外城採購；當然，也有專門訂貨讓人送進去的。總之內城的街道比外城寬，園林設計也極其整潔，不允許小商小販隨意出入販賣東西，自然環境優美，治安也好了。我勸李姑娘沒必要考慮內城，若無有背景之人介紹，根本買不了。」

李小芸笑咪咪地看著李蘭說：「李先生的新家就在慶年胡同，他好厲害呀。」

李蘭看向窗外，輕笑道：「所以大家都想讓孩子讀書，因為皇上重才，中舉了興許會改變全家人的命運。」

「不過李先生是真有本事，說下場就下場，說考試就能中！」

李蘭搖搖頭。「我外祖母家的慘案，便是因為家裡養了個白眼狼讀書人。」

李小芸一愣，尷尬道：「莫欺少年窮……看來得罪誰都不能得罪有潛力的少年。」

李蘭看著她一臉認真，調侃道：「妳這是在說咱們家小不點嗎？」

李小芸見師父眼底忍不住的笑意，臉上莫名有些發熱。「桓煜……桓煜可惜了……」

她撇開頭，忽地感傷起來。「他挺能讀書的，白嬤嬤還曾說讓他早些參加鄉試呢，如今卻因為我沒了前程。」

「傻孩子，我看他待妳可不是簡單的姊弟之情。這孩子骨子裡有一股說不出來的倔強，是那種撞了南牆都不肯輕易回頭的人。此次的事情對他打擊極大，但未嘗不是好事，他這性子，到了歐陽家大公子麾下沒準兒還真能拚出軍功。」

「那又怎麼樣……」李小芸低聲道：「軍功出身總是比不得科舉出身受人另眼相看。」

「妳呀，怎麼老轉移話題？妳對桓煜這孩子到底怎麼看的。」

李蘭目光灼灼看向徒弟，頭一次問她這般隱私的話題。李小芸十五歲了，正是談婚論嫁的年齡。

她若是對李桓煜有意，就要等那孩子幾年；如果無意，作為師父肯定要立刻忙活徒弟的親事。金家指不定還有什麼手段等著，總是先把李小芸嫁出去才是；若是熬到十八、九歲還沒訂下親事，就真找不到好人家了。

李小芸滿臉通紅，怎麼原本聊著宅子，轉眼間就說到李桓煜身上？她腦海裡浮現出那雙明亮的眼眸，一時語塞。

記憶裡李桓煜明明還是個吃奶娃娃，什麼時候變成器宇軒昂的少年郎了？

她閉了下眼睛，彷彿回到易家小院子裡，李桓煜偷偷爬牆進來，他身材高大，綢緞似的黑髮束在腦後，雙目炯炯有神。

他看著她，揚起下巴，桀驁不馴的眼底卻散發著柔和的光芒。他待她是特別的，或許如同他常常念叨的，他戀著她，他捨不得她……

但是，這種感情……是男女間的喜歡嗎？

李小芸睜開眼，捂住疼痛的胸口。

其實她有些害怕，若是信了李桓煜的話，那麼他日，他是否會後悔？可會希望她放了他，許給他人？

她垂下眼眸，根本不敢面對這件事情。

她甚至在想，隨便找個老實人嫁了，背後有李桓煜這個小弟弟撐腰，她應該也會過得不差。老實人若待她好，她便以心相許；老實人若變了心，她也由得他去，反正女人家有了孩子後，誰還惦記著男人呢？

李蘭見她眉頭一會兒皺起來，一會兒鬆開，目光黯淡，忍不住道：「怎麼了？」

李小芸搖搖頭。「沒事。不知道不小點在靖遠侯府大公子麾下可好？他脾氣倔強，別再得罪了人家大少爺。」

李蘭輕笑。「妳知道嗎？他走前還和我提親呢，說日後要娶妳，讓我別把妳嫁給他人。」

李小芸尷尬地說：「聽他胡說！」

「可是，我覺得也不錯呀。小芸，他是妳親手帶大的弟弟，妳跟他娘似的，他又親近妳，幹麼不嫁給他呢？」

李小芸頓時傻眼，仰起頭看向師父。「蘭姊姊覺得我嫁給他好嗎？」

李蘭理所當然地點著頭。「自然好啦。妳聽說過誰家兒子敢不孝順了？就算日後妳年老色衰，他納妾便是，那妾氏也必然會敬著妳。男人嘛，娘親的地位其他女人是永遠無法替代的。」

這……可是她不想做他娘啊！

李小芸悵然若失地望著被風吹起來的車簾，道：「師父，您也認為小不點待我是親情吧？」

「這我可不曉得，但是不管是什麼感情，李家都是不錯的歸宿。」

李小芸垂下眼眸，兩隻手揪來揪去，良久才道：「不好。我不能總影響著小不點的生活，他會遇到真正喜歡的女孩，組成一個家。如果我嫁給他，那麼其他女孩便永遠無法走入他的心，他這輩子就體會不到愛一個人的感覺了。每個當娘的都希望孩子好，說實話，我也希望他幸福。小不點為了我遠走他鄉，我不想他再和我糾纏一輩子，他是長大了的鷹，是時候高飛了。」

她目光堅定，努力說服自己。

李桓煜同自己的關係只是親情，他那麼好，李先生又成了官身，她一個死了未婚夫的小繡女，著實不適合他。

「師父，咱們不提他了，還是先找宅子吧。」

李蘭憐惜地望著李小芸，嘆了口氣。

其實她不認為李桓煜對李小芸僅僅是親情而已。

但是他的身分擺在那裡，年齡又太小，不曾見過外面的世界，怕是僅貪戀李小芸的溫暖。

日後待他眼界變高，飛黃騰達，自然會受到世人影響，到時嫌棄李小芸身分低，反而影響幼時情分。

所以最好便是把對方當成一輩子的弟弟，這樣日後小芸受委屈，李桓煜反而可以護她一生。

馬車裡的氣氛一下子冷了下來，忽然嘎吱一聲，馬車停了。

「李姑娘，我們到了。」劉管事率先開口，跳下馬車。

李蘭和李小芸對視一眼，也下了馬車，卻被眼前的景象嚇了一跳。

這是一條看起來略顯荒涼的胡同，淡灰色的牆壁、殘破的紅門，還有一頭缺了邊角的獅子頭。

中人見李蘭愣住，急忙解釋道：「我之所以帶你們來這處府邸是因為劉管事說要大院子。說實話，在京城沒點背景想買大院子並不容易；這是一處難得的五進院子，若是往常，怕是都難有這種大型院落出售的。」

李小芸回頭看了一眼。「這是個丁字路口，前邊沒有路吧？」

中人點了下頭，指著後面說：「這條丁字路出口是城南最熱鬧的兩條十字街區，位置還不錯。而且禁衛軍有一處歇息點就在街區盡頭，所以這塊地界算是城南治安最好的了。」

李蘭見他說得天花亂墜，忍不住皺眉道：「既然這麼好，為何顯得那麼荒涼？」

中人停頓片刻，吸了口氣道：「實不相瞞，十幾年前，這本是十字路口，後來城南施工，可能是驚動了什麼，後面就陷下去一個坑，官府出面派人調查，沒承想就把這頭封住了。那坑下面是什麼誰都說不清楚，有傳說是黃金，也有說是一片死人堆。再後來，這府邸原本的主人絕嗣，只留下了個守灶女，她最終也沒成家，前幾日病逝，這宅子就被旁支繼承下來。可是興許這旁支和原主人關係不好，並不想住這裡，所以著急出手此宅。」

李小芸滿頭黑線，怎麼聽著那麼像凶宅？

李蘭倒沒有一口回絕中人。

凶宅什麼的她從來不信。

事情雖然有些蹊蹺，但在京城裡大院子本就難尋，過陣子易如意還要帶人進京，曾囑託過，儘量選個大一點的院子，搞不好此次購買的住宅日後就是繡坊在京城的留宿地點了。

他們跟著中人走進院子。

撇開凶宅傳言，這處五進院子當真讓人挑不出缺點。首先它足夠大，快趕上易家在東寧郡的住所了。

所謂五進院子，就是連續五層的四合院，李蘭沒想到第一個看的房子就這麼大，她猶豫片刻，問道：「如果我們不選這處院子，還有同樣大小的嗎？」

中人搖搖頭道：「李姑娘，京城地界寸土是金，若不是趕巧了這麼一戶人家著急出售，按理說我們手裡不會有超過三進的院子，大多數都是兩個院落的。但是您比較走運，偏偏出了這麼一間，很多人想要的。」

李小芸揚起唇角。「既然很多人想要，門庭未免有些冷落。」這處院子的大小或許稀奇，但是應該不是人人都想要吧？

中人尷尬地笑了一聲。「這不是十字胡同成了丁字胡同嘛，有些講究風水的人會介意；再加上這戶人家絕嗣，所以……」

「院子是極好的，我想問下這麼一座院子需要多少銀兩？」李蘭邊走邊說。

中人見他們沒有立刻就走，追上前道：「因為有了前面的緣由，銀兩方面我倒是可以幫你們去和房主殺價。實不相瞞，這麼一所五進院子若是放在內城，怕是要一萬兩白銀。」

李小芸差點喊出聲音。他們村幾貫錢就可以買到房子還附贈一畝田地，這京城的宅子可真夠貴呀。

「當然，城南房價沒那麼好，可是畢竟仍是地處京城，鬧市的小院子也要千兩白銀。」千兩白銀？

李小芸暗自琢磨，內城、外城房價差距好大呀。

「那到底是多少銀兩呢？」李蘭問道。

「房主開價約八千兩白銀。」

「這麼貴？」李小芸揚聲。

中人見她們面露錯愕，解釋道：「外城大宅子不多，往往只有兩進院子，所以大宅子會貴好多。」

劉管事沒說話，易家從不缺金銀，他倒是對京城的高房價心裡有所準備；但是臨行前，易家主子曾經發話，在京城萬事都聽李蘭的，所以他不好多言。

李蘭一行人轉了一大圈，將房屋整個布局看了一遍。

房子倒是好房子，就怕對方著急出手是否有隱情。畢竟易家也快絕嗣了，聽說這房子前主人是個沒福氣的總是差強人意。

在院子裡溜達時，李蘭主動詢問劉管事意見。「您覺得這房子怎麼樣？」

劉管事見王中人走在後面，直言道：「李姑娘，其實我中午的時候有和客棧掌櫃問過。像這種五進院子，京城現在在賣的極其稀有，這處院子還是我特意和中人提及，我們想找大的，他才特意帶咱們過來。」

李蘭點了下頭。「價格方面呢，我其實對這些不如管事明白，還請劉管事賜教。」

劉管事搖搖頭道：「姑娘太客氣了，大小姐說了，在京城您就是我們的主子。價格方面，我也提前瞭解過行情，說實在話，城南的小院子或許比城北的便宜千兩白銀，但是大院子因為鮮見，遇到買家多的時候和城北價格沒啥差別，所以他這個報價，著實是出乎我意料的……低呢。」

李蘭一怔。「這院子布局方正，跨院、廂房、遊廊都比想像中要新很多，真奇怪他們家主人幹麼著急出售？掛價還不高，不會有什麼內情吧？」

劉管事蹙眉，嗯了一聲。「小人也覺得有問題。今日先這般看著，回去打聽打聽再說。這位中人說手裡還有兩處大院子，一處三進，一處兩進，都過去看看吧。」

她點了頭，拉著李小芸走出院落，上了馬車繼續前行。

接下來又看了兩處院子，三進院子大一些，但是十分破舊，遊廊上的雕刻簡直沒法看，若是住進來至少得花上一個月的時間修葺房屋，所以李蘭毫不猶豫地拒絕了。

最後一處院子格局還不錯，可惜太小，不過是兩進套院。原本的戶主尚未搬離，更顯得人多手亂。戶主把能夠展現閒情雅致的庭院、影壁，還有垂花門都拆掉改裝成可住人的房屋；最要命的是外院狹窄，自己家人住還可以，不適合奴僕眾多的易家。

李蘭看了一眼天色，尚未到晚飯時候，便琢磨再看一、兩處房屋。

中人道：「李姑娘，不是小的不帶你們逛，而是我也看出來了，你們不在乎價位，反而追求好一點的院落；可是京城不比其他地方，沒啥背景的話怕是完美的房子根本買不到。其實前幾日府衙門口的房子曾經出過一套四進院子，還沒到我們中人手裡就被禁衛軍的一位大人占了去。他也不是自己買，而是介紹給朋友，送做人情。能落到我們手裡的房屋就已經打了折扣，如今我能立刻帶您去看的還不如剛才兩戶呢。」

李蘭點了下頭。「我曉得了，那今日先如此。麻煩王先生幫我們再找找房子，我們確實不是很在乎價格，主要是可以立刻入住，乾淨，最好是四進以上大小的院子。」

中人王先生笑著點頭，心裡卻暗道，哪一個剛進城的外地戶不是如此打算的？最後看累了都放棄了原本的選擇。他瞅著這幾個人也像是外地來的暴發戶，可是這京城的府邸，又豈是有銀子就能輕易買到可心的呢？外地隨便找個五進院子就有得賣，京城呀，沒戲！

李蘭上了馬車，發現回去的路上正好又路過第一處五進院子，忍不住掀起簾子。「劉管事，我看時辰還早，要不然再看一眼第一處院子吧。」

劉管事點了點頭，同中人商量後又回到第一個大院子門口。

他們見院子門口停了一輛光鮮亮麗的馬車，不由得愣住。

中人苦笑道：「這院子雖然是急賣，有那麼多緣由影響了價位，卻依然炙手可熱呢。」

李蘭嗯了一聲，知道這是又有人來看房子了，他們再次走入宅門，迎面走來一行人。為首的男子高大修長，穿著乾淨的錦緞白色長袍，雙目深邃，露出一抹淡淡的笑意，正和僕從說著什麼。他氣宇軒昂，英姿非凡，瞬間吸引住所有人的目光。

李小芸扭頭望過去，只覺得渾身一僵，木然呆住。

第二十五章

李小芸心裡莫名慌亂了一下，本能低下頭，往後面退了兩步，右腳不小心踩進石子路旁的小花圃裡，感覺腳下一軟……陷了下去。

春日時節，經常下雨，她弄了一腳泥巴。

王姓中人抬眼一看，發現從遠處走來的青年身邊，站著的是他們圈子內出了名的財神爺，他立刻瞭然對方是大客戶，於是不敢得罪，急忙讓路。

反倒是李蘭蹙眉，咦了一聲。

這青年才俊怎麼平添幾分熟悉感？她猶疑片刻，聽到耳邊傳來一道清脆的嗓音。「李蘭姊姊？」

她愣住，再次抬頭望了過去，眼睛一亮。「二……旻晟？」

青年男子仰頭大笑，自信滿滿走過來道：「可不就是我呢。剛剛遠遠一看沒認出妳，後來就覺得有些熟識，便唐突地多看幾眼，否則真是不敢認呢，差點就這般錯過了。」

李小芸尷尬地躲在後面，將右腳用力地從花圃泥地裡抽了出來，臉頰通紅。

京城怎麼那麼小？他們不過才到了一日，竟是同二狗子重逢了；最要命的是她為什麼會緊張？還狼狽得弄了一腳泥巴。

她右手抹了下耳朵處的碎髮，攏到腦後。

今日到了客棧尚未梳洗就出了門，居然遇到二狗子，太難為情了，她的模樣會不會很糟糕，神色很疲倦吧？

李小芸顧不得自怨自艾，已經聽到師父提起了她名字。「我和小芸此次來京，是代表如意繡坊參加織繡娘子比試呢。」

「哦？小芸也來了嗎？李小芸？」李旻晟爽朗笑著，他似乎變了許多，至少從外表已經找不出當年會因一樁小事便氣急的痕跡。

他的溫和，反而令李小芸裹足不前。

她隱隱有些害怕，又不明白到底在怕什麼。

「小芸？」李蘭喚她，李小芸硬著頭皮走了過去。

她今日穿了件淡粉色襦裙，頭髮微微有些凌亂，卻多了幾分柔美。

她如今正是亭亭玉立花一般的年齡，映襯著背後一片花圃，倒多了女孩子氣息，整個人看起來不像小時候那般粗壯了。

李旻晟不由得一愣，輕笑道：「小芸變化好大呀。」

李小芸鼓起莫大勇氣，同二狗子直視起來。

她的雙手交叉，隱隱有些顫抖，連聲音裡都透著幾分拘束，故作冷淡開口。「李大哥也變化不小。」

李旻晟有些不適應眼前的小芸，怔了片刻。

站在前方的女孩低垂著眼眸，白淨的脖頸處戴著一塊凝脂玉，腰間是翡翠色的束腰，髮型亦是當下流行的款式，神態完全和記憶中差別甚大。她有禮地同他點了下頭，便安靜地站在旁邊。

一陣春風襲來，吹開了李小芸耳邊碎髮，露出一張潔白如玉的臉龐，秀髮飄逸著，撫摸著一雙彎彎的眉眼。她並沒有婀娜的身姿，亦不是傾城容顏，但是很奇怪，沐浴著春風的小芸骨子裡透著一股淡然氣質，竟讓人覺得空靈。

李旻晟忍不住多瞟了她幾眼，苦笑道，他竟會覺得胖妞李小芸空靈……

一定是近來太忙，昨兒個沒睡好吧。

雙方許久不曾見面，起初有些尷尬，說了一會兒話便又彷彿回到了在李家村時候的樣子。跟著李旻晟來看宅子的是京城知名的夏姓中人。這位夏先生是京城牙行有名的老闆，人稱財神爺，據說是有官家背景的，他親自招待的人，自然不會是小戶人家。

王中人不由得重新打量起劉管事。

這群人不是新來乍到嗎？明明感覺對京城完全不熟悉，怎麼還和大人物扯上關係？

他原本還想大賺一筆，此時卻是不敢胡亂說話了。

夏老闆笑呵呵看向李旻晟。「李公子，咱們還繼續看宅子嗎？」

李旻晟搖搖頭。「遇到老熟人了，怕是今日先到此為止。這處宅子外面雖然破舊不堪，內裡可真不錯，買不買放在後話，稍後我讓下人先送來訂金，幫我留下吧。」

夏老闆瞇著眼大笑。「李公子真是爽快，回去幫我和李老爺問好，改日登門看他。」

李旻晟淡淡點了下頭。「李蘭姊，小芸，走，我請妳們吃飯！」

李蘭見他極其熱情，不好推辭。

她讓劉管事去送王中人，自個兒和李小芸上了李家馬車，前往鬧市中一處異常宏偉的酒樓。這酒樓足足有四層高，對於李小芸來說新鮮不已。

「京城酒樓都比咱東寧郡的高呢。」她不由得感嘆。

李旻晟笑道：「搭建工藝大不同。這樓頂是個觀景臺，可以將城南的兩條鬧街看個明白。」

「是嗎？」李小芸再故作矜持，也難以遮掩本身天性。她瞇著眼睛看向李旻晟，唇角彎起甜蜜的弧度。她眼睛很亮，瘦下來後越發神似李小花，倒是讓他又怔了一下。

他抿住唇角，想起了李小花。「妳們是今日到京城的？可有打算去看望小花？」

李小芸身子一僵，苦笑片刻，怕是李旻晟尚不知她和家裡徹底斷了聯繫。

此次入京他們走得倉促，更是偷著離開，不曾和家裡知會一聲。她有時候從睡夢中驚醒，仍像作了一場噩夢。在夢裡，她爹告她不孝……金夫人告她殺人放火，最後還逼著她手持金浩然牌位，嫁入金府。

「家」這個字，成了魔咒，她根本不敢去想爹娘……

李旻晟自然是看出她的默然，玩笑道：「怎麼，還記著同小花吵架的事情嗎？她是妳親姊姊，既然到了京城，應該去看看她的。」

事不關己，大家都體會不到其中心酸。

很多人如今也還勸著她，那是親生爹娘，別說把妳嫁給傻子，就算是要了妳的命又能如何？爹娘，總歸是爹娘。

李小芸沒說話，她撇開頭，淡淡道：「我不清楚小花的境遇。」

如果不是為了送李小花進京，爹娘就不會把她議親給傻子；沒有這個前提，小不點也不會為了救她殺了人，不得已遠走軍中。

她和李小花，完全是仗著那點血緣才不是仇敵，否則，她定要討個公道。上一次，她從大哥話裡聽出，李小花是清楚金浩然為人的，卻不曾提醒爹娘，真是她的「好」姊姊！

她何德何能，攤上了這麼個姊姊？爹娘是農村人糊塗，李小花卻是常年住在城裡的，怎麼會不知曉金家的事情？只要有心，稍微一打聽便瞭解了。她卻怕因此影響到自己進京，囑咐大哥也不許同爹娘說，大哥疼她，都依著她，於是就變成今日殘局。

李小芸莫名濕了眼眶，頓時懶得搭理李旻晟了。

她是喜歡過二狗子，感情的事由不得人心，但是這些年來陪伴在她身側的卻只有李桓煜。

李旻晟發現她的沈默，猶豫道：「她如今留在宮裡，妳想見她嗎？」

李小芸愣住，他們家同金家鬧成這樣，李小花仍然被選上了嗎？難怪後來出事後沒聽說她爹娘被金家如何，莫非和李小花有關係？

李旻晟見她表情豐富，調侃道：「怎麼，還是想知道的吧？既然想知道就問我。瞧瞧妳，從頭到尾，故作大家小姐樣子嗎？矜持得我都不認得了。」他或許是有意拉近彼此關係，抬起右手輕輕敲了她額頭一下。

李小芸嚇一跳，臉上一熱。「別動手動腳，我們都大了。」

她想說的是，她不再是村裡的小姑娘了，他們也沒那麼熟悉；但是話說到這個分上，未免顯得矯情。總之，她不想和李小花恢復關係，若是李旻晟同她交好，那麼她便遠著他。

李旻晟沒承想李小芸待他態度竟這般生疏，忍不住抱怨道：「妳怎麼了？我這些年出來後才越發懷念小時候的夥伴們，村裡的李三妳記得嗎？我把他也弄到京城來了。」

李旻晟離開家，走到外面才曉得人心險惡，再加上他們家也算是飛黃騰達了，不由得起了拉拔玩伴們的心思。李小芸雖然是個女孩，但是在他眼裡也是自己人；更何況他小時候欺負小芸欺負得最凶，如今長大回想起來，反而覺得極其過分，非常不好意思。

他偷偷看了一眼李小芸，不愧是李小花同胞妹子，如今瘦了一些，再加上氣質顯得大氣磊落，竟令他微微生出幾分好感，於是笑道：「莫非妳還記得我以前欺負妳的事情？」

「過去的事情就別提了。這吃飯的地方倒是不錯，你請客吧？」

「那是自然！」李旻晟喚來小二，將她們帶到樓上雅間，自豪道：「這酒樓如今是我們李家的產業。怎麼樣，我和我爹都很厲害吧！」

李蘭見他雖然長大了卻難掩幾分稚氣，恭維道：「可以隨意就買下剛才的院子，又在城南開立酒樓，想必你爹如今在京城混得很好吧。」

李旻晟眯著眼睛輕笑。「還好，我爹最終選了和鎮國公府攀關係，現在李家是皇商了。哦，妳們不曉得吧，我爹說想把李家村的李家歸到鎮國公府李氏做旁支呢。」

噗……李小芸手裡的茶杯差點一滑。這宗族還能歸附於別人家？她看向李蘭。「什麼意思？我聽不懂呢。」

李旻晟遞給她一條手帕。「還當妳是真見過世面，瞧瞧這失態的模樣。」

李小芸沒好氣地瞥了他一眼，見他眨了眨眼睛，彷彿又回到山裡二狗子的那種胡鬧樣子。

李蘭追問。「這事已經定了嗎？問題是拿什麼理由呢？」

改宗這事可不小。

李旻晟笑道：「根本不需要尋什麼理由。我爹前年回家的時候特意讓村裡三叔公查族譜，咱們李家村祖上確實和鎮國公府有關聯。」

「然後呢？」

李小芸暗道，若如此算來，豈不是全天下姓李的追溯到一千年前，都是一家子呀？其實說到底，今日一家人，可能到一百年後就變成了陌生人，如果彼此需要自然會聯繫起來重回一宗，但要是沒用的窮親戚，怕是拿到了族譜都未必樂意相認吧？

李蘭想到了李邵和。「如此說來，李先生可以進翰林院莫非是有鎮國公府在背後打點人脈嗎？」

「其實仔細想想，李邵和單憑一個藥商老丈人，花錢買個富裕村落做個七品芝麻官並不難，可是想留在翰林院編書，如此接近皇上的位置根本不可能吧？」

李旻晟合上菜單，示意身邊僕從將門窗關妥後去外面守著。

他揚起眉眼，隨意道：「嗯，國公爺親自接見過李先生呢。如今國公爺和靖遠侯府對立著，咱們李家村地處漠北，倒是成了他眼裡的香餑餑。村裡幾位老叔公認為咱們是光腳的不怕穿鞋的，倒也想順水推舟，上了鎮國公府的船。」

李蘭蹙眉道：「可是李家村畢竟地處漠北，這……」不是擺明著得罪靖遠侯府歐陽家？

李旻晟似乎不大在意。「富貴險中求。」

他忽地低著頭，壓住聲音道：「去年皇后娘娘的四皇子意外沒了，可皇帝根本不曾大徹查，後來皇后娘娘就病了，如今後宮主持要事的是賢妃娘娘。朝堂風向也同以往不同，四皇子監國時期拍馬屁的官員都倒臺，就連靖遠侯一脈的幾位將領都被尋由頭下放了；若不是西涼國邊境出事，甚至有傳言皇帝要動靖遠侯府呢。其實皇帝要是身體安康，未來事情可不好說。」

李蘭心頭大驚，不由得苦笑，她外祖母家不過因為一幅繡品就妻離子散，家破人亡。

這倒好，整個李家村竟然打算歸附鎮國公府……

日後若是皇后所出的孩子當了皇帝，豈不是遲早被株連九族？

雖然如今皇帝又生龍活虎地回來了，但是這麼做難免冒險。

若有什麼好處，似乎都落在李銘順一家身上，對遠在漠北的李家村又有何用？可惜了宗族裡的老叔公們怕是想不到那麼遠。在他們看來，鎮國公府那可是鐵帽子國公爺，人家拿著證明兩家有關聯的文書或者說辭，又有李銘順一家在旁煽風點火，就以為是好事了吧。

李旻晟見她們都沈默不語，當她們是不曉得京中形勢的土包子。

李小芸心知李蘭外祖母家，就是被捲進皇帝當年奪嫡的鬥爭中，所以不管此事成敗與否，多一事不如少一事，她師父怕都不願意李家村扯入其中。

她對政事不懂，但是見李旻晟一臉春風得意，想必近來的風聲必然是對他們家，或者說對其背後勢力鎮國公府是有益的吧？

可是……

她想起了遠在邊疆的李桓煜，不由得擔心起來。

李先生若是成了鎮國公府的親眷，那麼就是歐陽家的敵人；可是小不點在歐陽家大公子手下呀，豈不是很危險？

咚咚咚，小二敲門，開始上菜。

李旻晟招呼她們開始吃飯。

李小芸雖然不希望和李小花有聯繫，李蘭卻出於某種考量，還是問道：「小花那孩子被留在宮裡，是不是也因為鎮國公府的關係？」

李旻晟點了下頭。「不只是小花，還有李翠娘呢，總之和李家村相關的兩個女孩，都被賢妃娘娘關照後留牌子了。」

李小芸原本想冷著他，悶頭扒飯菜，沒想到聽到了李翠娘的名字，不由得抬起頭，眼巴巴看向李旻晟。

李旻晟一愣，得意地揚起下巴。「咦，小芸妳不是剛才還說不想聽李小花的事情嗎？」

李小芸有些羞惱。「你明知道我是想聽翠娘的消息！卻遲遲不肯提及她，現在說這些話有何意思？」

幾年不見，李旻晟怎麼變得如此油嘴滑舌？果然走出來的人心思都會變得玲瓏？

李旻晟哦了一聲，眨了眨眼睛。

他也不知道為什麼，再次見到李小芸覺得特別親切。

李小芸見他一點都不害臊地盯著自己看，頓時有些生氣。「你說是不說，怎麼幾年不見人變得這般彆扭扭？」

李旻晟揚起唇角，忍不住同她拌嘴道：「我哪裡彆扭了，分明是妳一來就給人臉色看，都不清楚到底哪裡得罪了妳。我怎麼記得以前妳是最愛和我玩的，不管我如何欺負，妳也不會怎麼樣。」

廢話，反抗需要本錢的好嗎？

李小芸差點噴出一口血，李旻晟果然是她的剋星！

李旻晟見她真生氣了，便不再逗弄，淡淡地開口道：「她們都被賢妃娘娘留下了。翠娘比小花穩重一些，還手巧會給貴人梳頭，所以頗受重用。」

李小芸長吁口氣，聽聞小夥伴無事心裡總算放心下來。她的腦海裡浮現出翠娘的眼眸，暗道這般溫和柔軟的女孩，到了哪兒都不會被討厭吧。

至於小花……

「小花本也是留在賢妃娘娘宮裡當差。去年皇后娘娘病倒後，禮佛多年的太后被皇上請出榮陽殿，協理後宮，賢妃娘娘也得了正經實權，本是讓小花跑了幾趟榮陽殿，沒承想被太后娘娘看重，竟要她過去伺候呢。」

真的？

李蘭和李小芸都愣住了……

李小花那性子會被太后娘娘看重？

她們哪裡曉得，李太后會和李桓煜有淵源，才將李小花留在眼皮子底下安置。偶爾聽她講村中往事，乘機得知李桓煜孩童時的趣事，倒也是慰藉了老人對娘家唯一孫兒的想念。

李小花本是嘴甜機靈之人，沒想到後宮裡的老人居然愛聽她提及鄉野事情，於是越發努力蒐羅故事。

但凡好事都安在自己頭上，不好的自然放在村裡小夥伴身上，於是李小芸所做的事全成了她的功勞，表現出她是多麼善良溫柔的女孩，對待沒有血緣關係的小弟弟亦十分真誠。

太后無所謂故事中誰是最善良之人，不過是想聽到和李桓煜相關的事情罷了，所以她聽得津津有味，不介意李小花所說哪些是真，哪些是假。

太后禮佛多年，十幾年沈澱下來早就對外事看得極淡。

若說這一生讓她最後悔的事情，怕就是扶植當今聖上登基，最後反倒連累娘家斷子絕孫。當年，聖上借助歐陽家打擊李家，如今又想將她抬出來壓制皇后，殊不知，她早就同歐陽家達成同盟。

不過表面上依然和歐陽雪關係極差。

敵人的敵人便是朋友，所以賢妃娘娘可真把太后當成嫡親婆婆供奉著。太后經常讓李小花過來侍奉講故事，她必然也會捧著李小花；就連當初帶李小花回宮的夏氏都待李小花極其客氣，更別提那些沒地位的老宮女。

一時間，李小花倒成了這一屆宮女中風頭最盛的女孩了。

李蘭和李小芸沒想到李小花有這種際遇，不由得對望一眼。難怪金縣令沒有做出大動作，怕是也有李小花的事情威懾其中。

李小芸苦笑一聲，真不知道該怪罪她的小花姊姊，還是要感謝她了。

提起李小花，李旻晟的臉上果然帶著幾分落寞。

李小芸胸口悶了一下，便又低頭開始努力吃飯。

這世上不可能求別人愛你，但是定要懂得善待自己，如果連自己都自怨自艾，有什麼資格讓別人愛你呢？她想得開，看事情越來越淡泊，反而帶著一種不屬於這個年齡的成熟韻味。

興許是發現提及李小花會讓飯桌上的每個人都尷尬起來，李旻晟清了清嗓子，尋找話題道：「剛才妳們也去看了城南那座老宅，可是想買嗎？」

李蘭嗯了一聲。「我們本是代表如意繡坊來京城的，易姑娘想著既然來了，便打算在京城買處宅子，怕是日後還會有機會過來呢。」

「如意繡坊？」李旻晟琢磨片刻，說：「我爹買下了光景不大好的重華繡坊，原本打算讓李蘭師父過來坐鎮，可惜妳卻不樂意來呢。」

李蘭彆扭地輕笑一聲。「我同如意繡坊的易姑娘有些淵源，再說，重華繡坊地處江南，我當時沒打算離開東寧郡，所以……」

「我理解的，蘭姊姊無須同我太過客氣，今日一提也不過是因為感到幾分遺憾罷了。不過妳們若是想買長期居住的房子，我可以幫忙盯著；至於剛才那處老宅，我卻是不建議妳們購買的。」

李蘭疑惑地望過去，卻見李旻晟垂下眼眸，似乎是不樂意多說。

她不好多問，心中已經有所決斷。

關於這處五進院子，她始終是猶猶豫豫。園內布局、新舊程度真是什麼都好，就是裡外透著古怪，又被傳成是凶宅，再加上原主人絕嗣，實在不適合易家。她嘆了口氣，如今見李旻晟也是這般建議的，便決定徹底放棄了。

李旻晟想了一會兒道：「對了，我前陣子買下一處宅子，是所四進大院子，價格不菲，若是易姑娘不考慮銀兩，我可以原價轉給妳們。」

李蘭一愣，直搖頭道：「這不大好吧，旻晟，你還是加些銀錢，否則我著實不好收下。」

他瞇著眼睛道：「先不說錢，今日時辰過晚，明日我讓管事去客棧接妳們看宅子。」

如此盛情難卻，況且她們又確實著急找房子，所以李蘭便大大方方地應了下來；反正是看房子嘛，至於銀兩日後再說，易家從不缺銀子，總是要讓李家賺一些的。

飯後，李旻晟偏要送她們回到客棧，李蘭也不好太過推託。

在李家村，李旻晟同她們關係算是挺親近的，尤其是早年時，他爹出海跑商，家裡只留下老太太和兒媳婦，倒是經常相互關照。

一路上，李蘭和李小芸坐在馬車裡面，李旻晟騎著馬跟在旁邊，時不時告訴她們路過的地方是哪裡，都有些什麼。

她們認真聽著，倒也覺得受益匪淺。

客棧老闆發現晌午入住的大方客人被精緻豪華的馬車送回來，不由得和夥計多看了幾眼。那夥計同趕車人攀談兩句，曉得這是近幾年來在京城興起的李記商行少東家的馬車，他急忙和掌櫃知會了一聲，客棧老闆頓時對李蘭一行人刮目相看起來。

眾人皆知李記是新皇商，不過兩、三年就在京城混得風生水起，背後必然是站著某位貴人。

他趕緊親自出迎，順便和李旻晟打了聲招呼。李旻晟本身出身並不高，待人接物更是被訓練得越發成熟，他極少表露出看不起誰的態度，所以倒是客氣地回了兩句，還直言李蘭和李小芸是他的親戚，拜託老闆多照顧一下。

客棧老闆頓時連連稱是。

李小芸目光複雜地望著李旻晟離去，陷入沈思。李蘭也累了一整天，有些倦意。

「師父，二狗子……不，李旻晟真的變化好大呢。」李小芸輕聲呢喃，眼底有些迷茫。

李蘭悶悶地嗯了一聲道：「性格變得溫和，卻顯得不夠真實。不過他幫我們的心意是真誠的，所以才不好拒絕。」

「是呀！」李小芸瞇著眼睛，彷彿回到了記憶中。她垂下眼眸道：「明明是脾氣變好了，卻覺得疏離。」

「他終歸是成了商行大少爺，又是久在京城，怕是經歷多了才會如此。」李蘭也感嘆道。世人道女大十八變，男人何嘗不也如此呢。

「可是我記得他說李大叔幫他捐監呢。」所謂捐監，是一些大富大貴之人通過捐銀子讓孩子獲得監生身分，進入國子監讀書。

李蘭蹙眉，想了片刻說：「興許是進去了，卻又讀不下去走出來。小芸，國子監那種地方不是一般學堂呢。」

李小芸哦了一聲。「或許這些年他也曾過得不如意吧。」

李蘭摸了摸她的頭。李小芸的那點小心思，她還是看得出的……

李小芸一抬頭，便對上師父憐憫的目光，她心思敏感，莫名紅了臉。

她急忙低下頭。「師父，我讓人給您弄點熱水，走了一天，泡下腳吧。」

李蘭知曉她這是轉移話題，倒是順水推舟嗯了一聲。

「那稍後我就回房休憩了。」李小芸慌亂離去，臉上始終熱熱的。為啥會覺得師父明亮的眼底看出了什麼？她會不會是多想了。

遙遠的西北地界，李桓煜到了大黎國西邊最後一個郡守，西河郡。

西河郡駐紮著隋家軍。隋家說起來也是數百年的望族，他們家曾經出過皇后，也曾迎娶過公主。

先帝時期李太后獨寵，慢慢斷了隋家同皇家的關係，好在隋家大家長看得較遠，反倒乘機交出多半軍權，保留下隋氏根基。新皇帝登基後忙於奪權，反倒給了隋家恢復勢力的時間。

隋家這一代最出色的嫡系一脈，是靖遠侯府世子爺的親弟弟歐陽家二老爺的姻親。雖然二夫人隋氏已經去世，二老爺也續弦了，都難以影響這一代同歐陽家的關係。實則是因二老爺家三個兒子都是這位隋氏所出，是隋家當家人一脈實打實的嫡出外孫們。

歐陽穆之所以敢不接受家族安排的婚事，也是因為其嫡親外祖母尚在人世，幾位舅舅又手握軍權，連靖遠侯都不敢逼迫孫兒。

歐陽燦和李桓煜因為陪著六皇子，所以被安排在了西河郡城裡居住。

李桓煜惦記著立下軍功，雖然後來曉得了六皇子身分，卻依然一心想去前線投奔歐陽穆。六皇子覺得他有趣，便不由得多調侃了幾次；歐陽燦又和李桓煜從小打到大，想挫挫其銳氣，一路上三個人不停打鬧，倒成了關係不錯的朋友。

此時來西河郡入住的除了他們一行人外，還有靖遠侯府世子夫人白容容。

此次前來西河郡，她的身分是靖遠侯的傳話者——歐陽穆執意不履行靖遠侯府和駱家的婚約，偏偏此時是靖遠侯府最不受皇上待見的時候，靖遠侯本意讓兒媳婦來做最後一次努力。

白容容心裡也有小心機，她出身白家六房，嫡親兄弟身子骨兒特別差，妻子又在幾年前去世，留下來的孩子叫做白若蘭，被送到她膝下養大。對她來說，這孩子同親閨女沒什麼兩樣。她琢磨著把白若蘭嫁給歐陽穆，一來可以牽制住歐陽家二房，二來自己也可以看顧白若蘭。

她並不曉得自己的身世，只是隱隱猜測到家中或許有秘辛，但未曾起心思調查。所以在白家，除了和宮中有聯繫的老僕以及白若蘭的父親外，無人知曉他的妻子懷的是雙胞胎。

白容容的兄長其實也不知內情，但兒子一出生就被抱走，妻子又得怪病病逝，諸多慘事令他心灰意冷，即使猜到其中因由，仍日漸萎靡，寧可以出家為藉口逃離這一切……

白容容本身就有些天真爛漫，她帶大的白若蘭也是個除了吃以外，萬事不管的小女孩。白若蘭從小就很胖，好多小夥伴嫌棄她，偶爾一次際遇，她竟是傾心了歐陽穆，所以此次隨同白容容一起來到了西河郡。

六皇子從小在靖遠侯府長大，自然同白若蘭極其相熟，他聽說白若蘭在呢，便叫著歐陽燦和李桓煜一起去找她玩。

李桓煜早起晨練，晌午午練，到了下午還要繼續鍛鍊身體。

六皇子黎孜念眉頭緊皺，玉一般的臉龐露出幾分不耐。「李桓煜，你這人怎麼那麼無趣？」

李桓煜也不理他，暗道，你爹是皇帝，你自然囂張。他沒有爹，唯有靠自己的努力飛黃騰達，才可以保護李小芸不受欺負。

歐陽燦戳了下他的後腦。「我娘在西河別院呢，你作為晚輩應該去拜見她的。」

李桓煜蹙眉，真納悶了，他一個山裡娃兒哪裡敢認靖遠侯府世子夫人當做長輩呢？

歐陽燦又拍了下他的腦袋。「這是想幫忙提攜你啊，這都不懂嗎？」

提攜？

李桓煜哦了一聲，認為歐陽燦說的倒是沒錯。

既然有機會見到一位靖遠侯府的夫人，他去拜見一下總不是壞事。世人皆捧高踩低，難得有這種可以直接見到靖遠侯府當家人的機會。

歐陽燦見他懶洋洋地跟在六皇子身後，暗道——這臭小子怎麼比自己還不諳世事！

李桓煜骨子裡的倔強雖然很投他的脾氣，卻依然讓歐陽燦不爽，畢竟對方出身貧寒，卻還這麼高姿態。不過他大哥歐陽穆特意囑咐他照拂李桓煜，那麼一向聽大哥話的歐陽燦自然不敢輕易怠慢。

況且，他也著實喜歡李桓煜的直接……看他不畏懼黎孜念身分，偶爾噎到六皇子的樣子，還是滿有趣的。

第二十六章

李桓煜在陽光下洗了把臉，晶瑩的水珠順著那墨黑色頭髮落了下來，顯得一張臉白淨英俊，讓專門在小院裡服侍他的大丫鬟蘭香不由得紅了臉。她低著頭走過來，遞上一塊擦拭臉頰的手帕，輕聲說：「歐陽公子讓奴婢給您備了新衣裳，囑咐公子定要稍作整理後再去見我們家夫人。」

李桓煜淡淡嗯了一聲，他的單衣已經濕透，本能想要撩起來脫掉，才一動手，又隱隱覺得不妥，轉過頭看向蘭香。「妳還不走？」

「奴婢和墨香是主子特意吩咐來伺候李公子的，日後公子有何需要，都可以吩咐我們去做。」

李桓煜不情願地哦了一聲。

這裡是靖遠侯府位於西河郡的別院，他不好一來就拂了人家的好意。

他瞥了一眼蘭香，後者立刻低下頭，一臉含羞，這番作態讓李桓煜十分不耐，這姑娘眼神太令人討厭了。

他煩躁地轉過身。

「妳在外面等著。」然後大步回到屋子裡。

一邊走，李桓煜一邊想，院子裡平白無故多了兩個女孩子，日後千萬要小心行事，他可是潔身自愛之人，才不會讓誰占了便宜。

李桓煜許久不曾自己梳頭，對著鏡子把頭髮捋順後忍不住抱怨了一會兒；都怪金家臭小子，原本和李小芸時不時見面玩耍的日子就這般一去不復返。

他穿上白色褻衣，外面套著寶藍色長衫，綠色腰帶處掛著晶瑩剔透的羊脂玉，下身是淺棕色長褲配黑色馬靴。李桓煜早已隨時做好離開別院，前往城外駐軍處的準備。

每一個男孩心裡都有個保衛疆土的夢想，雖然說此次前來西河郡充滿太多變數，不過相較於在學堂裡讀書，他更喜歡此地的氛圍。

天空彷彿被水洗般潔淨無瑕。

蘭香不敢輕易離去，就站在樹下等著。

片刻後，從屋子裡走出一抹偉岸高大的身影，他高挺著背脊，右手背後，大步走過來。

蘭香心跳不由得加速。西河郡城外是駐軍，所以經常可以見到將領來往此地，但是如此書生氣濃重卻又不失剛毅的男孩極其少見。她剛剛及笄，正是春心萌動的年紀，自然心儀這位年輕的李公子。

李桓煜蹙眉道：「可以走了嗎？」

蘭香一愣，急忙點頭，她竟是失態得看癡了嗎？

她帶著李桓煜穿過兩道拱門，走過一片池塘，來到最裡面院子裡的大堂處。「夫人，李公子到了。」

頓時，屋子裡的笑聲止住，一道清脆的嗓音傳來。「哦，那快快有請李公子進來吧。」

李桓煜整理了一下服裝便走入大堂。

映入眼簾的除了簡潔又不失古典的家具外，還有幾名婦人和一個小女孩。

女孩生得可愛，一張圓潤的臉顯得有些胖，不過身材卻有些瘦弱。

他腦海裡閃過三個字，白若蘭。

說起來為何會記住這個名字，還是因為一路上歐陽燦和六皇子總是在談論這名小姑娘。她算是歐陽燦的表妹，從小養在靖遠侯世子妃膝下。據說這小姑娘對歐陽穆芳心暗許，一路跟隨姑姑追到了西河郡。

當然，最讓他印象深刻的是六皇子總說白若蘭是胖子……於是歐陽燦便拿她同他的小芸相提並論。可是今日一見，李桓煜心裡冷哼一聲，就這副軟綿綿的身材也能稱得上胖？明明比小芸要小上好幾圈呢！

李小芸果然是獨一無二的！

李桓煜對此極其「自豪」。

白若蘭旁邊坐著一名皮膚白淨細膩、面容明豔的婦人，她盤著高高的髮髻，右手拉著小女孩的手腕，左手放下茶杯，定眼望過來。「你便是曾把燦哥兒打得鼻青臉腫的李桓煜嗎？」

李桓煜一怔，沒想到世子夫人一上來的開場白是這件事情。

他尚未說話，歐陽燦先是覺得丟了面子。「娘～～您可不能向著外人呀！明明是我將煜哥兒打得屁滾尿流……」

噗，小女孩笑了，聲音甜甜地說：「姑姑，燦表哥又開始說粗話了。」

白容容果然投射過去一道好笑的目光。「瞧你這話，也太市井俗氣。」

小女孩見歐陽燦又被白容容說教，瞇著眼睛唇角揚起，隱隱透著幾分得意神情。

看來兩個人私下裡也是爭吵不斷呢。

歐陽燦扭過頭冷哼一聲。「就妳會告狀。」

小女孩不說話，轉過頭就爬進婦人懷裡，白容容也慣著她，溫和地對身邊嬤嬤道：「給煜哥兒也搬張凳子，這裡都是自己人，隨意便好。」

李桓煜猶豫了一會兒要不要坐下，見歐陽燦朝他點頭，就坐了下來。

廚房的丫鬟端上來新鮮糕點，白容容親手給小女孩包了個果子吃。「煜哥兒，我聽燦哥兒說你還有個姊姊？」

「不是親姊姊，是比姊姊……還要親的人。」

白容容嗯了一聲，目光落在他身上，仔細看了好久。

她垂下眼眸，想起曾經陪伴她的老嬤嬤白氏，如今就在照看著這個孩子，關於這其中原因，她有些瞭然，卻不敢相信。

她心裡一直明白白家六房的身世有些蹊蹺，他們這一脈在白府並不受重視，人口亦單薄，最後卻是靖遠侯府親自挑她做的兒媳婦。

後來，她成為世子夫人，留在京中代表靖遠侯府走動，時不時進宮覲見太后以及皇后，也得知許多秘辛；尤其是皇帝、太后和皇后的關係更是微妙得讓人不敢深究。

她嘆了口氣，抬起眼又盯著李桓煜看了一會兒，發現這孩子同她，以及白若蘭還真是眉眼相似。

這孩子，真的同他們家有關係嗎？

或者說，白家六房，當真和李太后淵源極深？

不管如何，她都要待李桓煜極其親切，便尋了個表面說得通的原因，故意揚聲說給大家聽。

「桓煜，你且記著，當年李邵和先生幫過的老婦人是我娘家老嬤嬤，她和我感情極好，至今保持著通信，你們在東寧郡的事我多少清楚一些。」

李桓煜這才想起白嬤嬤不也是來自白家嗎？據說還是世子妃看重的老嬤嬤。可是，這般地位崇高的老嬤嬤即便是世子妃不用她，回到白家也能養老吧？全憑他義父的一次偶然相助，就留在家裡伺候他會不會說不過去呢？

李桓煜心裡有好多問題，卻知曉不可能讓這位地位高的夫人幫自己解惑。

他恭敬地又說了些話，表現極其得體。

歐陽燦擠眉弄眼朝他使眼色，李桓煜全然不理，以至於拜見過白容容以後，他一出來就給了李桓煜背後一拳。「成呀小不點，還挺能裝嘛。」

李桓煜沒搭理他，卻也隱約感覺到白容容發自內心的善意。

「燦表哥、燦表哥，你們等等我呀。」小女孩嬌氣的聲音從背後傳來，她不過跑了兩、三步，就有些喘。

六皇子一行人停了下來，小女孩沒停住腳步，撲通一下子就跌入了六皇子懷裡。

她皺緊眉頭，不感謝六皇子抱住她才沒摔跟頭，反而略帶責怪道：「不是說好了要帶我見大哥哥，怎麼才說完話就自己走了！」

六皇子見自己吃力不討好，也有幾分不滿。「胖若蘭，這才不到兩年，妳怎麼又成了水桶腰？真夠沈的！」

女孩子最受不了男孩子說她胖了，更何況從小便被說胖的白若蘭。她不滿地看向六皇子。「你才是水桶腰，剛才姑姑都說我瘦了。」

「哦，妳可真是瘦呢。」六皇子唇角揚起，望著歐陽燦眨了眨眼睛，兩個人相視一笑。

白若蘭惱羞成怒，抬起腳就給了歐陽燦一下。「我不管，帶我去見歐陽穆大哥。」

歐陽燦還沒說話，六皇子率先插嘴道：「胖若蘭，妳乾脆改名叫白眼狼算了，我和燦哥兒哪個不待妳更好一些，偏偏纏著歐陽穆。」

他這話說起來著實有幾分吃味。白若蘭性子開朗，天真無邪，小時候大家都忌諱他的身分不敢輕易接近他，唯獨白若蘭，天不怕地不怕，再加上生得比較壯實，和同齡人打架不吃虧，兩個人倒是能夠玩到一起。

後來，六皇子回了宮，越發懷念在漠北時候的自由，十分想念小夥伴們。好在白若蘭也隨白容容進京，又因為模樣可愛討喜被李太后喜歡上，總是接入宮裡住著，兩個人青梅竹馬的情分就更深了。

直到有一年白若蘭回家過年，再回來的時候嘴巴裡只會念叨一個名字，就是歐陽穆。對於這一點，六皇子心裡是不痛快的。可是歐陽穆是他十分欽佩的男人，雖然他的身分比歐陽穆高，小時候卻以兄弟相稱。

李桓煜心裡則想去駐軍那待著，他可是來建功立業，然後給小芸爭光的男人呀！堂堂七尺男兒哪能整天躲在院子裡待著？

想到此處，他也不管對方樂不樂意聽，直言道：「燦哥兒，我也想見歐陽將軍。」

靖遠侯府的嫡長孫歐陽穆可以說是傳奇性的人物，他因為娘親早逝，父親另娶他人，十歲就偷偷跑到外祖母家從了軍。

他跟著舅舅南征北戰了數年，倒也落下歐陽小將軍的凶名；又因為他治軍森嚴，在兩個嫡親舅舅扶持下獨領一軍，在幾年前同西涼國的戰爭中立下頭功，在大黎年輕一代中極具號召力。

六皇子眉頭微微皺起，不想帶他們這就去見歐陽穆。

遠處，一名丫鬟抱著一頭白色雪狐走了進來，牠黑白分明的眼睛圓滾滾的，特別可愛。

白若蘭果然被吸引住，接過小狐狸，摸了摸牠柔順的毛。「好溫順呀。」

六皇子冷哼撇開頭，暗道——那是因為狐狸牙都被他拔光了……可憐的小狐狸。

他的聲音裡帶著幾分雀躍。「這可是進貢的貨色！我聽說妳追歐陽大哥至此，怕妳太過孤單寂寞，好歹長途跋涉給妳帶來，還不感謝與我，嗯？」

白若蘭的唇角揚起來，完全忘記剛才如何爭吵了，甜甜道：「謝謝。」

六皇子莫名眉眼抬高一下。

歐陽燦故作嘔吐狀。「白若蘭，妳也不小了，不要這樣子好不好！」他捂住胸口，拉住李桓煜的袖口。「走，陪老子練劍去，看看你如今身體成色如何。」

李桓煜一聽有架可打，立刻上升到為了小芸定要不斷磨練自身的境界，二話不說隨他而去。

白若蘭望著他們離去的背影，不由得蹙了下眉頭。

六皇子敲著她的後腦，聲音彷彿是從牙縫裡擠出來的。「又看什麼？怎麼？連個新來的臭小子都如此讓妳關注了嗎？」

這丫頭真是不曉得誰才是對她好的人！

白若蘭歪著頭，輕聲笑道：「不知道為什麼，就是覺得李公子好親切。」她嘿嘿了一聲，彎彎的眼睛透著一道明亮的光。

臉上因為身旁樹蔭遮掩，是一塊塊斑駁不清楚的小圓點，連她鼻尖處的雀斑似乎都發著光，比她懷裡的小狐狸還可愛幾分。

六皇子莫名心中一動，隨後又吃味道：「哼，不過是個小白臉書生罷了，妳卻覺得親切，怎麼這般見異思遷，妳不喜歡歐陽家大哥啦？」

白若蘭抱著小狐哄著玩，根本不會因為六皇子的壞口氣生氣。「舅舅，這狐兒怎麼餵？別到時候被我養死了。」

六皇子見她全身心關注在小狐狸身上，聲音軟了下來。「牠沒有牙，每日喝米粥就成。」

「這麼好養活？」白若蘭不敢置信，卻發現小狐狸委屈地低下頭，蹭著她的胸口，頓時讓她母愛大發，朝旁邊丫鬟道：「去吩咐廚房的婆子剁點碎肉，然後磨成末混著米糊，我要給阿狐吃。」

「阿狐？」六皇子對這個名字有些不屑，卻懶得較勁。

「嗯，阿狐，牠是狐狸，就叫做阿狐。你叫黎孜念，就是阿念！」白若蘭很認真地看著他。

「阿念？」六皇子咀嚼著這兩個字，莫名心裡暖了一下。「那妳是讓我叫妳阿蘭嗎？」

「不要！」白若蘭很痛快地回絕，嘟囔著。「你叫我白若蘭姊姊吧，阿蘭讓穆大哥叫。」

六皇子臉色一沈。他也說不清是生氣白若蘭看重歐陽穆，還是受不了白若蘭明明比他小，卻總是在他面前裝大。

「阿狐，阿狐，你好可愛哦。」白若蘭欣喜異常，捧著小狐狸往嘴邊湊著，親了好幾口。

丫鬟從廚房端了粥，她便小心翼翼地將狐狸放在懷中，一勺勺餵牠，完全忘了六皇子的存在。

六皇子鼻子都快被她氣歪了，他望著同小狐狸玩得十分愉悅的白若蘭，恨不得將她拎起來逼她盯著自己。

他真是腦子進水，才會將小狐狸送給這個沒心沒肺的大笨蛋。

黎孜念算是看出來，白若蘭小名應該叫白眼狼，完全不懂得什麼叫做欲先取之，必先予之。

他送了她禮物，她竟然完全沒反應嗎？

白若蘭像是呵護孩子似地伺候小狐狸吃過飯，忍不住摸了摸牠的頭，感嘆道：「看來你原先的主人好殘忍呢，瞧瞧你可憐的牙……」

黎孜念頓時沒了話。

白若蘭又逗弄小狐狸一會兒，抬起頭，方看向六皇子道：「表哥，你怎麼沒走呢，有事情嗎？」

他聽到白若蘭的話，不滿意地蹙眉道：「早就告訴過妳，現在我是妳大哥，什麼舅舅？妳怎麼沒把我叫成妳爺爺？」

她輩分同歐陽燦一樣，所以叫六皇子舅舅。

不過六皇子小時候對自己的身分沒有太多認識，又厭煩和其他人不一樣，所以同歐陽家的孩子都是以兄弟、兄妹相稱的。

白若蘭撇了撇唇角。「你若是想，我也可以叫呀。」

「妳……」

「我想出城。」她對狐狸的新鮮勁過了，便想起歐陽穆。她此次跟著來可是特地來看望大表哥的，她也說不清心底的執意，總之她最不怕的人就是六皇子，所以在他面前什麼都敢說。

人和人的相處極其有意思，六皇子可以和歐陽燦對打，卻唯獨拿白若蘭這小丫頭沒辦法。他受不得對方眼底的渴望，又覺得自己的好心被當成驢肝肺，生氣地一把拎起她懷裡的小狐狸。「反正妳也不喜歡牠，扔了算了。」

小狐狸立刻吱吱吱亂叫起來，還不忘亂踹小腿。

白若蘭只好追過去。「你這人怎麼又開始犯脾氣，明明說是送我的，幹麼又拿回去？還給我！」

六皇子揚起下巴道：「妳不是不喜歡牠，嚷嚷著要去找歐陽大哥嗎？我收回來又能如何？」

白若蘭無辜地盯著他墨黑色的眼睛，想了一會兒服軟道：「孜念哥，你還給我吧，我喜歡牠便是了。」

她的聲音軟軟綿綿，好像春風拂面，尤其「孜念哥」那三個字著實讓六皇子聽著舒服，他見白若蘭悶悶低著頭，心底莫名一軟，就把狐狸塞給她。

白若蘭對小狐狸失而復得，難免多了幾分珍惜，她將小狐狸緊緊摟在懷裡，揚起一道明媚的笑容。

遠處夕陽西下，留下一抹淡紅色的光芒。

少年和女孩站在綠樹的餘蔭下，夕陽照得他們年輕白淨的臉頰，彷彿也是火熱紅潤的樣子。

白若蘭的笑容傻傻憨憨，如同她的性子，像是一張白紙，不曾有任何墨跡塗抹。

六皇子唇角揚起，伸手將她耳邊的碎髮攏到耳後，不由得輕笑出聲，彼此對望，卻也不曉得到底在笑什麼。

愉悅的情緒充滿胸口。

如果可以這樣一輩子就好了……他莫名在腦海裡閃過這樣的念頭。

這個念頭一直壓在他心底許久許久，以至於很多年很多年以後，他終於登上那個不曾奢望卻又順理成章的位置時，望著底下跪倒一片的臣民，只覺得胸口空落落，身邊再無伊人。

四周，歌舞昇平，一片祥和，萬民朝賀。

遠處大殿外的牆角處，爬上一朵鮮豔紅梅，它在銀裝素裹的白色世界裡是那般嬌媚豔麗，讓人無法錯開目光。

他失神地站在原地，也是這般想的，如果可以這樣一輩子就好了。

不曾開始，談何結束？

院外的景象則沒有如此般絢爛。

李桓煜和歐陽燦互毆一頓，兩個人痛快地躺在地上說話。

李桓煜出了好多汗水，卻一點都不覺得身上痠痛，反而是說不出的暢快淋漓。他仰躺著，望著觸不可及的天空。「燦哥兒，你說我可以成為歐陽大哥那樣的人嗎？」

歐陽燦也躺在草地上，他右手揪了一根雜草放在嘴裡叼著，兩條腿蹺起來。「此話怎講？我大哥是哪樣的人了？還不是一個鼻子兩個眼睛。」

……

李桓煜眉頭一皺，暗道歐陽燦真是不解風情，他本想和他暢談下胸中情懷的。

「其實，我大哥若說最拿手的活是什麼，說出去沒人會相信。」歐陽燦自己說著就偷樂起來。

「什麼活？不是行軍打仗嗎？我聽說你大哥可是十歲就離家出走啦。世家子弟難得有不想靠著祖蔭的。」李桓煜欽佩道。

「那也要看是誰的祖蔭，我大哥外祖母家也不差呢。你以為你現在在誰家的地盤上？漠北興許是我們歐陽家說了算，可是在西河郡，就必然是隋家了。」

「歐陽大哥的娘親是隋家嫡女嗎？」

歐陽燦嗯了一聲。「是呀，不過她去得早，據說是生下我四哥後就沒了。當時大哥十歲吧，我二伯父人品不好還偏愛女色，整日不歸家；二伯母孝期內還鬧出外室登門的事，總之亂七八糟，難怪大哥走了。祖父似乎覺得二伯父的三個兒子都是隋家外孫，氣勢上蓋過我爹，便故意縱容給二伯父續了小門小戶的閨女，有故意冷著的心思。這些事我也是後來才曉得其中微妙，深感對不起大哥呢，因為我大哥真當我是嫡親弟弟看待。」

李桓煜微微一愣，聲音裡閃過一道複雜的情緒。「這樣嗎？其實我親戚緣也很淡薄……」

何止淡薄，根本就是沒啥親戚，不過是棄兒罷了。

歐陽燦愣住，原本張著的嘴巴閉上了，他眨了下眼睛。「別想那麼多了，男人嘛，自己混出本事才是關鍵；你若是願意，就把我當兄弟好了。」說起來，李桓煜比他大哥還慘，從小寄人籬下。

李桓煜收起傷心的情緒，忽地大聲說：「我還有小芸，我有她就夠了。」

歐陽燦這次沒有調侃他。「明日我帶你去見我大哥！」

他有些理解李桓煜想要建功立業的心思了。

李桓煜感激地看了他一眼，兩個少年相視而笑。

一陣春風襲來，吹起了草叢中淡黃色的灰塵，亦揚起了少年關於未來的雄心壯志。

京城

李小芸和李蘭好好休息了一整夜，雞鳴時就起床，整裝待發。

李旻晟為她們備了一輛深灰色馬車，上面刻著李記車標。

李旻晟介紹的四進院子原本是個戲班子的住所。

那戲班子的班主去世，家中又無人從事這一行，便把戲班子解散。戲班子內部齷齪事不少，這位班主似乎為了外人和家裡鬧得很不愉快，所以家裡人對這座宅子心生隔閡，便願意脫手。

李旻晟如今剛過完買賣手續，考慮到這處住所大小、位置都滿適合易家，所以決定割愛。他在京城見到個北方人都忍不住和他喝杯酒聊一會兒，何況是老鄉們要來京城安家？

李小芸和李蘭繞了一圈，都對宅子十分滿意。

這處宅子大門口很安靜，不遠就是一條大街，白天的時候十分熱鬧，買什麼都可以買到；晚上有宵禁，倒也不覺得吵鬧，最主要的是他們家女孩當家，如果太偏僻怕出危險。

李蘭和劉管事合計片刻便決定購入。

如果沒有遇到李旻晟，怕是他們根本找不到這種大宅子。

李旻晟倒也大方，報價一分錢都不曾加。

李蘭不樂意欠下這分人情，索性多給了五百兩，這數目已然不少，卻也說不上多，正是恰到好處。

李旻晟見她執意如此，也不再拒絕，卻又送了幾張黃花梨木家具為喬遷賀喜。這處宅子的裝潢偏新，又一直有人居住，尚不覺得陰冷，稍作收拾一下就可以入住。

李小芸挑了最裡面院子裡的西廂房，北廂房和東廂房讓給師父李蘭和徐研姊姊住了。

一行人安定下來，劉管事便出去打探繡坊比試的消息，回來道：「李姑娘，這次來京城參加的繡坊比之前多了近一倍呢。」

李小芸端了果盤從屋外走入，一副準備聽許久的模樣。

李蘭和徐研對視一眼。「妳這饞貓，一日要去幾次廚房？」

李小芸尷尬一笑。「徒兒給師父們拿的，這天氣熱了，多吃水果對身體好的。」

劉管事見小芸一臉認真，不由得笑道：「小芸姑娘，我家主人說此次京城織繡比試，除了以繡坊為團體的三人比試以外，還有單人比試，讓我們舉薦妳參加！」

「我？」李小芸結巴道：「不了吧，我才學了幾年，還是讓師父參加吧。據說一個繡坊只能推薦一名繡娘子和一名織娘子，師父您去參加繡娘子比試，一定會拔得頭籌！」

這名額還是別浪費在她身上吧。

李蘭瞇著眼睛搖搖頭。

「我都當娘的人了，要這麼響亮的名頭幹什麼？再說單人參賽本就是推選年輕小姑娘參加呢，我才不去。」

李小芸臉上一熱，她是真怕自己不成，丟了師父和繡坊的臉面。

「小芸姑娘，確實如此！此次單人比試的年紀上限是十七歲，還明確要求已為人婦者不得參加，訂親的則無所謂，所以李蘭姑娘著實參加不了呢。」劉管事笑咪咪道。

李小芸詫異道：「那織娘子呢？」

「織娘子沒有這個要求，因為織娘子參加的人數比較少。」合著是繡娘子參加人數太多，所以為了比試的可看性才特意追加了要求吧。

她一陣頭大，最終硬著頭皮心虛道：「好的，我明白了……我一定加油。」

李蘭見她氣勢軟弱，敲了下她的額頭。「別怕，做人千萬不可妄自菲薄。妳就當這次是試金石吧，沒準兒還就這麼一戰成名呢。」

一戰成名……李小芸完全不敢想。

「其實我對妳還是很有信心的，何況咱們的技法傳承本就高於普通的繡法。」李蘭眨著眼睛。

李小芸心裡唸著師父對自己的期待，有心為她爭光。

她望著李蘭堅定的目光，攥了下手，堅定道：「好的，我一定沒問題！」

於是大家開始著手準備起來。

「劉管事，咱們繡坊是第一次參加這種比試吧？」李小芸琢磨既然決定參賽，自然要先瞭解規則，方可以突破重圍。

劉管事讚許地看著李小芸。「嗯，以前不是沒收過邀請，但是考慮路途遙遠，就放棄了。再說，當時主子剛剛接下繡坊當家大任，真是內憂外患，小少爺又尚未出生，哪裡敢輕易走出東寧郡？這要是得罪了大勢力，豈不是前功盡棄。」

李小芸點了下頭道：「那既然如此，就要麻煩您幫我多打聽著點，別到時候沒輸給自己的技藝，反而跌倒在不必要的事情上。」

劉管事笑著說：「那是自然，我已經瞭解為何今年比試會這般熱門了。」

李小芸讓人泡了茶，一副欲同劉管事深談的模樣。

劉管事暗道小姑娘此次前來京城又沈著幾分，求人辦事都透著一股不卑不亢的氣質。

「說起來，此次繡娘子選拔之所以會比過往熱門，還要歸功於後宮的貴人們。」

「此話怎講？莫不是前陣子的秀女和宮女選拔還沒結束嗎？」

劉管事神秘莫測地看著她。「主要是幾位皇子年齡都小，去年的秀女居然沒有指給皇子做媳婦的人呢；所以呢，好多人便想著，天子腳下，繡娘子和秀女又有何區別？不外乎是否可以讓貴人看到罷了。秀女的身分背景或許比咱們繡娘子們要高上幾分，可是繡娘子們還有手藝活呢。」

李小芸哦了一聲，這不是醉翁之意不在酒嗎？

「除此以外，也有人說去年選秀女的時候趕上皇帝病了，大多數人都是皇后娘娘挑選出來的，皇上反倒沒有親自挑人充盈後宮。所以，此次有不少官員庶女，打著繡娘子名義來參加比試，希望引起貴人注意。畢竟皇帝老了，誰家也不樂意賠上嫡女，藉著繡娘子比試推庶女還是很划算的。」

這樣子也可以！李小芸無言以對。

這年頭但凡選點什麼都會惹人注目，或許真有人可以脫穎而出吧？

她忽地笑了，當初她不是還指望著通過繡娘子比試被京城貴人熟識，然後幫她解除婚約嗎？

世事無常，一步步竟是走到了今日。

「姑娘在嗎？」

門外傳來一道清脆的嗓音，是易如意身邊的大丫鬟嫣然。

李小芸示意她進來說話。「我在同管事請教問題呢。」

嫣然穿著紅色長裙，恭敬道：「小芸姑娘，國子監祭酒大人家的奴僕求見，他好像是來送帖的。」

李小芸一頭霧水，給她送帖子？她可不認為自己和國子監祭酒大人有啥關係。

劉管事見她一臉茫然，怕失了禮數，吩咐道：「去把人家請進來。」

一名穿著灰色衣衫的小哥手持拜帖被請了進來。

他態度溫和有禮。「這位管事爺，這是我家夫人指名送給如意繡坊李小芸姑娘的帖子，還有一封信函是送給李蘭娘子的。」

「你家夫人是誰？」劉管事問道。

「祭酒大人嫡長子媳，刑部左侍郎之女黃怡。」

李小芸腦袋轟然一聲。

她既高興又覺得神奇，這才到京城幾天呀，黃怡就打聽到她的行蹤了嗎？還讓人送來帖子！

「你家夫人為何事發的帖子？」劉管事繼續說。

年少的小哥兒揚起一道笑容。「我家夫人每個月都會舉辦詩會。此次聽聞李小芸姑娘進京，特讓我送帖子，說是詩會臨時改為李姑娘抵京的接風會。」

劉管事愣住。

當年黃怡來東寧郡的事情他也曾聽說過，卻沒想到李小芸同她淵源如此之深？

他扭過頭看向李小芸。「妳去嗎？怕是臨時從詩會改成接風主題，難免會有黃姑娘的圈裡人過來，小芸……妳……」劉管事的聲音頓住，害怕小芸鎮不住呀。這要是剛抵達京城就受到打擊，可會影響後續參加繡娘子比試。

李蘭心底也有如此顧慮，可是考慮到黃怡一片真心，又不好替她拒絕。

反倒是李小芸，一點也不會覺得不妥，二話不說就接了帖子，還將一個包裹遞給家丁。

「這是這些年我親手做的，樣式都是我自己畫的，獨一無二，但願你家夫人不嫌棄。」

她願意相信，黃怡還是那個黃怡。

家丁接過包裹，只覺得這包裹布料極其粗糙，不是什麼好料子。

他心底閃過一絲鄙夷，卻不敢表現出來，仍客氣道：「我家夫人待姑娘是交心好友，定是會喜歡。」

李小芸忍不住笑了。她從東寧郡起程前，曾給在京城的黃怡去信，說自己即將上京；只是她去年夏日收到黃怡的信函，還只是說年底成婚呢，一轉眼對方已嫁為人婦。

不過難怪她體會不到時光的流逝，近幾個月過得生不如死，生怕小不點會遭到什麼打擊，根本沒顧上詢問黃怡的事。

李小芸決定去見黃怡，李蘭便不再阻攔。以她對黃怡的印象，這孩子不像是會害李小芸之人，八成是想藉機抬一下李小芸的名聲，權當是提攜她吧；若是可以藉此機會結交到貴女，於李小芸日後參加繡娘子比試也有好處。

想到這一點，李蘭頓時豁然開朗，將心思全部放在打扮李小芸身上。

第二十七章

李小芸自從李桓煜失手殺了金浩然後便勞心焦思，日夜牽腸掛肚，導致體重嚴重下降，自此就沒再胖起來；再加上她本就比一般同齡女子高，所以雖然依然有肉，樣子卻不再蠢胖。

李蘭心知人們喜歡以貌取人，便決定親手為她改製一件粉色束腰長裙。她將裙襬處的線都換成燙金色，繡了一隻鳳凰，沿著下襬盤旋而上，隨著女孩穿上它走動起來，竟有一種鳳凰飛舞的感覺。

至於束腰綢帶，則是李小芸自己繡的，也是燙金色線，但是卻使用了更細的線，針法別致細膩，花樣新穎。

這條長裙本是立領，因為春暖花開，天氣微熱，李蘭將它改成窄領，搭配緊身白色抹胸，可以突顯李小芸另外一個優勢——高聳的胸脯。

她極其不好意思，以前身材魁梧，倒不覺得什麼，現在瘦了下來反而顯得胸前「肉多」。有時候她為了避免外人異樣的眼光，習慣緊緊束著胸，否則實在好難為情。

李蘭對此倒是有些欣喜，偷偷告訴她——「興許是以前如意讓妳喝的木瓜牛奶見了效。」

李小芸掩面，就她這彪形的身姿，還需要喝木瓜牛奶嗎？以後還是自製檸檬水吧……

黃怡的夫婿是國子監祭酒大人的長子，梁羽笙。

他前年也曾下場考試，中了進士，謀了個外放的差事歷練，如今成親後託關係調回京城。李小芸曾收到過黃怡信函，自然聽她提起過梁羽笙這個人，字裡行間倒也透出幾分羞澀。

國子監祭酒雖然只是個四品官，但是因為掌管著大黎最高學府，備受世人尊重。

祭酒大人的夫人是同鎮國公府有親戚關係的一戶世家嫡女，自有一套管人手段，不曾聽說梁家後院發生過齷齪事。

李小芸想著第一次去有門第的人家做客，還是在京城，總不好丟了黃怡的臉面。她雞鳴時分就起床裝扮，從城南到內城需要經過好幾個鬧市街區，擔心耽擱時辰，早早就出門了。

走到半路，她發現馬車停了下來，撩起簾子問道：「劉管事，到了？」

劉管事挨著車伕，回過頭道：「小芸姑娘先歇著吧，堵在胡同口了。」

「怎麼？」她抬起頭，這才發現這條胡同裡有兩戶人家；或者說，兩座分門的府邸，靠裡面的門上寫著梁府，外面的門則沒有牌子。

李蘭怕李小芸第一次去別人家做客丟了臉面，便叮囑劉管事和大丫頭嫣然陪著她來，順便叮囑其處事言行，不要在繡娘子比試前惹下麻煩。

嫣然扯了下李小芸的袖子，小聲說：「快別探頭，小心弄亂了髮髻。」

李小芸一聽，立刻老實回到座位上。

她今日梳了月牙髮髻，上面掛了一堆複雜繁瑣的髮飾，總有一種髮髻快要掉下來的感覺。

嫣然輕笑道：「小芸姑娘莫緊張，牢固得很呢。我只是怕您把頭伸出去，那車簾子拉勾到姑娘頭上。」

「妳說的有道理。」李小芸可受盡梳頭苦了。

她以前很少出席這種貴人小姐們的宴會，黃怡又美其名曰給她接風，不鄭重的話怕丟了她臉面，所以徐研姊姊和師父親手幫她梳頭打扮、縫製好看的衣服。尤其是束腰處的金色細線，源自顧繡精華，李小芸想著早晚有一天要傳承顧繡，同師父商量後，決定偷偷露一手，看是否有人識貨。

李蘭之所以敢如此，還要因為得知了一個消息——

原來當年順水推舟設計顧家的那個夏樊之，興許是年老後回首往事時心底生出悔意，竟是幫顧家大房平反了。

這位夏樊之如今是殿前大學士，皇帝心腹，礙於當年文書案涉及先帝名譽，所以只是將先前文書上有辱先帝的織繡者從原來的顧家大房，改成了顧家五房——顧家五房想把大房扳倒，繼承顧繡傳承，所以故意陷害。

去年年底，早已改名換姓的顧三娘子突然從番外歸來，藉著西菩寺住持的情面，告了御狀。

夏樊之曾經心儀三娘子，念著往日情分二話不說主動申請徹查此案。其實真相或許已經不再重要，物證、人證全部是夏樊之一句話而已。

如今顧三娘子年老色衰，她當初被夏樊之救出來後，不甘心同仇人在一起，遂逃出京城，從漠北一路出關去了番外，靠著一手好繡活倒也是活了下來。

大黎第一寺廟西菩寺的前任住持退位後奔走四方傳教，與顧三娘子在關外重逢。他見此女心死如灰卻毅力堅定，處事淡定自然，極具誦佛潛質，希望她皈依佛門。西菩寺後山就有尼姑院，倒是不怕女眷無落腳之處。

顧三娘始終對冤案耿耿於懷，便決定跟隨住持大師返京，日後圖謀為家族翻案。好在她一回來就獲得機會，最要緊的是夏樊之多年來已心生悔意，願助她一臂之力。不過他為官多年，不可能把自己擱進去，主動審查此案，也早將自己摘乾淨後給了顧家五房一個斬立決。

顧三娘正式皈依佛門，倒也無所謂五房結局，她只希望死無葬身之地的親人們可以回到顧氏祠堂，也算是了卻一樁心事。

原本是接替大房的顧家傳承者，顧氏五房倒臺了，那麼誰來繼續經營顧家繡坊？

顧三娘思索後，考慮到大房子嗣死絕，便揚言此次京城比試獲勝的一脈可繼承顧繡。她手中尚有數本顧氏繡譜孤本，一併送給有潛質的顧家後人，這句話在顧家掀起滔天巨浪。

她甚至言明，不分嫡庶！

當年害她全家的可是祖母嫡親的弟弟，所以如今她對嫡出子弟並無多大好感，倒是想藉機尋找出真正有天分的後輩來繼承顧繡，將已沈寂數年的顧繡發揚光大。

夏樊之知道後給下面人打過招呼，務必給顧氏一族方便，不限制其參加繡娘子比試的人數。

這些內情還是隨同黃怡請帖一起送來的那封信函上所寫的。

想必是葉嬤嬤知曉她的身世，特意託人查好的。李蘭頓時對這次京城比試，有了其他心思；可惜礙於比試年齡的限制，她無法親自參加，便將這封信也拿給李小芸看了。

李小芸看後無比驚訝，還和師父嘮叨——「難怪總覺得黃怡姑娘身邊的葉嬤嬤待我可好了，竟是有這樣一層緣故，看來她怕是早就看出師父所學繡法的來源。」

李蘭點頭稱是。她從未在顧家成長，骨子裡對顧氏兩字的感覺並不深刻，反倒不如李家親近；可是娘親一輩子未能完成的心願，她還是願意努力爭取一下。歸根究柢，這傳承本就是屬於她的，是別人搶走的東西，那麼如今她欲憑實力奪回來，並無過錯。

師徒倆一合計，便有意不再藏拙，大大方方地顯露自己的技法。

而且，李蘭和李小芸的繡法也同一般顧繡有所不同，更有兩人的創意藏於其中，像是一種結合了顧繡特點，又多了幾分新意的繡法。一時間，李小芸更加自信滿滿起來。

馬車等了一會兒，還不見移動，她無事可做，忍不住問道：「劉管事，您清楚旁邊那戶人家是誰嗎？我前幾日同李蘭師父看宅子，從未見過一個小胡同裡有兩個門面的宅子。」

劉管事抬起眼看了一會兒，請教旁邊的車伕，那車伕似乎早就想和他們說了，直言道：

「這也是梁府的宅子……」

李小芸不由得愣住，撩起窗簾望了過去。

那大門是木紅色的漆，灰色的牆壁很新，像是剛剛修葺過的樣子。

門口還站著兩名奴僕，他們並未上前幫忙疏通兩輛錯到一起的馬車，就是自顧自地在門前站著，表情十分木然，彷彿梁府主門堵住的事和他們全然無關係。

「這兩戶人家既然是一家，為何要開兩個正門？」別說李小芸疑惑，連劉管事見多識廣都沒聽說誰家會有兩個正門。

車伕笑了笑。「一看你們便是外地人。」

劉管事笑了一下，遞給他一吊錢。車伕急忙兩隻手抬起來推著謝絕。「我本是在李公子下面討生活的，你們是李公子的客人，我不敢怠慢，能說的都會告知，不需要打賞，否則讓我家公子知道，真是吃不了，兜著走呢。」

李小芸輕笑，看來現在李旻晟倒也歷練出來，管教下人有方。

「再說這事本就是人盡皆知。」

李小芸豎著耳朵，倒是有幾分好奇，梁府可是黃怡的婆家呢。

她順著陽光向前看過去，那兩輛馬車錯不開身的根本原因，是靠胡同外的這個大門修理的臺階太靠前了，若是門口處的奴僕主動上前說句話，幫著他們把馬車搬上臺階，興許就可以讓道路暢通了。

可見，兩戶府邸說都是梁家，卻關係不睦吧。

車伕想著車子暫時是動不了，便張口解釋道：「這事要認真計較起來，要從梁大人當年考上榜眼後，迎娶了殿前大學士夏大人的妹子說起。」

李小芸捂住嘴巴，差點失聲叫出來。怎麼走到哪裡都能扯到夏樊之？她不由得垂下眼眸，認真聽著。

「咱們這位梁大人和夏大人是同科考生，兩個人又都來自一個地方，據說成長經歷也頗為相像，所以關係甚好。後來兩個人又同時及第，一個探花，一個榜眼，連連讓人稱奇，直道是天大的緣分，便走動得比較勤快。夏大人母親去世得早，據說他從小就寄人籬下，只有一個嫡親妹子，所以夏大人中舉後就在京中買了宅子，將妹妹接過來同住。」

李小芸點了下頭，撇著嘴角，暗道，怕是這宅子錢還是顧家墊付的呢。

「夏大人家京城人口單薄，唯獨有個妹子幫著管家，梁大人經常過來找他喝酒，一次偶然的機會便見到這位夏家姑娘，兩個人一見傾心，梁大人更生出迎娶之意。可是他並不清楚，在他中舉後家中便為他訂下一門親事，那戶人家姓李，門第比他們家高，據說還同當年的鎮南侯府有遠親關係。梁家早先日子過得艱難，梁大人的母親是李家脫籍的奴僕，所以經常回李家走動，送些村裡的乾貨。李家婆子們見他們家日子清苦，也會救濟一二。梁大人小時候大半是在李府上度過，同李家大姑娘感情頗為深厚，梁父看在眼裡，便想兒子若是有機會步入仕途，就去求娶李家大姑娘。」

李小芸聽得有些糊塗，直言道：「這梁大人同李家大姑娘感情深厚，又和夏家妹子一見傾心，他到底喜歡誰呀？」

車伕笑道：「這便是問題的關鍵了。大家都說，梁大人的娘親去世得早，又經常去李家居住，難免會對溫柔賢良的李大姑娘有好感，但是那終歸是男孩心底的依戀，當不得真；況且那李大姑娘大了梁大人足足六歲，所以李家一直沒有答應梁父的求親。後來李大姑娘的祖母和娘親先後去世，她守孝耽擱了婚事不容易出嫁；再加上梁大人中舉的消息傳回來，李家看著兩家知根知底的分上，同意了梁父的提親。梁父極其高興，特意修書一封發往京城，可是路途遙遠，到達梁大人手裡的時候已經是兩個多月後了。」

李小芸心底莫名一沈，忽地不想再聽下去了。

可是車伕並不知曉她的心情，依然繼續說：「此時，正是梁大人和夏家妹子郎情妾意之時，哪裡還記得李家大姑娘是誰？他那時候開了眼界，自然認為自己待李大姑娘是親情，於夏家妹子才是真正的男女感情。況且夏家妹子年方十六，正是女兒家最水靈美好的年華，李家大姑娘卻已經二十四歲了。他收到信後有些埋怨父親擅自幫他訂下親事，最主要的是他過去確實傾心李家大姑娘，可是李家拒絕了梁家數次，怎麼這次就答應下來？頓時，他對李家大姑娘不由得生出厭惡之情，認為她定是得知他中舉後，方肯許嫁。」

李小芸嘆了口氣，男人嘛，喜歡一個人的時候，對方做什麼都是對的。一旦變了心，再好的感情都成了錯。

「梁大人自然急忙去找夏樊之大人。夏大人知曉妹子傾心梁大人，雖然對此事心生不滿，卻仍盡快訂下梁大人和妹子的親事，同時讓梁大人修書給其父親，表明自己不承認這門婚事，要求退親。梁父本以為兒子極其興奮，沒想到卻是收到這麼一封信，如同一盆涼水澆在頭頂，頓時大怒起來。話說，這世上誰的姻緣不是父母之言？哪裡輪得到自己作主，再加上李家可是梁家恩人，梁父自然認為兒子出去幾年卻成了這樣，必是夏家姑娘是個狐媚子，不適合為妻。」

李小芸越聽越覺得心虛，她的腦海裡不由自主地浮現出李桓煜的臉龐。這般俊秀的少年郎，曾經說過要娶她呢，可是她大他三歲，會不會當他遇到傾心的姑娘，便厭棄了她？

她忽然覺得心慌，右手揪著領口，越攥越緊。

天啊，她在想什麼，真的想過要嫁給桓煜嗎？她的目光落在胡同口處的大門，暗道——這，會不會是她的結局？

「所以，最終梁父也沒好意思和李家退親，反而瞞下此事要求兒子盡快將李家大姑娘迎娶進門，並說服李家答應讓梁大人的弟弟代娶李家大姑娘進門。當時李家似乎也有些麻煩，續弦夫人不想丟了梁家這門婚事，考慮到李家大姑娘年歲太大，竟是糊裡糊塗答應下來；所以梁大人還在京城同夏大人議親時，老家就幫他辦完了婚事。紙包不住火嘛，這消息還是傳到了梁大人耳裡，梁大人著急地同夏大人商討一番後，打算裝成不知道此事。他們本都是七皇子的同僚，後來通過七皇子從當時的皇后，現在的李太后那兒獲得懿旨賜婚；總之就是歪打正著在京城也匆忙成了親，再派人通知父母。」

「這可真夠亂的。」劉管事忍不住插話。「梁家和李家門第低賤不懂事，皇后娘娘怎麼會賜婚？」

「這事說來也是命，當時皇后寵著七皇子，再加上夏大人的妹子也是個靈巧人，據說曾和哥哥進過宮，更在貴人面前說過話，自然願意幫她一把，想必皇后也不曉得梁大人爹娘已經給他迎娶新娘子的事。再往後說，就是先帝去世，七皇子登基，夏大人的官途更是平步青雲，無人敢小看，他妹子的身分自然也就不清不白，說不清楚到底是夏家妹子是大房，還是李家姑娘是大房了。」

李小芸聽著心裡難受，便打斷他道：「如此說來，這第二個門就是李家姑娘弄出來的？可是她一個人獨居，需要這般……」她抿住唇角，沒說出話。

車伕再次大笑。「姑娘，事情若是到了如此就結束，哪裡會鬧得全城皆知？」

李小芸尷尬地呵呵了兩聲。「還請師傅繼續解析。」

難道還有後續？

「梁大人用皇家門面來壓父親，沒想到適得其反，梁父對新媳婦夏氏越發厭惡，直接帶著李家大姑娘進了京城，這一下子就鬧開了。最後雙方鬧到了皇帝那裡，因為夏大人和梁大人是七皇子的左膀右臂，皇后又向著他倆，雖然後來曉得李家大姑娘算是她娘家遠方旁親，但是卻也晚了。」

「那到底如何？就這麼娶了兩個大房？」劉管事撫著鬍鬚道。

「怕是不成吧？沒聽說過娶兩個嫡妻的。」李小芸接話道。

「可不是。」車伕繼續道：「最終也沒有談妥，總之就是兩個都是梁夫人罷了。」

「這算什麼定論？」劉管事搖了搖頭。

「抹稀泥嗎？」李小芸嘆了口氣。

她因為師父家的悲慘境遇，骨子裡對夏家十分反感。

再加上李家大姑娘同梁大人的事情，豈不就像是她和李桓煜的翻版嗎？別到時候他們也走到了這一步。

李小芸搖了搖頭，暗道，自己絕對不可以走到這一步。

「他們都鬧成如此，沒想到梁大人還可以做到國子監祭酒。」劉管事感嘆一聲，看來人這一輩子最重要的不是學識、不是名聲，而是當初做過的選擇。

車伕嗯了一聲。「七皇子登基，對於早年跟在他身邊的人都極其信任，所以這場鬧劇全京城百姓雖然都清楚，卻也不過是茶餘飯後八卦一下。高官婦人中極少談及，包括夏氏在外面走動，竟是無人敢多說一個字。」

「可不是，畢竟夏大人如今是殿前大學士，經常給皇子們講課，還是陪著皇帝揮灑筆墨之人。」劉管事接話。

「誰攤上這麼個哥哥都可以橫著走吧。」車伕感嘆道。

大丫頭嫣然眯著眼睛。「李姑娘，興許日後李桓煜公子也是您的後盾呢。」

李小芸一愣，胸口處彷彿被針扎了一下，強笑道：「嗯，妳說的有道理。」

她撇開頭，望著窗外暖洋洋的景色，微微有些痛的心臟稍微好了幾分，就這樣做親人似乎也不錯呢。

她攥了一下拳頭，躊躇多日的糾結總算做出了斷，決定壓抑住心底奇怪的感覺，徹底將他當成親弟弟看待。

想到此處，似乎胸口的積鬱也沒那麼深了，整個人輕鬆很多。

「姑娘，坐穩了，前面疏通開了，咱們趕緊過去，否則又堵了後面人的路。」

李小芸急忙說好，不再言語，他們耽擱得著實有些久了……

興許是外面道路堵了太久，驚動了府裡的人，只聽到門口已經有婆子抱怨旁邊的門衛不幫人。她這番說話什麼意思李小芸不好臆測，不過對方倒是主動向她走來。

那婆子約莫四、五十歲，戴著老嬤嬤的頭飾，衣服料子卻是棕紅色絲綢。她抬起頭，媚笑道：「可是李小芸姑娘？」

李小芸一愣，任由嫣然先跳下車，然後伸過手扶她出來——出門前師父特意囑託過，雖然咱們是村裡來的不該太過講究，但是妳接觸的都是貴女，若妳不自抬身價，反而丟了黃怡姑娘的臉面。

所以她特意記住師父的提醒，做任何事情都是可以慢，卻快不得。她謹慎地將手遞給嫣然，慢悠悠走下來，又撣了下衣角，整個過程優雅自然，著實讓婆子吃驚不小。

不論從目光還是姿態看，李小芸都判斷她應該是梁夏府過來的老媽子，因為她看向另一處大門時，眼底是道不盡的鄙夷神色。

李小芸猶豫片刻道：「我便是李小芸，敢問嬤嬤貴姓？」她一邊說著，一邊示意嫣然將帖子遞過去。

吳婆子接過帖子，急忙謙卑一笑。「老奴姓吳，是這外院的管事。葉嬤嬤吩咐奴才在門口等著您呢，她說李姑娘初次進京，生怕您出啥狀況。」

李小芸心口一暖。「煩勞葉嬤嬤和吳嬤嬤操心了。」

「我哪裡配得上姑娘道謝，您是客人我是主，是我們失禮了；早知道剛才堵在胡同口處的車子是坐著姑娘，就該派小抬轎前去接呢。」

李小芸淺笑著，並未接話。

吳嬤嬤微微有些驚訝，她的目光落在馬車簾子處的繡標。「咦，這車子是李記商行的呢。姑娘也姓李，莫非有何淵源？」

雖然明知對方試探，李小芸卻覺得沒什麼不可說，坦蕩道：「李記商行的家主是我的老鄉，我和師父初次來京，他們便幫襯著一下。」

吳嬤嬤淡定道：「聽說了，姑娘要參加繡娘子選秀，姑娘可真厲害，來，老奴這就帶您進內院，咱們坐小轎吧。」

李小芸嗯了一聲，這才曉得因為府邸過大，對於女眷來說是可以坐轎子進門的；早知道就派人前來打招呼說到了，怕是不用等那麼久。她暗自記下，想著日後再去拜訪京城舊識時，就知道該先幹什麼，不再耽誤時辰。

這座府邸很大，大到李小芸完全不記得走過的路。

吳婆子送她到內院門口便不見了，轎伕也換成強壯的嬤嬤們，抬著轎直奔黃怡的院落。這處院落不是府上最大的院子，卻在黃怡精心的佈置下極有情調，牆角處搭了一個樹藤，上面都結出葫蘆了。

李小芸下了轎子就走向樹藤，藤下是圓桌，還有石凳。

「小芸！」一道清脆的聲音從耳邊傳來，李小芸抬眼望過去，可不是初為人婦的黃怡嗎？

她穿著水藍色綾羅紗絹長裙，踩著月白色鳳紋繡鞋，好像一陣風似地就衝了過來，撲入李小芸懷裡。

李小芸眼眶變得濕潤，腦海裡的畫面彷彿還留在小時候，她被人孤立躲在房裡守著桓煜睡覺，這樣一個天仙似的姑娘就來到她的身邊。

她不嫌棄她，亦不會看低她，她讓她對自己更充滿了自信。

「阿怡……」李小芸一張嘴就哽咽出聲，兩個人許久不曾相見，黃怡都嫁人了呢。

黃怡離開她的懷抱，正視著她。「不好意思，失態了。我實在太高興了，曾以為這輩子都難再見到妳。」

李小芸也覺得世事蹉跎，若沒有金家的事，她會走出東寧郡嗎？

「這次是來參加繡娘子比試的，對吧？」黃怡眨了眨眼睛，拉著她坐在石凳上。「我夫君被抓去幫五皇子編書，近幾日不會回來，妳要不要住下來？」

李小芸差點就說好呀，才猛地想起，這裡可是梁府，不是黃家。她淺笑道：「不了，我回去還要做功課，既然來參加考試，便不想無功而返。」

「妳一定會脫穎而出的！」黃怡衝她揮了揮拳頭。「妳做的東西，繡工出色，花樣脫俗，必成大器！」

李小芸喜孜孜地瞇著眼睛，忍不住確認道：「妳說的是真的嗎？阿怡，妳不要安慰我。」

「我安慰妳幹麼？妳上次讓人帶回來的包裹我都拆開看了，繡法越發精緻了。還記得妳和李蘭姊姊幫我做過底圖的那幅山水刺繡嗎？後來我回京後繼續繡，還請了老繡娘子一起幫忙，都不如妳們做的好呢。」

李小芸嗯了一聲，環視四周。「妳，新婚感覺怎麼樣？」

黃怡臉上一紅。「能怎麼樣，就那樣唄。」

李小芸也有些害臊道：「那樣……是哪樣？」

噗……黃怡笑了，兩隻手揪著手帕，看向遠處的秋千。「妳看那個，我夫君親手做的。」

李小芸一愣。「妳夫君會做這些？」

「是呀！」黃怡很自傲地挺了挺胸。「他從小就愛做木匠活，若不是公公逼著他讀書，搞不好真成了木匠。」

國子監祭酒大人的嫡長子去做木匠？這……

「還有這樹藤，喏，旁邊還有個院子，裡面都是我們自個兒種的果實，還有我夫君做的家具……」

「竟是喜歡到這種地步。」李小芸笑意更深。

「嗯，不過他讀書也好，在外面待了幾年，才回來成親。他跟我說還是想出去，京裡淨是些虛差，不如去外面做點實事。」黃怡揚起唇角，提起夫君時心情總是愉悅的，他們正是新婚情誼濃呢。

李小芸見她如此，總算放心道：「妳提起妳家夫君眼睛裡都冒著光，看來這日子過得不錯。」

「有嗎？」黃怡忍不住摸了摸臉，調侃她道：「對了，妳呢？婚事解決得如何？」

李小芸嘆了口氣道：「我給妳寫信了，沒收到吧？」

黃怡撓了撓頭，不好意思道：「妳寄到我娘家了吧？我出嫁前徹底清理了後院，怕是太亂弄丟了，如今手裡妳寫的信函，只能追溯到去年夏天。」

李小芸搖搖頭道：「不怪妳，我發信也晚了，正是妳成親的時日。」

「嗯，那金家如何？我把妳的事都和我那幾位貴女朋友說了，她們都樂意幫妳。」黃怡成親後，更覺得女孩子不能隨便嫁了。未來夫君可是一輩子的依靠，不求那人是個有擔當的英俊男兒，至少要正常吧！再說，小芸這般好……

「對了，我一個好友特別喜歡妳曾給我繡過的蝴蝶呢，她還問妳想不想做這方面的生意。她認為商賈輕賤，自己是不會做的；可是我覺得既然商賈不被尊重，憑什麼讓我們小芸做？便沒搭理她。」黃怡一臉認為對方無理的模樣。

李小芸笑了。「妳別把人家得罪了，若是日後我走投無路，怕是還想著能靠繡活賺錢養活自個兒呢。再說，商賈輕賤，那也是自己動手豐衣足食，我倒是覺得沒什麼。」

「什麼叫走投無路？有我在，妳休得說什麼走投無路。」黃怡揚起下巴，拍著胸脯道。她小時候身體極差，手帕交不多，反倒是在漠北的幾年最為愉悅，所以她待李小芸，總是同其他人不一樣。

李小芸笑了笑，不知道該如何說起。

黃怡歪著頭，仔細打量她，兩隻手放在李小芸的耳朵處，擺正了她的腦袋。「來，姑娘看著我。」

她眨了眨眼睛，只覺得眼前的女孩目光似水，眼底好像帶著溫度，如透過樹蔭灑落的陽光，讓她無法移開目光。「小芸，妳瘦了啊。」

李小芸嘆了一口氣，她被折騰得如此慘，不瘦才怪呢。

她垂下眼眸，鼓起勇氣道：「金浩然死了。」

四周好像陷入了死一般的沈寂，連根針掉在地上都聽得到。

李小芸撇開頭，望向遠處的天空。「所以此次我來京城，其實也是不得已而為之。」

「小芸！」黃怡突然攥住她的手。「莫不是又發生了事情！」

第二十八章

明晃晃的日光下，李小芸猶豫片刻，慘然一笑道：「我也不曉得……」

她垂下眼眸，心裡還是想護著李桓煜，不敢輕易把事情吐露出去，即便對方是黃怡。

黃怡見她如此，心知必有難言之隱，不由得憂心起來。「我記得那金氏夫婦就這麼一個傻兒子，雖然腦子不好卻捧著當成寶貝，還指望他傳宗接代呢。如今死了人，他們會不會狗急了跳牆強娶妳，讓妳和個死人牌坊拜堂成親吧？」

李小芸不是沒有想過這種可能，所以才會跑到京城來。

兩個人又說了些貼心話，李小芸從包裹裡拿出一套自己繡的小被褥。

她有些不好意思地說：「我怕過些時日忙起來，沒機會給妳做這個。」

黃怡一愣，臉頰也紅了起來。「妳、妳怎麼知道的……」

李小芸頓時呆住，捂著嘴巴道：「妳不會是已經……」

黃怡立刻點住她的唇角。「不知道呢。不過這個月的月信晚了兩日，我打算再晚下去再請大夫過來看。」

「這種大事幹麼不趕緊知會妳婆婆呢？」李小芸憂慮地說。

她不過是想著黃怡成親，遲早會有寶寶，這才做了套被褥給她，不曉得竟歪打正著，她可能已經懷上了孩子。

黃怡臉色微微一沈。「妳是不曉得我婆婆那脾氣，她呀，仗著夏大人是她的嫡親哥哥，在我們這後院就好像尊菩薩似地被供著呢。」

李小芸捂住唇角，笑著說：「誰家婆婆都如此，妳同夫君感情好便是了。」

「嗯。」黃怡面若春花，眼睛亮亮的。「也就是為了他，才會忍我婆婆。」

李小芸嘆了口氣，這年頭高門大戶哪有彼此心悅便在一起的人呢？就連黃怡和她夫君先前也不曾見過面吧。她婆婆當年敢於為了幸福想盡辦法，置禮法於不顧，必然是個心氣高傲、性格倔強的女人。

「可是這和妳是否懷孕有什麼關係？」她皺眉道。

黃怡撇了下唇角。「妳當為什麼我夫君原本的差事還差一年才可以調任，卻生生被調回了京城呢？」

李小芸詫異地看向她。「莫不是為了子嗣？」

「可不就是為了子嗣！還一定必須是男孩。」

「為什麼？」

黃怡揚起下巴往身後看了一眼。「東院的兒媳婦懷孕了，據說脈象有力，是男胎呢。」

李小芸頓時愣住。「東院？」

她尷尬地看著黃怡。若是按照車伕所講，梁大人定是和夏家姑娘情深意切，東院怎麼還可能有子嗣呢？

黃怡察覺到她猶疑的目光，笑道：「我們家這點事，妳也聽說過了？」

李小芸嘿嘿笑了一聲。「剛才外面車多，堵著路了，我就隨意聽車伕說了一些；但是並不清楚內情，還以為胡同口那戶門裡不過是住著當年的李家姑娘。」

「何止李姑娘呢。」黃怡小聲說：「還有我不知道該叫啥的小叔子。」

李小芸大驚。「合著妳公公和那邊也有孩子呀？」

「不然呢？」黃怡挑眉。「據說當年我公公的父親去世，遺願就是讓他們圓房。怕是公公覺得對不起父親吧，就回家守了三年孝，那李氏自然也一起守孝。」

「妳婆婆呢？」李小芸低聲問道。

「我婆婆自然是想去守孝，可是公公怕徹底得罪宗族裡的幾位叔公，就沒讓她去。」

李小芸一時無言，小聲說：「那梁家到底誰算作是大房？」

「當然是我婆婆了。她有個好哥哥，那位夏大人心思頗深，怕日後自己失勢妹子過得不好，便趁著李大姑娘懷孕後，以她的子嗣要脅她認了作小。當時七皇子已經登基，夏大人可謂皇帝最為親近的近臣，既然皇帝都認可這門婚事，外人總不能插嘴將當年的事都怪到皇帝頭上吧。所以最終梁家分了家，把我公公徹底分出來，我婆婆也成了他名正言順的妻子；況且，當時李家大姑娘也犯了事，妳可知曉我小叔子是哪年生的？」

李小芸瞪大了眼睛。「莫不是孝期內懷上的？」

「反正是剛出了孝期就有了。」

李小芸一陣咋舌，就怕當時夏家姑娘知曉後，還不氣死了？

「所以李大姑娘理虧，她又想把孩子生下來，便屈就作小了。估計多年一個人過生活她也想通了吧，名分有什麼用？還不如生個孩子養老實惠；沒想到她一舉得男，隨著這些年我那小叔子越發長進，她便生生在東院單開了個門。」

「妳婆婆居然允許東院單獨開了門……」

「她不能不同意呀。那位李家大姑娘祖上同當今太后娘娘有姻親關係，雖然血緣關係已遠，可是李太后娘家鎮南侯府早就沒了，怕是如今聽著姓李的都覺得親近。」

李小芸哦了一聲，卻想起車伕剛才說過的話，疑惑道：「不對呀，如今的李太后就是當年的李皇后，難道不是她作主讓妳公公和婆婆成親的？」

黃怡神秘一笑。「當年七皇子勢弱，自然要仰仗皇后，皇后娘家親戚眾多，哪像如今誰都生怕和鎮南侯扯上關係似的。一朝天子一朝臣，現在夏大人親著皇帝，太后專心佛法，多年不曾召見我婆婆了；後來過年時偶爾露面幾次，卻曾讓東院的婦人過去說過話。」

李小芸有些無語，當年何嘗不是這位李太后給夏氏撐腰？如今說變臉就變臉，反而給對手撐腰了，世事無常便是說的如此吧。

「所以我婆婆老盯著我的肚子，若是真有了倒是好的，萬一鬧出以為懷孕卻沒懷孕的事，她定是會嫌棄我丟臉呢。」黃怡苦笑道。

李小芸頗同情她。「梁家是這種環境，妳娘幹麼幫妳訂下這門婚事？」

黃怡吐了下舌頭，低聲道：「環境雖然複雜了點，但是我那婆婆不喜小妾，因為壓著我公公不許納妾，便揚言也不准兒子納妾，所以想嫁給梁家的人家多著呢。」

李小芸忍不住笑道：「如此說來，雖然應付兩房人家費心點，但自己過得舒坦就夠了。」

「可不是。我婆婆雖然事多，卻愛黏著我公公，所以我倒是過得挺舒坦的，管別人如何看呢。」

兩人相視一笑，又說了些貼心話。

不遠處，一名粉衫丫鬟走了過來，恭敬道：「夫人，戶部左侍郎家的陳諾曦姑娘到了。」

李小芸抬頭看了一眼黃怡，對方拉著她的手道：「來，我幫妳介紹個奇女子。她在京城名媛圈風頭正盛，我將妳爹逼妳嫁給傻子的事情告訴她了，她可是義憤填膺極了，我便順水推舟，求救於她了。」

「戶部左侍郎官位不小，我一個小村姑能和人家貴族小姐相處嗎？」

「瞧妳說的，妳把我當成什麼了？」黃怡斜眼看她，佯怒道：「日後萬不可再妄自菲薄！」

「好吧好吧……」李小芸笑著答應下來。

「我將她請來可不只是為了妳那婚事，還是因為她是今年繡娘子比試的裁判之一呢。」

李小芸不可置信地抬起頭。「這位陳姑娘多大呀？」

「比我小一歲，尚未訂親，據說二皇子和五皇子都傾心於她。」

見李小芸一臉震驚，她又眯著眼睛笑道：「更有人道，靖遠侯府長公子歐陽穆，之所以不認駱家婚約，也是為了求娶陳諾曦。此次與她一同前來的還有皇后娘娘所出的三公主，黎孜玉，她脾氣直接，心眼卻淺。小芸，妳要把握住機會，我同她們並不是十分要好，此次也是花了大力氣的。」

李小芸頓時眼眶濕潤，黃怡此前肯定不知道金浩然死了，所以才想方設法幫她解決掉這門婚事。

她忍不住握了下她的手，黃怡嚇了一跳，抬起眼看向她，柔和的目光彷彿閃著光亮。為了這些在乎她的人，她更要好好把日子過下去了。

「阿怡，妳放心，我一定會越來越好的。」

黃怡抽出手點了下她的額頭。「自然是相信妳了，傻瓜！」

兩個人一路談笑著就來到了待客的庭院。

李小芸小心翼翼地抬眼看過去，傳說中的陳諾曦還真是個美人兒。她的面容十分白淨，穿著月藍色長裙，腰肢纖細，盈手可握。

她梳著凌雲髻，頭上插著一支羊脂翡翠簪子，眉眼低垂同旁邊人說笑著。

她旁邊坐著的女孩一直笑，給人感覺十分明朗。濃眉圓臉，深紅色長裙，套著一件淺色外衫。

這院子裡的景致本已十分豔麗，落在這兩人身後卻顯得失色。

李小芸心知她兩人身分尊貴，急忙垂下頭，恭敬地行了大禮。

請安後，兩隻手交叉握著，即便表現得分外淡定，心底卻無比緊張。

陳諾曦率先開口道：「怡姊姊，快讓小芸坐下吧。」

她的聲音很柔軟，如沐春風。

李小芸鼓起勇氣抬起頭望了過去，只覺得入目的那雙墨黑色瞳孔深不見底。

這姑娘……怎麼給她一種說不出來的感覺呢？

眼底的神色柔和中帶著幾分冰冷，好像世外高人。

她突然不曉得將這件事告知這位姑娘，到底是對是錯了？

黃怡見她不語，拍了她胳臂一下。「妳怕是不知道吧，陳宛大人的嫡長女可是京城貴女的模範，不知道多少人希望被諾曦姑娘看重呢。」

陳諾曦捂嘴淺笑。「怡姊姊真愛說笑。」那一雙彷彿可洞悉人生的明眸落在李小芸身上，從頭到腳盯著她看了一遍。

李小芸不敢有半分怠慢，猶豫片刻，再次謝過她們才敢坐下來。

「妳便是李小芸嗎？李小花就是妳的姊姊？」三公主黎孜玉張口道，聲音裡帶著幾分隨意，還不忘記追了一句——「妳和她可真不像呢……」

李小芸尷尬地揚起唇角。「嗯，我小時候生過一場大病，身材走了樣，模樣也被撐開了，自然不如姊姊好看。」

「好看？」黎孜玉不屑道：「李小花哪裡好看了？」

李小芸心中暗驚，莫非她那個姊姊還得罪過當朝公主不成？

「我聽怡姊姊說，妳娘親為了討好縣令讓小花進京，把妳議親給一個傻子？」

那道溫和嗓音再次響起，李小芸立刻警惕起來，她想了下，如實道：「為人兒女不敢妄自猜測爹娘想法，不過議親給一個傻子倒是真事。」

「太過分了！」黎孜玉拍了下桌子。「諾曦，李小花那勢利臭丫頭妳是見過的，她定是慫恿爹娘賣妹求榮的人。」

李小芸尷尬地扯了下唇角，看向黃怡。這兩位京城貴女會樂意主動出頭幫她，莫不是想要針對李小花吧？姊姊真是走到哪裡都能樹敵。

「阿玉，先別提李小花了。我看過小芸姑娘的刺繡，真是難得一見的獨特精細呢。」

李小芸淺笑道謝。

「小芸姑娘，莫擔心，妳的事情我完全瞭解了，也打算幫妳一把。」

陳諾曦淡淡開口，沒承想是如此開門見山，只是難以掩飾的高高在上，令人微微不舒服罷了。

李小芸坐正身子，一時不知道該如何說出金浩然已不在人世的事實。

陳諾曦瞇著眼睛道：「我最看不慣這世間男子欺負女人，尤其是所謂的媒妁之言。」她再次語出驚人，讓李小芸剛要吐出的話都嚥了回去。

三公主急忙附和道：「有我和諾曦幫妳，定不會讓妳替李小花受這份罪！」

李小芸看了一眼黎孜玉，又看了看陳諾曦，心裡已經瞭然。

怕是這位三公主當真是厭惡極了李小花，而陳諾曦卻未必是因為李小花才樂意幫她；或許確實看不慣這種事情發生？但是質疑起媒妁之言，在李小芸看來，著實有幾分驚世駭俗。

黎孜玉突然想起什麼，扭過頭興奮地對陳諾曦說：「諾曦，妳不如改日把沈家班班主叫來，我看小芸姑娘的事情也可以編進戲本裡。」

李小芸頓時無語，這兩位貴女到底是幹什麼呢？

黃怡見她面露疑惑，主動解釋道：「沈家班班主受過陳姑娘恩惠，陳姑娘不方便出面經營，這戲班子便掛在沈班主名下，而沈班主實則是和陳姑娘簽了賣身契的奴婢。近來沈家班幾齣膾炙人口的新戲本都是陳姑娘創作的。」

「小芸姑娘新來乍到不曉得吧，沈家班在京城可有名了，一票難求，尤其那齣《嫦娥奔月》，其中幾句唱詞大家爭先謄寫，還為此發生過許多爭執。」三公主興奮道。

李小芸見她們如此，自然用力點頭，奉承一番，心裡卻覺得有些荒唐。

她接過黃怡手裡的本子，上面興許就是傳說中的唱詞——

明月幾時有，把酒問青天。不知天上宮闕，今夕是何年？我欲乘風歸去，唯恐瓊樓玉宇。高處不勝寒，起舞弄清影，何似在人間？

李小芸揚起唇角淺淺微笑，真的很……與眾不同呢。不過世家女搞戲班子，京城官家女竟如此開明嗎？

「可是覺得很驚訝？不然陳姑娘幹麼想幫妳呢，她是出了名的善心人，不要拿世俗眼光看待她。」

黃怡既然把陳諾曦請來了，自然是一個勁地捧著她。當初以為金浩然還活著，這門親事必然躲不掉才求來這兩個祖宗；如今金浩然雖然死了，金家卻肯定不會善罷甘休，必有後手。

若是三公主可以把李小芸的事捅到後宮去，倒不是件壞事，日後若是小芸真出了事……金家也別想逃脫關係！

李小芸同黃怡想法一致，暫且不管對方說什麼都輕聲附和。

陳諾曦仔細觀察了她一會兒，道：「怡姊姊，妳這位鄉下來的手帕交可不一般哦。」她眨了眨眼睛，唇角揚了起來。

李小芸嚇了一跳，驚訝地看向她。雖然對於陳諾曦有些大膽的言辭和想法不敢苟同，卻無法討厭起如此潔白如玉的女孩。

陳諾曦真的很有味道，不僅僅是漂亮，而是渾身上下有一種神秘感，說她成熟吧，又隱隱透著小女孩的甜美；說她可愛吧，又時不時語出驚人。

「哪怕是一些剛出門的官家小姑娘，都會因為彼此的身分差距而唯唯諾諾，但是小芸姑娘言語得當，態度恭敬又不失態，倒是令我高看幾分。」

李小芸垂下眼眸，她心裡也緊張著呢，可能是多年刺繡的訓練吧，她比較能坐得住。

眾人繼續聊了其他話題，起初都是針對李小芸的事情詢問，雖然陳諾曦開口說話的次數不多，卻可以看出三公主什麼都聽她的，現場由她來主導。

有些人的氣場就是如此，溫和低調不顯山露水，卻讓人無法忽視她的存在。

說起戲班，三公主道：「對了，湘雲王不是與家眷進京了？他的小女兒祁芸郡主問我沈家班的幾本新戲到底是不是沈班主編的，她近來癡迷得很；若是，還想讓我引薦，我自然說同沈家班不熟。這倒好，她到處打聽，不知從哪裡得知，沈班主什麼都聽妳的，便再次來纏我，想要謄寫的戲本子。」

陳諾曦哦了一聲，似乎對此並不在意。她放下茶杯，微笑道：「若是她纏妳，便給她就好了。妳和我這般交心，我總不能讓公主殿下在外人面前丟面子。」

湘雲王木氏祖上是皇家親戚，掌管雲貴要務，由於地處偏遠，便成了當地土皇帝，好在木氏無軍權，底蘊比不上歐陽家，所以未能成事。他們家養的孩子很少進京，骨子裡難免傲氣凌雲，待黎孜玉少了幾分敬畏。

三公主沒想到陳諾曦如此痛快，無比感動道：「諾曦，妳待我真好！」

陳諾曦將三公主當成小孩子，眼底始終帶著柔軟的笑意。

李小芸坐在一旁觀察陳諾曦，不知道為什麼，對於這位風頭正盛的第一貴女，她莫名覺得有些不舒服。這女孩的眼神深處，似乎帶著一抹淡淡的不屑，這種不屑不是針對她，而是所有人，包括黃怡，包括黎孜玉。

她覺得奇怪，甩了下頭，告誡自己不許生事！

興許她從小受盡他人冷眼，所以在渴望獲得眾人認可的同時，過得小心翼翼，反而直覺敏銳。

黎孜玉和陳諾曦嬉笑一番後，看了一眼李小芸，同黃怡說：「其實沈家班的班主沈大姑娘家是富裕的商賈，我們諾曦救了她根本沒指望沈大姑娘回報什麼，但是沈大姑娘過意不去，竟是私下以奴僕自居，還偏要賣身給我們諾曦。」

黃怡眉頭一皺，有些不喜三公主在此時說這些。

李小芸一愣，不知道是不是想多了，竟覺得這位公主殿下所言是說給她聽的。

她決定裝聾作啞，不打算接話。

她本是自由身，當初會簽給繡坊五年賣身契也是為了躲開爹娘控制。如今賣身契眼看就要到期了，易姑娘早就還給她，還特意去府衙做過記錄；她若是為了逃離爹娘和金家的控制，就把一輩子賣給陳諾曦，豈不是偏離初衷太遠了？

她從未奢望依靠任何人，只想單純靠自己而活，想幹什麼就幹什麼，即便有遺憾又能如何？

這才是人生吧。

三公主沒想到黃怡不接話也就算了，李小芸居然敢垂下眼眸，不由得臉色一沈，意有所指道：「其實這些年下來，諾曦暗地裡幫過不少人，也曾有人恩將仇報，但是諾曦都不介意，她只求無愧於心，我卻是不想諾曦受委屈。」

陳諾曦真心待她好，她便怕陳諾曦吃虧，希望可以處處幫她一把。

李小芸聽到這裡，再傻也明白三公主的意思。她想起黃怡剛才的話語，怕是要同她合作的貴女就是陳諾曦了，搞不好三公主也是知道的，才會當面說這些。

可是三公主如此咄咄逼人，希望她怎麼回應呢？

難道讓她感激涕零地跪下來求她們幫忙，一把鼻涕一把淚敘述過往恩怨？雖然從小到大一路走來，她的經歷只能用「坎坷」兩字形容，但是她如今回想起來，腦海裡全是溫暖的畫面。

她認識了師父李蘭，養大了小不點李桓煜。

村裡有善良的李翠娘不嫌棄她，後來又有貴女黃怡真心待她。

如今，她還來到京城參加繡娘子比試，不是連公主都見到了？

這樣的人生，難道還不算精彩？

她真不覺得自己可憐，若是事事順心，哪裡還有努力的渴望？她如今拚了命就是想獲得自由身，又如何會去跳入另外一個火坑？她抬眼看向黃怡，想要詢問她的意思，發現她眉頭緊皺，顯然不曾想過談話會陷入這般的泥潭。

李小芸想了片刻，還是選擇沈默。

她雖然出身卑微，卻想堅持原則；若不是這種性格，她又何嘗會被逼至如此境地？三公主發現自己說了半天，李小芸居然一點反應都沒有。

她臉色越發陰沈，認為李小芸真沒有比她那個自以為是的姊姊好多少！說句難聽話，她們這種身分的人，肯用李小芸是這丫頭上輩子修來的福分；可是李小芸從未表現出受寵若驚的態度，更沒有主動乞求她們幫忙，反倒顯得她們是一頭熱了。

李小芸也覺得尷尬，畢竟這兩位貴人是黃怡請來的，她事先並不知情。要是想著對方打著這種想法，她寧願不要她們的幫助。

她恭敬道：「其實……公主殿下、陳姑娘，我的事情微微有些變化了。」

陳諾曦一怔，揚眉道：「哦？」她心裡也有些不悅，但是畢竟要維護大家閨秀的形象，什麼話都沒有說；至於三公主性子張揚慣了，好在人家出身擺在那兒，誰都不敢頂撞她。

李小芸硬著頭皮道：「在我來京城以前，金家發生過一場意外火災，金家少爺在那場火災裡似乎是去世了。」

「似乎？去世？」陳諾曦蹙眉道，她倒是一下子抓到重點。

李小芸深吸口氣，淡淡開口。「因為大火……把許多東西都燒毀了，官府還是靠著金家少爺的金飾斷案子的。」

「牽扯到官府了？」陳諾曦抬眼再次問道，柔和的目光裡迸發出一道銳利。

李小芸心臟一揪，咬牙挺直背脊直視她。「是的，不過具體內情我就不知道了。我的身分本就尷尬，不適合過問此事太多，先前這些話還是如意繡坊的坊主打探到的。」

「哦。」陳諾曦淡淡說，垂下眼眸，不再看她。

三公主也是愣住。

黃怡感覺到李小芸不願意求她們幫忙，倏爾揚聲笑道：「這事看來是要怪我，我也是剛剛才知曉的。」

李小芸急忙搖頭歉道：「怎麼能怪妳？是我的錯，我沒講清楚。」

陳諾曦沒說話，黎孜玉卻是冷哼一聲，沒想到彼此說了半天是這樣的結局，頓時覺得無趣，忍不住訓斥李小芸一番。

李小芸不敢得罪公主，姿態放得極低，安靜聽著。

良久，黎孜玉倒也說痛快了，便不再埋怨什麼。

黃怡想將兩人送走，沒有開口主動留她們吃飯。

陳諾曦見事情不成，也懶得浪費時間，藉口有事就走了。

黃怡送客歸來，右手擦著額頭上的汗水，抱怨道：「真是嚇我一跳，三公主果然如同傳言般魯莽。小芸，對不起，平日裡我同她們來往沒覺得怎樣，今日私下深談後，實在慚愧，我都沒臉見妳了！」

李小芸急忙拉住她的手，笑著道謝。「妳是出於好意，我感激都來不及，怎麼會怨妳？不過話說回來，妳剛才說有人看上我的繡法，想招攬我做生意的可是這位陳姑娘？」

黃怡點了頭。「就是她呢，不過我覺得不合適。陳諾曦此人門路雖多，卻未必是個好主子。照她的意思，但凡她想護著的人都必須對她忠心，要簽賣身契；這怎麼可能？我必然是攔著妳做這種傻事，又不是沒其他活路了，所以我便敷衍過去了。沒想到她不死心，聽說妳來，給我遞話說想要幫助妳，我當她是真心的，就認了，原來骨子裡還是對妳的繡法不死心呢。」

李小芸慘然一笑，暗道，陳諾曦果然是識貨的，就是太強勢了。

她想著近來要練習刺繡，再加上黃怡有孕，她便沒有久留，午飯後就打算離開。

黃怡親自送她出府，在大門口看到一輛深藍色馬車。這輛馬車似乎沒有要進院子的意思，而是從上面下來了一名穿著靛藍色長衫的男人。

黃怡見有外客，便命人取來兩頂紗帽，給李小芸戴上。

李小芸往日裡不講究這些，但是客隨主便，並未多說什麼，直到看見那馬車簾上金黃色的夏字時，她才問道——

「阿怡，這馬車是夏家來人了嗎？」

她的馬車尚未抵達門口，需要等一會兒才可以上車。

黃怡嗯了一聲。「看身材像是我婆婆的小姪子。他應該是路過，車子都沒有讓門衛駕進去，可見是趕時間呢。」

「哦……」李小芸不過是因為李蘭的緣故，才會對夏家多關注幾分。

那男子進門的時候似乎發現有內眷準備出門，抬了下頭，正巧讓李小芸看到了他的樣貌。

她蹙眉愣住，這人怎麼覺得在哪裡見過？

第二十九章

李小芸仔細打量那人樣貌。

這男子穿了一身靛藍色錦緞長衫，右手置於胸前，左手撥了一下翻起來的下襬。袖口繡著精細花紋，翻袖上端綴著一顆羊脂玉珠子，越發顯得貴氣起來。

這人臉頰十分白淨，雙眉間有一顆琥珀色的痣。

「小芸，車子已經備好，妳在想什麼呢？」黃怡見她發呆，忍不住問道。

李小芸重複確認道：「剛才那位是夏大人的小兒子？」

黃怡點了下頭。「是呀，夏大人續弦么子，怎麼了？」

「他今年多大了，可考取過官身？」李小芸說完又有些後悔，急忙解釋道：「阿怡，我只是私下問問，總覺得他面善，但想不起來為何覺得見過他。」

黃怡古怪一笑。「怎麼，妳喜歡這種樣貌的男人？」

李小芸笑道：「別胡說，真不是那個意思。」

「不過他至今倒是未娶妻呢，年齡應該已經三十了。」

李小芸大驚。「三十歲還沒成親？」

黃怡左右看了一下，附耳低聲道：「他是家裡的小兒子嘛，難免頗為受寵，不愛學習，走了監生之路。十六歲進了中樞監辦差，後來也不知道被派去哪裡，總之好像是二十多歲後才在京城裡露面的。有人說他已在外地成親，後來給皇上辦差沒顧及妻子，妻子便死於水災了。這些年想給他說親的人可多了，我那婆婆便是眾多人之一，無奈人家都看不上！」

李小芸蹙眉。中樞監這部門她在書中讀到過，不外乎是直接隸屬皇上的單位，是在暗地裡辦案的衙門，人既然是中樞監的，還是少惹為妙。在京城中樞監和錦衣衛都是聽令於皇帝辦差，一個手握秘聞檔案，一個掌管皇宮御林軍兵權，總之是相互合作，又彼此競爭的兩大衙門。

那人走遠了，李小芸便不再去想，同黃怡又說了一會兒話，依依不捨道別上了馬車，回到城南已經是下午了。

李蘭坐在書房裡寫寫畫畫，她近來針對此次繡女比試製作了一套過關方案，甚至畫了繡花樣式同李小芸探討一番，以備不時之需。

李小芸走入屋子，望著師父潔白如玉的側臉，眉眼彎彎似乎心情不錯。

「師父！」李小芸喚她。「師父真好看……」

李蘭揚起頭，笑道：「回來了？」

「嗯，讓我看看這是什麼？」李小芸走過去，看見整張桌子上都鋪著一幅畫，右下角印刻著作畫者的名字——張阡陌。

她揚起唇角道：「阡陌大師的墨跡？」

雖然只是繡娘子，但由於顧繡繡法需要多方閱讀，掌握各家畫法，所以這些年易家豐厚的藏書著實讓李小芸受益匪淺。

「是仿品，咱們買不起大師真跡。」李蘭放下筆墨，遞給她一本畫冊。「這本冊子裡都是仿畫，妳今明兩天要徹底看透，別到時候萬一有相關試題，認不出就麻煩了。」

「徒兒明白，師父今兒個心情很好？」李小芸試探問道。不是她多嘴，實在是李蘭眉眼間好像都放著光。

李蘭垂下眼眸。「小不點的信函到了。」

李小芸一愣，頓時想起小土豆不是和李桓煜在一起嗎？難怪這般開心。

小土豆……

她忽地靈光一閃，躊躇片刻道：「師父，我記得幾年前您和易姑娘到處尋大夫給小土豆瞧臉，對吧？」

李蘭轉過身，淡淡開口。「嗯，他眉心處有顆痣，大夫說必須點了。」

李小芸身子一僵，盯著李蘭身影的目光帶著幾分詭異。

她知道為什麼覺得夏家么子面善了，是因為他的眉眼，以及酒窩像極了……小土豆。她就記得小土豆以前眉心處有顆痣，後來生過一場大病，印堂發黑，易姊姊到處尋醫將那顆痣點了，至今額頭處還有塊疤痕呢。

這兩個人，會有什麼關聯嗎？

她沒膽子問李蘭，只好撇開頭掩飾心底的慌亂。

李蘭今日簡單梳了一個小髻，耳邊留有碎髮，垂散在本就白淨的臉旁，更顯得美麗動人。

在李小花長大之前，李蘭是李家村的第一美人。可能是由於她娘的風評不好、性格古怪，所以他們一家並不是很被村裡人喜歡；後來她爹娘便帶著她去了城裡，至於李蘭後來許配的人家，據說也是外地的。

李小芸忍不住猜測，莫不是小土豆的父親真是夏家人呀？

沒一會兒，無數個念頭從李小芸腦海裡閃過。

李蘭見她一會兒皺眉一會兒笑的，不明所以道：「怎麼了？」

李小芸臉上一熱，試探道：「沒什麼，師父，您知道嗎？黃怡的婆婆居然是夏大人的嫡親妹妹。」

李蘭明顯愣了片刻，臉色不大好了起來。

李小芸暗道，怕是師父完全不知曉夏家都有誰；不過也可以理解，師父不過是個沒背景的弱女子，怎會知道這些呢？

「還有，我還偶遇夏大人的兒子了。」她小心翼翼觀察李蘭表情，見沒有特別的情緒，可見要嘛小土豆不過是湊巧和夏大人的兒子長相相似，要嘛就是師父不知道小土豆父親的身分。

李蘭似乎對夏家的話題並不感興趣，說多了都是一肚子的氣。

李小芸便將話題扯到陳諾曦和三公主那裡。

李蘭聽得驚訝，調侃她道：「以前總覺得天高皇帝遠呢，如今妳也算是見過公主的人了，這要是回到村裡，豈不是可以用來吹牛好久？」

李小芸轉念一想，可不是嗎？小時候他們不就是一會兒扮將軍、一會兒扮公主地玩鬧，沒想到真見到公主以後，發現對方同她也沒啥區別。

她和李蘭相視一笑，害臊道：「其實公主殿下也是普通女孩呢，我看她心眼還不如陳諾曦多，總是被人拿槍使出來說話。」

李蘭摸了摸她的頭。「那是因為她有資格訓斥任何人，她就算得罪人也沒人會去計較，誰願意同皇后娘娘較勁呢？」

「也對，這可是天生的富貴命呢。」

「不過她們這種背景的人家自有煩惱，我們無須羨慕嫉妒，但是既然那位陳姑娘是此次繡娘子比試的裁判，妳現在怕是已經得罪了她。」

李小芸吐了吐舌頭，鬱悶道：「是呀，畢竟沒有按照她的心意說話，算是違逆了對方；可是黃怡一心為我好，並不是有意弄成現在這種結果，我也不好多說什麼讓她感到愧疚。」

李蘭點了下頭。「反正一切靠實力說話吧。單從妳剛才話裡來看，這位陳姑娘怕是真有幾分本事，這種人大多自命不凡，未必會和妳一個小繡娘計較什麼。妳且發揮出自己的實力，她應該不會故意苛待；倒是三公主那頭，怕是多少有些惱恨咱們。」

李小芸不好意思地垂下眼眸。「還連累您和徐研師父了，對不起。」

李蘭敲了下她額頭。「道歉幹什麼，傻瓜，趕緊回房裡練習繡法吧。我幫妳挑了幾個畫樣都是大家的成名作，倒不是讓妳仿照對方的畫圖刺繡，而是感受一下對方畫作中的意境，這些人的畫作都備受宮裡貴人喜歡。」

李小芸急忙稱是。「還是師父想得遠，我這就先把這幾幅畫仔細臨摹一下，將其中意境、針線粗細、色澤比例記下來，省得到時候想不出樣式。」

「好，去吧，小芸，妳沒問題的。」

李小芸眨了下眼睛，轉身離去。她右手成拳，不斷告訴自己一定可以完成！

約莫半個月後，繡娘子比試正式開始，一時間京城大街小巷到處都充斥著此次選拔的話題。

京城繡娘子的比試之所以會引起許多繡坊的重視，除了一舉奪魁搞不好有機會得到後宮貴人召見，身價立刻就被抬高了；再者，根據大黎國規定，不管是江寧、蘇州還是杭州的織造衙門，都受內務府管轄，而京城繡娘子比試每次都會有至少一位內務府的大太監參與評審。

各大繡坊若是有機會讓內務府留下印象，回鄉後也會頗得當地織造衙門的關照，所以就連李銘順父子也收購了繡坊參與進來。

此次持帖子參加比試的繡坊共六十四所，參加織娘子和繡娘子單人比試的分別有一百五十人和三百六十人，由於人數實在太多，所以在正式比試前加了報到登記的環節。

所謂報到登記，全由內務府及京城織造行會統籌安排。京城織造行會是少數被官府承認的民間組織，行會內執事者一共六名，其中四名是四大繡坊的代表，另外兩名則由其他繡坊通過推薦輪換選舉選出。

此次繡娘子比試的登記場所位於城南樓外樓。

這座樓外樓有兩座副樓，後面是一大片庭院，倒是難得寬敞雅致的地方；據說，這樓外樓是沈家商行的產業。

李小芸一怔，沈家商行的主人不就是沈班主嗎？

難道這樓外樓也是陳諾曦的私產？

她吐了下舌頭，莫名笑了，這位陳姑娘當真了得呢，不會是涉足了京城所有行當吧？

李蘭和李小芸、徐研一行人來到後便發現樓外大排長龍。李蘭代表繡坊，可以直接去後院參加繡坊比試的登記，李小芸則需要自己排隊了，而且繡娘子比試的這條隊伍是排得最長的。

李小芸和徐研師父道了別，分別向兩個方向——織娘子人數相對少一些，被安置到了樓外樓的副樓處排隊。

「請問是東寧郡如意繡坊的李小芸姑娘嗎？」

李小芸以為聽錯，抬眼望去，入眼的是個穿著灰色衣衫的書僮，他梳著包子頭，眉眼帶笑。「我家主子是執事大人，煩請姑娘跟我直接入樓去見他吧。」

四周立刻有羨慕的目光投射過來。她抿住唇角，將紙條放入包裹裡，問道：「我怕是不認識你家執事大人，會不會搞錯人了？」

那書僮倒也不急。「沒有錯的，怪我說得不清楚，我家大人姓李名旻晟，是姑娘的老鄉呢。」

「啊……」李小芸差點叫出來，李旻晟竟可以混成執事大人！真是令她難以想像。

他們家所收購的重華繡坊雖然是歷史悠久的老牌子繡坊，卻早已沒落，沒想到憑藉這樣拖後腿的背景，李旻晟還能成為六大代表執事之一！

她隨著書僮繞過了長長的隊伍，在許多人的側目下直接走入樓外樓的大堂，登上三樓雅座。

她的臉有些熱，這還是第一次受到特別待遇，往日裡做任何事情，她都是看著別人被偏心照顧的，一時間，竟對李旻晟生出幾分感謝之情。

李旻晟上個月出城辦差，這幾天才回到京城，本是想立刻登門拜訪李蘭一行人，卻又被繡坊比試拖住了腳步。

因為李蘭代表繡坊報名，而參加比試的繡坊一共就六十四家，並不需要排隊，早就在後院休息，還可以互相交流，所以他並未派人去請李蘭；反倒是李小芸，一來便老實排在隊伍末端，他站在樓上往下看，忍不住失笑。

入眼的李小芸穿著淺綠色散花如意雲煙裙，披著白色輕紗披肩，興許是怕掉了，還在脖頸處繫了個蝴蝶結。

真是不嫌天熱……李旻晟心裡暗道。

大太陽底下怕李小芸曬著，就立刻差人把她請上來。

三樓雅座倒也是有些繡娘子在呢，多數是四大繡坊的人。李旻晟的雅間裡只有他自己，李小芸反倒舒坦一些，解開外衫和紗帽，便道：「旻晟大哥，真沒想到你可以成為織造行會的執事大人。」

李旻晟揚起下巴。「現在知曉我混得好了吧？先坐下喝口水解乏。」

李小芸嗯了一聲，倒是不曾客氣。

書僮給她倒好茶水，擺放了兩盤點心，又轉身去外面拿來登記冊給她。「主子，已經同前面的人知會了，小芸姑娘可以在這裡直接登記。」

李小芸看了一眼冊子，本是想說徐研還在織娘子那頭，又想到織娘子登記處在副樓，來回花的工夫似乎太麻煩人了，她猶豫片刻，便沒有開口。書僮伺候好筆墨，她便先趕緊填寫。

李旻晟在雅間裡踱步，目光落在李小芸正在寫的冊子的筆跡上，眼睛一亮。「小芸，沒想到妳的字越寫越漂亮了。」

李小芸不好意思地淺淺一笑。「小時候帶桓煜讀書，經常拿樹枝寫字玩，後來李先生贈我筆墨，又陪同小不點練字，一晃數年，要是字跡還難看才是沒用呢。」

她不由得感慨小時候的際遇，若是沒有小不點和李先生，她怕是根本走不出那個小山村。

李旻晟亦有同感，他爹若不是遇到貴人，他又怎麼可能真正走出來？這才曉得人外有人，天外有天。

李小芸把冊子登記好轉交給書僮，書僮再送到外面登記處，拿回來一本繡娘子比試守則和號碼證。

李小芸打開守則一看，發現都是些注意事項，以及比試時間、地點，不由得感嘆。「好細緻的冊子。」又舉起號碼證。「怎麼像是科舉似的，還有號碼證。」

李旻晟見她眉眼帶笑，心情也好了起來。

「妳有所不知，這次繡娘子比試還邀請了京城貴女一起參與評判，其中以三公主和戶部左侍郎的嫡長女陳諾曦風頭最盛，製作這手冊和號碼證的想法，便來自她們。」

「原來如此。」李小芸瞇著眼睛。「陳姑娘我是見過的，她確實與眾不同。」

「妳見過陳諾曦？」李旻晟驚訝道。

她不好意思地低下頭。「嗯。」

李旻晟見她面若春花，大大的眼睛亮晶晶，十分柔和又讓他有些熟悉，竟是心跳加速了片刻。奇怪，他緊張什麼？

李小芸也意識到屋子裡就他們兩個人，以前都有李蘭在場，倒也不覺得彆扭，此時此刻，李旻晟一句話不說，她倒難為情起來。

她決定找個話題，開口道：「那……」

「妳……」李旻晟一愣，他沒想到會和李小芸同時開口說話。

「你先說……」

「妳講……」

李小芸笑了，白淨的臉蛋顯得紅撲撲的。

她本就生得圓潤，整張臉蛋像剛剛摘下的紅蘋果，可愛中透著幾分莫名的新鮮。

「李大哥，興許是好久不見你了，我竟覺得有些疏離。」李小芸索性直言，否則明明清清白白的兩個人，卻搞得氣氛略顯尷尬。

李旻晟也笑了起來。「小芸，妳是不是又瘦了？」

「有嗎？」李小芸驚喜道：「我倒是希望可以一直瘦下去呢。」

「再瘦下去，豈不是會變成小花那樣子了？妳們本就是雙胞胎呀。」

啪的一聲，李小芸失手把茶杯摔在地上。

一提李小花，她便會不舒服，於是淡淡開口道：「對不起……」

李旻晟緊忙替她彎腰去撿，兩個人都蹲得太急，不小心撞到了腦袋。

李小芸急忙站起來躲開，揉著額頭沒說話，臉蛋紅紅的。

李旻晟抿著唇角，望著沈默的李小芸，她真的變了好多，再也不是原本那只會哭鼻子的胖丫頭了。

在他看來，小花和小芸是親姊妹，沒有老死不相往來的道理，想了一會兒，又直言道：「妳知道嗎？小花說想過來看看妳。」

李小芸不屑地揚起唇角。「幫我和她說，並不需要。」

她可沒做好和李小花重逢的準備呢。

李旻晟猶豫片刻道：「妳也曉得，太后娘娘許久不曾管事，去年開始出來行走，便有些小孩心性好熱鬧。此次繡娘子比試在公主殿下和陳姑娘的操辦下，影響力空前，許多嬪妃都表達出極大的興趣，我爹才會拚盡全力也要拿下此次執事的資格。聽其他人說，太后曾捎話，沒準兒會過來觀看呢。」

李小芸皺緊眉頭。「那麼小花若是陪著太后過來看，自己看看就是，反正我是懶得搭理她的。」

李旻晟一點都不意外她的回答。「我前些時日入宮見過小花，她……聽說妳參加繡娘子比試，還很關心。」

李小芸身上起了一陣雞皮疙瘩，皺著眉頭正色道：「李旻晟，我和李小花關係再也不可能回去了，我知曉你心悅她，但若是你幫我是為了接近小花，那麼就算了。」

李旻晟沒想到她會突然翻臉。

他咬住下唇，道：「小芸，妳怎麼變得這般冷漠？」

「不然我應該如何？」李小芸冷冷看著他，一字字道：「因為她，我爹將我議親給傻子，小不點為了我遠走邊疆，師父不得已帶我上京；我若還是曾經的那個我，此時怕是早已守著金家傻子的棺材過日子了。」

「小芸……」李旻晟心臟處揪了一下。「我也是近來才知曉東寧郡的事情，若是我當時在……我會幫妳的。」

「幫我？」李小芸冷笑一聲。「幫我什麼？」

「我……」李旻晟瞇著眼睛。「妳若是不願意嫁他，我就幫妳逃跑好了。」

「然後呢，一輩子見不得人？我做了什麼就偏要跑了？我靠自己活也見不得人嗎？」李小芸說著說著眼角濕潤了。「小花姊姊自然是不厭棄我的，我又不曾背離她；但是於我，她早就不是我姊了。」

李小芸吸了吸鼻子，開始收拾包裹，反正登記完了，她留在這裡做甚？

她垂下眼眸，客氣道：「感謝你幫我直接登記，日後不需要李公子特意幫忙了。」

李旻晟望著她的身影莫名難過了起來，他不受控制地追了上去，一把攥住她的手腕。

「小芸……」

李小芸紅著臉焦急道：「放手，你幹什麼！」

李旻晟亦感受到自己的失態，他心頭煩躁道：「小芸，若是我當時也在東寧郡，絕對不會棄妳於不顧，哪怕是讓我爹勸著李大叔。」

「為什麼？」李小芸盯著他，忽然張口。

李旻晟愣住了，一時間找不到答案，良久才道：「我們是……我們曾是最好的夥伴，對嗎？」

「夥伴？」李小芸心神一怔，腦海裡浮現出小時候追著二狗子打鬧的小女孩。那時候的她無憂無慮，有著同李小花一般可愛的容貌、纖細的身材，還有明亮的嗓音，大家都喜歡帶著她，看日出、掏鳥窩、勾著樹藤上的葫蘆摘也摘不完；直到……

一場大病，如同噩夢。

醒來後，什麼都變了。

好夥伴，哈哈，她和他是夥伴嗎？

李小芸閉了下眼睛，莫名就流下了淚水，嘆氣道：「你莫多說了，我們什麼時候做過好夥伴了？你總是和李三、李四一起欺負我，還好夥伴呢，李旻晟，虧你說得出口。」

「妳生病之前，我可沒欺負妳；後來嘛……小男孩，七、八歲正是討人嫌的時候，說話當不得真，妳不會現在還記著吧？我都忘記了，只記得妳的好。人，越走在外面，越喜歡小時候的單純。小芸，妳是好女孩，我知曉的。」

「不……你不知道。」李小芸再次深吸口氣，有些東西是該徹底放下了。

她把手伸入懷裡掏出了個石子做成的墜飾。

這石頭是最廉價的鵝卵石，在李家村的小池塘旁邊一抓一大把。上面有個小眼，串著一條紅繩子。這繩子現在看已經是黑紅顏色，李小芸從未洗過，怕洗完後就再也不是記憶裡的那條紅繩了。

送給她的那個小男孩當時扮演小土匪，小大人似地告訴她，待他歸依官府去關外破敵，立功成為將軍後，就來同她相認，以墜飾相約，娶她做唯一的媳婦。

可是這些年過去了，那個小男孩連當初同誰結下同心結都分不清楚……

李旻晟清澈的目光落到那枚墜飾上，渾身徹底僵住。

他記得，小時候他曾假扮土匪同李小花表白，還親手做了個墜飾送她。

這些年過去了，這枚墜子為何會在李小芸手中？莫不是小花覺得廉價就扔給了她？

李小芸搖了搖頭，淡淡地說：「二狗子哥哥，你知曉的其實不夠多。」她將墜飾放在桌子上，毫不猶豫轉身離去。

李旻晟大腦轟的一聲，只覺得內心深處駐防的堡壘崩然坍塌。

李小芸擦乾淨眼角的濕潤，心裡彷彿一塊石頭落地。

有些話不須太過言明，相信對方已經明白，怕是日後李旻晟不會再想見到她了吧？

經此一鬧，李小芸反倒是覺得痛快許多。

小時候同二狗子的情誼像是一座大山，壓在她的胸口，讓人喘不過氣來。

她總是擔心有那麼一天，突然被人揭穿心底的秘密，小小的一顆心，遭到踐踏凌辱。

有時候，望著二狗子看向李小花傾慕的目光，她的心臟就被緊緊拽著。

但是她什麼都不敢說……她已經長得令對方厭惡了，為了保存曾經的美好，她寧願二狗子認為小花就是他心底的小女孩。

一陣冷風襲來，吹起李小芸耳邊的碎髮，飽滿額頭下的眼睛烏黑明亮，泛著晶瑩的光芒。

夢醒了，天空還是明亮的。

有些時候放手，反倒是一種徹底的解脫。

李小芸不清楚的是，她走了以後，李旻晟悵然若失地坐在雅間裡，久久未能回神。

如此靜坐了一整天。

第三十章

李小芸暈暈乎乎地叫了輛馬車，回到城南，到家後才發現師父和徐研尚未歸來。

嫣然笑著迎面而來。「不是說繡娘子登記人數最多嗎？怎麼倒是小芸姑娘先回來了？」

李小芸淺淺一笑。「碰巧遇到熟人，用了關係，登記完了到處尋不到師父，我以為她們先回來了。」

「還沒有呢。」嫣然幫著她脫了外衫。「我剛才收拾桌子，發現了封信函，西河郡的來信姑娘沒看嗎？」

李小芸眉眼瞇著，揚起一抹柔和的笑容。「我怕分了心，就先沒看，等繡娘子比試結束後再看。」

她和李蘭不同，還要參加單人比試，怕心裡不靜；雖然很想知道李桓煜如今的境遇，卻也怕萬一小不點過得不好，反而靜不下心。

「李蘭師父熬夜給小公子寫了信，讓我明日發出去。姑娘雖然沒有看李公子的信，但還是回覆一下比較好吧，畢竟小土豆若是收了信，李公子卻沒有，難免令人傷心。」

李小芸暗道有理。「那請妳幫我拿下筆墨，我這就趕緊寫一封，到時候還要麻煩嫣然姑娘幫我一起寄了。」

「姑娘太客氣了，我家主人說過，在京城您和李蘭師父就是我們的主子，我身為奴婢，擔不起姑娘一個幫字，莫再這樣說話了。」

李小芸嗯了一聲。「好吧。」

嫣然伺候好筆墨，李小芸卻又犯起了躊躇。

寫些什麼呢？

她望著窗外暖暖的春色，猶豫片刻，開始寫信。

寫著寫著，突然覺得想說的事情太多了，就變成了奮筆疾書，忍不住將一路見聞都寫在紙上，末了不忘記提到李旻晟。

這是為了讓李桓煜不要擔心，還特意誇大了李旻晟的幫助，說是在京城遇到了二狗子，一切有他照看，小不點勿念。

不知不覺中，她用了好幾張紙，直到嫣然進屋子以後，才發現該吃飯了。

嫣然笑望著她。「姑娘還說不想念桓煜少爺，瞧瞧這才多少工夫，您就寫了這麼長。」

李小芸臉上一紅。「他是我帶大的嘛，從小到大還是第一次離開我去那麼遠的地方……」李小芸才張口提起小不點，鼻子就酸澀起來。

西河郡地處偏遠，李桓煜一個從小沒吃過苦的小少爺待得住嗎？

她常聽人說軍隊裡最是愛欺負新人，小不點那破性子，若是被打了怕都不會服輸，這可如何是好？

越想越心慌，索性不再去想，她很快就要參加比試，不能分心。

她把信函封上遞給嫣然，轉過身強迫自己看書冷靜下來。看了一會兒書，閉上眼睛默記一遍，這是一本顧繡的基本針法圖譜。

不管是多麼複雜的繡品，其實都是一針一線穿插而成，遊走在指尖的力度拿捏、方向順序，都是決定成品質感的關鍵。

「小芸，妳居然在屋子裡？」

李蘭和徐研相繼回來，兩個人都以為自己才是第一個到家的，沒想到居然是李小芸。

李小芸嗯了一聲。「我碰到李旻晟了，他是此次代表織造行會的六大執事之一。」

李蘭愣住。「是嗎？那是好事呀，所謂朝中有人好說話，省得咱們不明不白被刷下來。」

李小芸慘然一笑，終究沒直言告訴師父，她已經拒絕了李旻晟的任何幫助；怕是知道真相的李旻晟，也肯定不想惹上她這個麻煩之人。他小時候一直說她難看，生怕李大叔向他們家議親呢。

這樣也好，省得牽扯起來糾纏不清。李小芸在心裡自言自語。

過了幾日，登記完畢，繡娘子比試正式展開。

先是繡坊比試，一共有六十四家繡坊參加。透過抽籤，每四家一組共分成十六組，每組頭名可進行下一輪比試，如意繡坊因為沒背景，果不其然早早被淘汰。

團體比試的第一關是繡坊提供成品參選，提交上來的作品大多是各大繡坊的壓箱底貨色。成品不只看繡，還要看織的功力，允許比試前準備好直接帶來。底蘊深的繡坊團體比試之後，隨之舉行的是織娘子比試，徐研雖然打遍漠北無敵手，卻仍不敵四大繡坊派出的好手。

最後則是重頭戲——繡娘子比試。

這是如意繡坊此次最看重的比試。

比試當天，李蘭和徐研陪同李小芸一起來到城南門處的樓外樓，這是此次比試的地點。

李蘭擔心幾大繡坊的執事者狗眼看人低，特意將李小芸精心打扮了一番。買了上等胭脂幫她描眉畫眼，塗抹腮紅。

李小芸膚若凝脂，一番折騰下來，倒像個精緻瓷娃娃，長長的睫毛一眨一眨的，透著幾分可愛純真。

李蘭為她梳了月牙髮髻，綰得高高的，讓她的身材越發顯得高䠷。

繡著金線鳳凰圖案的深藍色長裙拖地，腰間亦是金色腰封，上面鑲了一圈淺綠色翡翠玉珠。

李小芸咋舌道：「師父，會不會太招搖了……」

李蘭搖搖頭。「怎麼說也只有妳一個人參加繡娘子比試，若說花銀子也就是花在妳一個人身上，可是省了不少錢，留著幹麼？」

李小芸調皮一笑，摸了摸腰封處的翡翠，暗道——這束腰腰封可千萬別弄丟了，否則把她賣了都賠不起。

她望著鏡子中的自己，深藍底色的裙子搭配金色細線，色澤並不鮮明，卻多出幾分貴氣，尤其是腰封上的翡翠玉墜還鑲著一層金，簡直是亮瞎他人眼目。

她揚起下巴，墨黑色的瞳孔倒映在鏡子裡，顯得又黑又大。

她又揚起唇角，鼓鼓的臉蛋像是顆肉包子，可是卻多了幾分道不明的清新。

一隻纖細的手，爬上她的臉蛋，李蘭腦袋探過她的肩頭。

「挺好看的，對吧？」

李小芸臉上一熱。「嗯。」

「其實小芸，不要自卑了，妳很好看的。」

李小芸悶悶應聲，心裡多少有些沒自信。

「仔細瞧瞧這張臉。」李蘭托住她的臉蛋，將其擺正朝著鏡子道：「妳瘦了些，原本臃腫的圓臉不見了，皮膚又白，眼睛還這麼大，笑起來左邊有酒窩，唇角粉嫩柔軟，嘖嘖，真是秀色可餐呀。」

李小芸失聲笑道：「師父，別調侃我了。」

「誰調侃妳了！」

李蘭認真地看著她。「妳是個美人兒啊，我的小芸。妳看妳比我高出半個頭，我還要踮腳才能靠在妳肩上，多麼高䠷啊。」

「真不是高壯嗎？」

「傻！」李蘭戳了下她的額頭。「再如何肉多的人長得像妳這麼高也能變成瘦子，更何況妳現在清瘦好多。」

李小芸順著她的眼神再次看向鏡子。

鏡子裡的女孩正小心翼翼地眨著眼睛。

「她」的面容確實清麗好多，彎彎的眉、大大的眼，墨黑色的瞳孔炯炯有神；興許是髮髻過高，原本的胖臉顯得被拉長了，著實瘦了好多。

難道她真的可以和美人兒三個字扯上邊嗎？

咳咳……李小芸忍不住拍了下自己的手背。

快比試了，她在想什麼？好看與否重要嗎？她有出色的技法便好了。她攥了攥拳頭，自我打氣大聲說：「走！」

李蘭同徐研對視一眼，不由得捂肚大笑，三個人愉悅地前往比試地點。

樓外樓的門口站滿了人，一名穿著灰色衣裳的小二到處攔著路人問道：「有考題，買嗎？」

「考題、考題，有考題賣啊！」

李蘭拉著李小芸躲著那人。「別聽他胡亂叫賣，八成是騙子。」

李小芸嗯了一聲，繞過那些自稱賣考題的人走開。

她們來到大門口，一隊官爺在外面守著。

兩名婆子說：「唯有參加比試的人方可以入內。在這裡尋找上次登記的號碼，然後在後面填寫名字。我們對應後若是沒有出入，就可以進去了。」

李小芸嗯了一聲開始翻看手冊，找到上次登記的地方。管事婆子對應後看了一眼，道：「李小芸，東寧郡人士，代表如意繡坊，對吧？」

她用力點了下頭。

「好，妳在這裡按個手印，拿著手牌和對應手冊從右邊進去。」

李小芸接過她遞來的手牌，翻看一番。

這是個用木頭做的牌子，上面有她的名字、籍貫等資訊；至於所謂對應手冊則是一本空白的小本子，上面已經寫上了她的名字，還有手印。這是比試時若有問題時可用的唯一的答題紙，難道是為了避免作弊嗎？

李小芸覺得新鮮，拿起來和師父炫耀一番。

李蘭和徐研只能送她至此，接著便須繞到副樓等結果了。李蘭忍不住再次叮囑李小芸好多事情，才依依不捨地離開。

李小芸將手牌繞著纏在手腕處，右手拿著手冊進了樓外樓。

進了正門，又是幾個婦人把守的關卡。

她們再次看過她的手冊和牌號，指著西北方向的拱門道：「走過拱門，看到鳳鸞院的牌匾，直接進去便是。」

李小芸哦了一聲，沿著青石板路穿過月亮形拱門，入眼的又是一個月亮形拱門，上面的牌匾清晰刻著三個字，「鳳鸞院」。就是這裡了吧。

院子裡面是一片空地，角落處種了兩棵楊樹，正南方有一座很大的廳堂，旁邊是東、西廂房。

此時，這裡已經有數十名繡娘子在等候了，她站著等了一會兒，又進來了數名女孩。約莫是湊夠了三十人，像是本院管事的兩名女孩才起身。

「煩請眾位娘子們按著手中的牌號站成縱隊。鳳鸞院的第一個號碼應該是六十一號。」

李小芸低頭看了一眼手牌，八十三號。

她隨大隊站好，自己排在在隊伍後面。她掃了一眼，數了下，應該是三十名繡娘子分在一個院子裡比試。

兩名管事姑娘年歲並不大，卻手腳麻利地開始從第一個人查號起來，她們分別走在隊伍兩邊，一個人查一遍號碼，另外一個人再檢查一遍。

隊伍中一個粉衫女孩偶爾會看一眼其他繡娘子，略顯不耐道：「今年來參加比試的姑娘們都夠漂亮的，也不曉得到底來幹麼的。」

另外一名姑娘穿著杏色長裙，面容嚴肅，淡淡開口。「少說話。」

粉衫女孩聳了聳肩，沒有繼續發牢騷。

周圍有些繡娘子對於粉衫女孩明目張膽的諷刺感到不滿，卻也不過是蹙眉而已，彼此對望了一眼誰都不敢多說什麼。大家尚不知道比試的內容，總不好一上來就得罪人。萬一成為第一個被轟出去的，說出去多難聽？

兩位姑娘查完以後似乎懶得多說什麼，直接從院子裡的地上撿起一卷紙，打開貼在屋門處，眾人只好自己上前去看。

李小芸眼力還不錯，她又生得高，不用去前面擠就看得清楚。

一個個子矮的黃衣女孩扯了下她的衣角。「這位姊姊，妳看得到嗎？可否說給我聽？我眼睛不好。」

李小芸嚇了一跳，扭過頭去看她。

黃衣女孩瞇著眼睛，一副自來熟的樣子，主動將手裡的牌子遞給她看。

她叫陳翩翩，代表花弄繡坊。

她揉了下眼角。「前些日子太用功了，眼睛都快壞了。」其實繡娘子常年下來，眼睛好的很少。

李小芸心想這也不是什麼大事，便隨意道：「上面說初試共分兩關，第一關是辨別繡圖。」

「辨別繡圖嗎？還真讓我爺爺猜對了。」黃衣女孩嘮叨著。她似乎感念李小芸的好心，便說：「我爺爺幫我押題，私下也考過我辨別繡圖的類似試題，這和繡娘子的學識有關係，沒想到上來就考這個，豈不是會刷掉大批人？」

李小芸安靜聽著，暗道——原來還可以押題，難怪外面有人賣試題呢。

不過她和李蘭都沒經驗，從來沒嘗試過押題，更是對所謂辨別繡圖是什麼完全不瞭解。

「第二關是什麼呀？」陳翩翩問道。

李小芸抬頭掃了一眼。「鑒賞繡圖。」

「哦，又是考學識的，怕是會淘汰很多人。興許這次參加繡娘子比試的人太多，貴人們懶得見呢。」陳翩翩明顯是個小嘮叨。

李小芸倒是不討厭她。「妳願意和我一起進去嗎？」她指了指前方，已經有人率先進入正廳，除了正廳，還有東、西廂房。

陳翩翩立刻點頭稱好。

她個子才到李小芸的肩膀處，兩人走在一起極其顯眼，偶爾幾名女孩路過還側目笑話幾聲，不過笑完了又能如何？

李小芸早就養成淡定自如的性子。

陳翩翩詫異地看了她一眼，便垂下眼眸繼續行走。

她似乎對這些也沒什麼感覺。

兩個人走到正廳門口，卻被管事姑娘攔住。「正廳超過人數了，妳們去東、西廂房吧。」

李小芸愣住，這才意識到為什麼有人著急著先進屋再說。

鳳鸞院一共有三間房，每間房裡的刺繡圖應該是不一樣的，可是未必正廳裡的就是最簡單的吧？

後來她才曉得，第一關正廳裡的繡圖是六幅，東、西廂房則各有三幅，選擇餘地多一些總是好的，萬一屋子裡擺著的都是些冷門繡法的繡圖，數量多一點的話，正確率可以提高。

李小芸猶豫片刻，對陳翩翩說：「我打算去西廂房，妳呢？」

陳翩翩聳聳肩道：「我眼睛不大好，難得妳願意幫我，我跟著妳。」

「好吧。」李小芸拉著她便走了，一高一矮的影子在明亮的陽光下顯得特別耀眼。

陳翩翩話癆性格犯了起來。「真是的，繡法比試不考技法，非要考這些，誰記得住？還趕上前些時日用眼過度，右眼睛腫了，嗚……」

李小芸一陣頭大，寬慰道：「那如果看不到的話，妳還辨識得了嗎？」初試的兩關可對眼力要求甚高呀。

陳翩翩苦著臉說：「肯定會有影響的，不過近距離仔細看還是可以的；好歹我從小不會寫字就會穿線，若說關於刺繡學識方面的典籍，倒也通讀過一些。」

李小芸哦了一聲。「那就加油吧。」

陳翩翩揚了下拳頭。「對了，妳叫什麼？我還不知道呢。」

「我叫李小芸，代表如意繡坊。」她挺直胸膛，自報家門。

陳翩翩明顯愣了片刻，顯然不曉得如意繡坊的名頭，但是怕打擊到李小芸，轉移話題道：「我聽妳口音有些偏北方呀。」

「嗯，我們如意繡坊是漠北東寧郡最大的繡坊之一。」

陳翩翩尷尬地頓了片刻，還想說什麼卻被身後清脆的女聲打斷。

「咦，這不是花弄繡坊的小矮子嗎？」說話的是原先那名粉衫姑娘。

一陣嘲笑聲傳來。

李小芸抬眼望過去，只覺得西廂房裡幾個女孩站在一起，花團錦簇得好像是一幅畫。

陳翩翩無所謂地聳聳肩。「小芸，那個笑得跟嘴巴抽筋似的女孩是花城繡坊的代表人，她叫葉蘭晴，她爹是此次的執事者之一。」

嘴巴抽筋，這形容詞用得真是貼切。

陳翩翩說完見李小芸面無表情，小聲道：「小芸，妳不會不知道花城繡坊代表著什麼吧？」

李小芸沈默了片刻，道：「……那個，代表著什麼？」

……陳翩翩一愣。「我是花弄繡坊的哦。」

「嗯……」

「只是『嗯』？妳也沒聽說過花弄繡坊嗎？」

她當初之所以會立刻亮牌子給李小芸看，就是希望對方看在繡坊名頭上幫她一把的。

李小芸這次真是尷尬至極。

她們將重心放在單獨比試上，放棄了繡坊團體比試，所以對各大繡坊都不大熟悉。

陳翩翩徹底呆住了，都沒來得及同葉蘭晴吵架。

葉蘭晴自己走過來，繞著她和李小芸走了兩圈，假笑道：「天啊，翩翩，妳哪裡找來了這麼個高大威猛的女護衛？莫不是妳爺爺怕妳過不了關，特意送進來幫妳的人？」

什麼和什麼……李小芸蹙眉看向她，鄭重道：「我叫李小芸，來自漠北東寧郡的如意繡坊。」

葉蘭晴一愣，看向陳翩翩。「不會吧，你們家又另外收購了繡坊嗎？」

李小芸煩透眼前幾個人的作態，冷淡道：「麻煩讓開點……」

葉蘭晴揚起下巴，不快道：「妳算是什麼東西敢這麼和我說話！」

李小芸蹙眉道：「敢問這位姑娘是來參加繡娘子比試的？還是來參加茶會？若是後者，妳們去外面聊吧，我們還要看考題呢。」

「妳……」葉蘭晴臉蛋染上一抹嬌紅。「哪裡來的土包子，如意繡坊……真是好笑。」

李小芸抿住唇角。「妳是叫葉蘭晴嗎？請放尊重一些。」

她不介意別人看不起她，卻看不得如意繡坊遭到一丁點侮辱。

「尊重？」葉蘭晴冷冷一笑，囂張地回過頭，衝著幾名年輕女孩大聲問道：「妳們誰聽說過如意繡坊嗎？」

她還故意感嘆似地雙手環胸。「這次繡娘子比試真應該先篩選一輪，把那些濫竽充數的繡坊全部排除在外，否則什麼阿貓、阿狗都敢進來。」

李小芸咬住下唇。「妳再說一遍！」

她筆直地站在那裡，無形中給人帶來壓迫感。

葉蘭晴不由得後退一步，揚聲道：「說一遍又怎樣！什麼如意繡坊，什麼玩意！」

啪的一聲，李小芸打了她一巴掌，平靜道：「讓開，我要看考題。」

葉蘭晴傻眼，其他小姑娘也都圍了過來。「妳是哪裡來的蠻女？居然敢動手！」

李小芸深吸口氣。「我是來參加繡娘子比試的，不是來同誰吵架，一切手上見真章。這位姑娘站在這裡不讓別人看考題，我推開她有什麼錯？」

「妳哪裡是推開別人！」

「分明是打人！」

眾人一致對外，待陌生的李小芸十分冷漠。

陳翩翩差點為李小芸拍手叫好，葉蘭晴這種自以為是的嬌嬌女早就欠教訓，不過是她個子矮，搆不到罷了，否則非要撕破那張得意的臉。

總算是遇到個外地來的，連她家名頭都沒聽過的大個兒了，陳翩翩自然要助她一臂之力；再說，她本來就對李小芸頗有好感。

「喂喂喂，好狗不擋道，快讓開……再糾纏下去莫不是大家都別比好了。」

頓時，四周安靜下來。

比試還沒有開始呢，若是真吵了起來，搞不好會被驅逐出去。考慮到此事本來和自己無關，其他人也就都不說話了。

葉蘭晴捂著臉頰，咬牙切齒地盯著李小芸。「早晚要妳好看！」

李小芸撇開頭，她可沒心思同小女孩較勁。

「西廂房一共就七個人嗎？」一道沈靜的聲音從門口傳來，說話者是一位身穿淡黃色布衣的女子。

她綰著低髻，掃了一眼眾人。「都準備好了吧，我要開考題了。」

大家猶豫片刻立刻點頭，葉蘭晴本想告狀，也忍了下來。

陳翩翩笑著戳了下李小芸，小聲道：「葉蘭晴這次只能認栽。這位考官是彩霞繡坊的夏師父。彩霞繡坊和花城繡坊都是四大繡坊之一，本就是死對頭，她若是敢和妳較勁，自己也沒有好處。」

李小芸嗯了一聲，這才明瞭，此次比試每場的考官都是四大繡坊的人。

她努力回想考前臨時惡補的知識，低聲呢喃道：「我想起來啦，我知道花城繡坊，還有妳家的花弄繡坊，都是四大繡坊嘛。」

陳翩翩一陣無語，這姑娘到底從哪兒蹦出來的呀？

如今四大繡坊分別是，位於蘇州的花弄繡坊，是蘇繡代表；位於湘州的彩霞繡坊，是湘繡代表；還有位於廣州的金雀繡坊，是粵繡翹楚；最後便是花城繡坊，位於蓉城，代表川繡。

陳翩翩本想再說什麼，發現一道銳利的目光看過來，立刻噤聲。

夏考官淡淡掃了她們一眼。「若是準備好了便落坐吧。」

西廂房被打通成一個空間，分為東、西兩處。西邊擺放了十張小桌椅，東邊則有三個架子，上面掛著布簾，布簾後面應該就是此次的考題繡圖。

為了防止考題洩漏，整座鳳鸞院總共準備了十六幅圖，但是哪幅圖會被考官帶入哪處廂房內卻是臨時才知道的。院子裡三位考官各有一名侍女，侍女和考官均來自不同繡坊，防止串通作弊。

李小芸深吸口氣，靜靜地望著考官。

夏氏環視一周，最後將目光落在李小芸身上。

這個女孩擁有著不屬於她這個年齡該有的沈靜，最主要是她本就高䠷，眉目分外冷靜自持，讓她忍不住多看了一眼。她低下頭掃了一眼名冊，暗道——這七個人中有些來頭的就是花弄繡坊的陳翩翩，以及花城繡坊的葉蘭晴吧。

她朝侍女點了下頭，那侍女便將架子上的布簾掀開，露出三幅繡圖。

陳翩翩眼睛不好，主動要求坐到第一排；至於李小芸身量最高，為了不擋住其他人，她坐在最後座。

第一關是辨識繡圖。

考官手裡拿著一根木棍，指著三幅圖道：「這三幅圖都出自同一人，但是其中有仿品，妳們需要做的就是挑出哪一幅是仿品，並且寫下原因。考試時間一個時辰，可以提前交卷。」其實這時間給得足夠充足，真真假假只是幾個字而已，何況才三幅圖。

頓時有女孩暗笑，那些選正廳的姑娘們豈不是要傻眼了？從六幅繡圖中去辨識真假嗎？哈哈，誰會想到所謂辨識繡圖是指分辨真假呀。

李小芸也覺得此題甚是有趣，她們明明是繡娘子，如今卻成了鑒賞家了。

她不動聲色，仔細觀察映入眼簾的繡圖，再偷偷看了一眼考官，見她不再說話，而是坐在一旁，安靜地望著她們，便知曉對方話講完了，不會再給任何提示。

她垂下眼眸，仔細思考。

如果是辨別真跡或仿品，那麼首先要知道這是誰的真跡吧？

即便是對普通的繡圖鑒賞師父來說，你讓人家辨別，至少也要告知對方這是誰的繡圖啊。可是很明顯，考官不打算再多說什麼，所以需要她們做出第一步判斷，這是誰的真跡？然後才能判斷，哪一幅是真，哪一幅是仿。

李小芸撇撇嘴角，這可真夠難的。

好在易家藏書很豐富，讓她最為淺薄的知識底子慢慢充實起來。

旁邊已經有女孩開始慌亂，或是左右張望，或是低頭冥思苦想，唯有少數幾個不停盯著前方繡圖，李小芸是少數中的一個。

第一幅圖是花鳥繡圖，顏色鮮豔，即使是鳥兒的爪子，或者是花兒的花瓣都是透過特別的針法突顯出來。

第二幅圖是一隻老虎，老虎背後是翠綠竹林。老虎淺黃色的毛皮十分鮮活，色澤又很明亮，十足搶眼。

李小芸想了片刻，繼續看向第三幅。

第三幅圖似乎不是普通布料，它的底色發黃，難道是麻布？

她腦海裡靈光一閃，若說習慣使用麻布的繡圖，同時還在刺繡動物方面頗有特出之處的，最出名的便是湘繡。大黎湘繡傳承的繡坊是彩霞繡坊，豈不就是夏考官的出身嗎？

她看向考官，發現考官在看陳翩翩，原來此時陳翩翩也正往考官看去呢。

李小芸急忙低下頭，心中已有決斷。

看來八九不離十是湘繡了。

第一場考試，按說不應該太過為難大家，那麼考到四大名繡的機率很大，如果暫且認定它是湘繡，接下來哪幅圖是真，哪幅圖是假呢？

她把目光落在第一、二幅圖上。這兩幅圖繡的都是動物，該死的看起來都像是真的……

李小芸有些發愁，她對於四大名繡的理解大多來自書本，偶爾見過真品卻不多，到底該怎樣判斷繡圖真假呢？

李小芸還在躊躇的同時，陳翩翩居然第一個站起來交卷。

她回過頭朝她眨了眨眼睛，還不忘記看了一眼葉蘭晴，然後大大方方地把本子交給考官。夏考官面無表情地看了一眼內容，在上面蓋了一個印章，道：「將她帶出去。」

陳翩翩想要打開手冊看印章，雙手卻被夏氏給按住。

「出了院子再看結果。」

陳翩翩吐了下舌頭，哦了一聲，隨侍女走了出去。侍女直接將她帶出院子，至於她是否過關，或者答對與否，竟是無人知曉。

葉蘭晴眉頭滲出汗水，不甘心地咬著下唇，第二個交卷，將手冊遞給考官。

夏考官依然是雲淡風輕的表情，那張平靜的臉上沒有一點情緒。

這次，她沒有蓋章，而是寫了幾個字，再將手冊交給葉蘭晴。

葉蘭晴心裡一沈，莫不是她的結果同陳翩翩不一樣嗎？

不可能呀！

指不定是夏考官故弄玄虛。

夏氏見她發呆，索性把冊子遞給侍女。「帶她離去。」

葉蘭晴回神，她著急知道結果，急忙小碎步追著侍女跑了出去，至於她是否過關，屋子內的人完全不知道。

半個時辰過去了，時不時有女孩離開屋子，人越來越少了。

李小芸雖然判斷出這三幅圖應該都是湘繡，但是孰真孰假，依然沒把握。

因為沒把握，所以拿著筆的手指不停在手冊上畫畫停停。她盯著第一幅圖，仔細將那鳥兒爪子的針線走向試了好幾遍，竟發現看不出是怎麼繡出來的；既然是無解的針法，那麼是真跡的可能性就提高了。

她對湘繡的成品不大瞭解，便想著倒推法。如果這圖上針線走向可以用普通技法破解，那麼是仿品的可能性就大；再試著去推敲第二幅，硬是把猛虎淺黃色皮毛的針線走向推測出來，雖然早已滿頭大汗，卻暗道這應該是仿品。

「還有一刻鐘，沒有交手冊的人注意了。」考官不鹹不淡地開了口。

李小芸渾身僵了一下，此時只剩下兩個人了。

她急忙觀察第三幅圖，這張繡圖特別普通，普通到根本看不出特別之處。

它的顏色全部是亮色，卻用麻布做底，莫不是這幅圖是繡娘在很窮的時候創作的？她再次將目光落在起針處，突然發現看不出針線是從何入手的；找不到入手點，亦沒有收尾處，技法如此高深的一幅作品，怎麼看都不像是仿品。

咯噹一聲，李小芸前面的女孩也起了身交手冊，她都沒等考官夏氏回覆什麼，便轉頭跑了出去，可見已經放棄比試。

於是，夏考官將目光落在李小芸臉上。

她一直注意著李小芸，倒不是說她很特別，而是她……從頭到尾都在動筆畫著什麼，所以忍不住多看了這個姑娘幾眼。她見李小芸滿頭大汗，又因為人都走光了，便直言道：「妳交卷嗎？時間快到了。」

「我……這就交卷！」

李小芸決定不再推敲第三幅圖的繡法，直接將它定為真品。她有些害臊，總覺得自己投機取巧了，紅著臉將手冊遞給考官。

夏氏看了眼時辰。「還有一點時間，不再考慮一下嗎？」

她感受到李小芸的認真，心裡對她多了幾分喜歡。

畢竟剛才的女孩們，除了陳翩翩和葉蘭晴，剩下的已經全部淘汰了。好幾個交卷早的女孩放棄過早，根本沒領會繡圖中的意境，虧她帶來了兩幅真跡給她們鑒賞。

李小芸緊張極了，她擔心自己第一關就被淘汰，眼睛都變得濕潤起來，顯得可憐兮兮。

夏氏搖了搖頭，暗道——這女孩倒是足夠努力……如意繡坊，她掃了一眼李小芸的牌子。

完全沒聽說過的小繡坊，做一名普通繡娘或許靠著努力就可以了，但是要成為高級繡娘，沒有天分是不成的。她打開李小芸的手冊，發現上面亂糟糟的塗抹一片，忍不住道：「妳把這手冊當成草稿本子了吧？」

李小芸低下頭。「我……我腦子不好，記不住這些線的走向，所以只好畫出來方便記憶。」

「哦？」夏考官再次低下頭，這才發現李小芸不是沒事閒著在本子上畫圈圈。她仔細一看，不由得大驚失色，天啊！這傻姑娘居然在解圖！她抬起頭，露出古怪的表情，再低下頭發現她最終的判斷。

這女孩的字體很端正，顯得大氣，手冊上寫道——

這三幅圖看起來像是湘繡風格。第一幅圖那爪兒的繡法還有花瓣的針線脈絡完全推測不出，感覺極其高深，並非是普通針法拼湊而成，猜測為真。

第二幅圖最為顯眼的是虎皮的漸變色澤，我推測可以通過針線厚度以及穿插方向來達到這種效果，所以應是仿品。

最後一幅圖看起來最普通，可是又讓人看不透，我完全看不出第一針放在哪裡，也不知道最後一針收在哪裡，於是猜測為真。

夏氏徹底呆住了，李小芸的答案是正確的，更難能可貴的是她居然是通過倒推法來完成這項測試。

她再重新看了她的推演，不論是第一幅圖還是第二幅，李小芸都嘗試了好幾種想法，有的想法看起來很可笑，卻又行得通……

夏考官本身學的便是湘繡技法，越發覺得李小芸的想法天馬行空，很有意思。

她瞇著眼睛，聲音變得柔和起來。「妳叫李小芸？」

「是，我來自東寧郡的如意繡坊。哦，在漠北。」

「好，妳師從何人？」

莫不是有哪位刺繡大家隱居在漠北嗎？

對於李小芸這種努力、有天分，又很可能出身名門的女孩，任何人都很樂意善待她的；所以夏氏拿起筆，在李小芸的手冊上寫下一句很高的評語，還蓋上了自己的印章。

她將手冊遞給李小芸，笑著說：「妳通過第一關考核了。」因為周圍已經沒有其他人，夏考官直接告訴她。

李小芸驚訝地打開手冊，看到上面不但有夏氏私章，還有一句手寫的通過評語，差點喜極而泣。原來所謂的通過有兩種方式——一種是夏氏私章，一種是夏氏手寫的結論。

「謝謝妳！夏考官……我那麼……您都讓我通過了。」

夏氏微微一笑……李小芸可是她今年看到最有想法的女孩，又有極大的耐心，擁有這些特質才能將實力發揮出來，讓技法臻至純熟，這便是繡娘子的靈氣。

「哦，對了，我的師父是李蘭，東寧郡李家村的李蘭！」李小芸捧著手冊，挺直了腰板說道。

夏氏頓時有些無語，這李蘭又是從哪裡冒出來的？

因為李小芸是卡著最終時間交卷的，侍女已經過來領人了。「夏師父，後院讓我們統計過關人數。」

夏氏哦了一聲，道：「小芸，妳先過去吧。」

李小芸狠狠點下頭，朝夏氏深深地福了福身。「謝謝您，老師。我、我一定會加油！」

夏氏一怔，不由得失笑。

侍女也愣住，捂著唇角笑了。「快和我走吧孩子。」

李小芸咧開唇角，心裡興奮無比。

不過走了片刻，她又努力平復心情，這才是第一關！

第二關如果沒過的話，初試也等於沒過……

於是雀躍的心情立刻變成一片死寂，辨識繡圖就快要了她半條命了，第二關豈不是更有難度！

——未完，待續，請看文創風289《繡色可餐》3

2015年4月出版

掌上明珠

文創風 283～286

前生被母親所誤，她仇恨父親，錯愛他人，
最終落得一切盡毀，如今她既然有機會再活一次，
她不但要當父親的乖女兒，更要那些人償還欠她的人生！

大氣磅礴、情意纏綿，千百滋味盡在筆下／月半彎

母親的恨意毀了她的前生，令她性格乖僻、痛恨父親，最終落得家破人亡，
但曾為相國的父親即便被她害得流落街頭，也不離不棄；
父女相依至死，她終於徹底醒悟——原來她的一生便是母親的報復！
萬幸上天憐惜，讓她重生回到母親臨終前，
曾讓她癡心一片的丈夫、被她視為親人的舅家、被她當作恩人的母親好友，
都將她玩弄於股掌，都是害她容霽雲與父親一生盡毀的奸人們，
這一生，她定要一個個討回來！
第一步便是搶先收服那個莫名恨她，而後又置她於死地的神祕黑衣男子，
但這一步才踏出，怎麼發展卻大大超出她預料？
莫非該發生已被她改變，一切便脫離掌握？她又該怎麼重新開始？

文創風
288

繡色可餐 2

國家圖書館出版品預行編目資料

繡色可餐 / 花樣年華著. --
初版. -- 臺北市 : 狗屋, 2015.04
冊 ; 公分. --(文創風)
ISBN 978-986-328-445-1(第2冊 : 平裝). --

857.7　　104003395

著作者　花樣年華
編輯　余一霞
校對　沈毓萍　馮佳美
發行所　狗屋出版社有限公司
地址　台北市104中山區龍江路71巷15號1樓
電話　02-2776-5889～0
發行字號　局版台業字845號
法律顧問　蕭雄淋律師
總經銷　知遠文化事業有限公司
電話　02-2664-8800
初版　2015年4月
國際書碼　ISBN-13　978-986-328-445-1
原著書名　**《胖妞逆袭手册》**，由北京晉江原創網絡科技有限公司授權出版

定價250元
狗屋劃撥帳號：19001626
網址：love.doghouse.com.tw　E-mail：love@doghouse.com.tw